紫宅
ZI ZHAI
红娘子 著
重庆出版集团
重庆出版社

图书在版编目（CIP）数据
紫宅 / 红娘子著. －重庆：重庆出版社, 2011.10
ISBN 978-7-229-04532-6

Ⅰ. ①紫… Ⅱ. ①红… Ⅲ. ①推理小说－中国－当代 Ⅳ. ①I247.5

中国版本图书馆CIP数据核字(2011)第194584号

紫　宅
ZIZHAI
红娘子　著

出 版 人：罗小卫
策　　划：中文在线
特约策划：彭　颖
责任编辑：李　子　李　梅
装帧设计：九一设计

重庆出版集团
重庆出版社　出版

重庆长江二路205号　邮政编码：400016http://www.cqph.com
重庆现代彩色书报印务有限公司印刷
重庆出版集团图书发行有限公司发行
E-MAIL:fxchu@cqph.com　邮购电话：023-68809452
全国新华书店经销

开本：880mm×1 230mm　1/32　印张：7.25　字数：208千
2011年10月第1版　2011年10月第1版第1次印刷
ISBN 978-7-229-04532-6
定价：28.00元

紫宅

目录 Contents

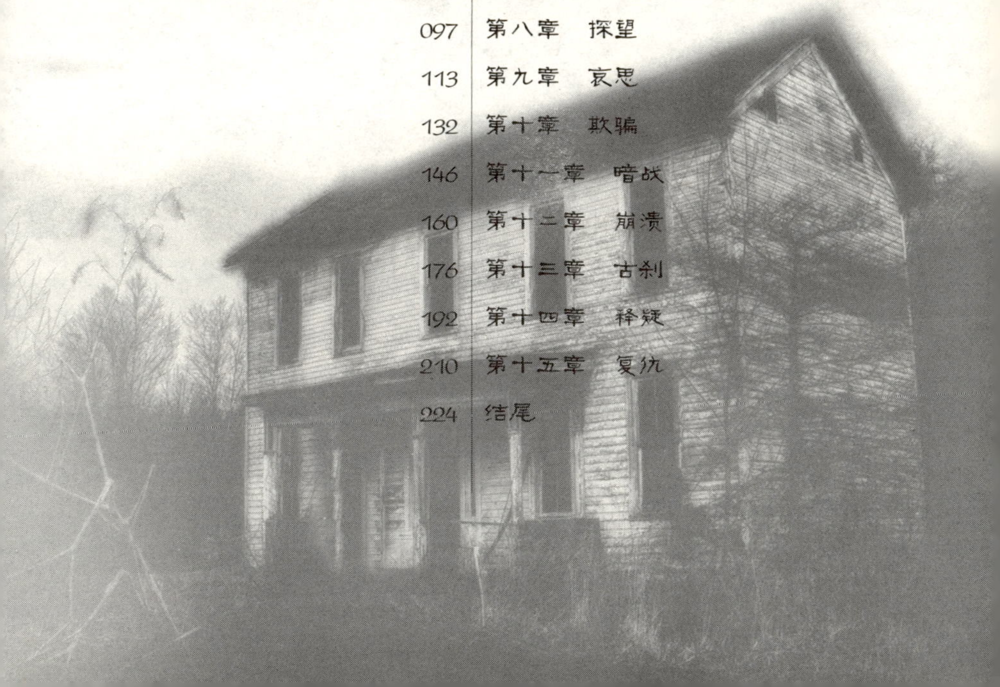

第一章　回归

凌晨两点，这个安静的澳洲小城陷入了宁静之中，连月光都像是睡着了。

一栋公寓里，传出刺耳的铃声，那铃声太尖锐，让人不得不皱起眉来接。

从被子里伸出一只手来，拿起电话，周彤说了声:“Hello。”

电话那边传来标准的普通话：“周小姐，我是你父亲周雄启的律师聂棋安，从前和你联系过，关于你父亲的遗嘱我希望处理一下。”

周彤的声音出奇冷静：“聂律师，我已经说过了，这个遗嘱我不接受，那个宅子，你愿意给谁给谁，反正我不想回国来，我在这边有我的生活，希望你不要来打扰我。”

还没有等那边再说什么，她就把电话给迅速挂了。她挂电话时的表情，像是甩掉一条沾在自己手上的毛虫。

有一双手轻轻环着她：“你早醒了吧！怎么又睡不着了？”

“安眠药没了，明天我去找医生再开一点。”

“周彤，要我陪你坐一坐吗？”旁边这个男人正是周彤的未婚夫李毅。他们订了婚正准备结婚的时候，国内传来了周彤父亲离世的消息。收到这个消息的时候，周彤正一门心思带着高大的洋妞闺蜜Nami在选自己

的婚纱，李毅也在外面等着，本来盼望着看到穿着洁白婚纱、宛如仙子的周彤闪出来，只听到周彤的电话铃声响起，一会儿，洋妞就在那边尖叫，他冲进去，看周彤倒在白色的纱裙上，整个人看起来像是被吸血鬼抽走了所有的血液，一动不动，失去了知觉。

那个电话就是周彤的后妈打来报丧的，周彤的父亲周雄启病情突然加重就这么离世了，因为太突然，所以来不及通知唯一的女儿回国，甚至连一句话都没有留下来。周彤深受打击，从那个时候起就失眠，而且坚持不肯回国去接受这一切。她把一切都藏在自己那淡然的表情后面，谁也看不出这个秀丽的姑娘内心承受着多大的痛苦，也看不到那些痛苦和思念化成的千百种毒虫怎么蚕食她的心。

这一切只有李毅知道，异国他乡的两人是彼此唯一可以取暖的人。周彤的母亲离开得很早，现在她的父亲也走了，她已经成了一个真正无父无母的孤儿。虽然很多年，她和父亲都没有说过什么话，但是，父亲的存在就意味着她还是个孩子，这个世界和她有血缘关系的人还在。

可是，现在她什么也没有了，这么大的地球，没有一个人再是她的亲人。想到这里，她只能翻身去抱李毅，只有李毅了，这个和自己同学四年，并且相恋到现在的中国男人，算是自己的初恋，也是自己最后的爱恋了。

李毅什么也没说，他只是紧紧搂着周彤，手在她光滑的长发上轻轻抚摸，每一下都带着溺爱和心疼。语言在这个时候失去了作用，只有那种爱意在流动。

隔了很久，周彤平静下来，她恢复了冷静，推了推李毅说：“你先睡，我去浴室里洗把脸，实在睡不着，不如看看书，你明天还要工作，早点睡吧！”

周彤下了床之后，回望了一下卧室，她想离开李毅并非是真正的想去看书，而是她刚刚做了一个恐怖的梦。

周彤记得很小的时候，自己也喜欢做一些奇怪的梦，有一次，放学回家的路上兴高采烈地和小伙伴分享自己离奇的梦境，走到巷子的时候，只听到巷子里一扇门那边传来一个苍老的声音。

“别说梦，别说梦，说梦要成真的。”

周彤当时好奇地跑过去一看，看到邻居小山家的奶奶正坐在一个天井边上，一边望着井，一边像是自言自语般和她对话。

整个小院里就只有这个老人，她身上散发出的气息让年幼的周彤本能地感到害怕。她说的话很深奥，而她的眼睛失去了所有的光彩，怎么也不像一个活人的眼睛。

周彤逃也似的跑了。

第二天，小山家那边就传来了哭声。小山的奶奶死了，那个黄昏坐在天井边的老人到底是什么时候死的，谁也说不准，有人说已经死了几天了；有人说，刚死刚死。

听到这些消息，周彤更加惊恐，年岁渐长，也明白了小山的奶奶肯定是那天和自己说过话之后的晚上才死的，但是，那句“别说梦”却是深扎于心。

从此她再也不敢说梦，尤其是噩梦。

周彤在沙发上坐了下来，打开了台灯，随手拿起一本书，心思却全都不在书上。书上的每个字都像是看得懂，可是，排列在一起，她完全不明白是什么意思。

外人如果这个时候来看她的样子，还以为她在认真读书，进入了书的世界，但实际上，这是周彤用来沉思的一种伪装，每当她发呆或者出神的时候，用这个方式总不会引起别人的注目，也不容易被人打断。

随着书页往后翻，昏黄的灯火加上翻书沙沙的声音，刚刚做的梦又清楚起来。

或者说，这是一个过于真实的梦。

梦的前半段都是她刚刚经历过的最幸福的人生片段。

她走在校园的小道上，绿树成荫，两旁是铺满了绿草的斜坡。她怀里抱着刚借回来的一本巨大的画册，走得很吃力。忽然从坡上冲下来一辆脚踏车，车把上绑满了氢气球，五颜六色的气球把整个车都包起来了。周彤一惊，顿时停住脚，只看到从无数飘浮的气球后面露出了李毅的那张脸。

阳光打在氢气球上，李毅的微笑像是被五彩的光线给包围着，他本来就高大帅气，而更可贵的是脸上的那种纯真。他微笑的时候，有一种纯净的感觉，让人心里很安静。

周彤扭过头去，这一对校园里的金童玉女刚刚才闹别扭。

其实周彤也知道不关李毅的事，外国人的文化不同，对于喜欢的人和事都能大胆表达，这个学校本来就是一个小的联和国，各种文化交织，会有很多性感的洋妞来对帅气的李毅示爱，这不能怪他。

但是，周彤却还是有无名火，她嫌李毅自己像根骨头一样，喜欢丢在地上给狗抢，似乎女人争着来爱他，他就很享受似的。为了这事，周彤没少闹别扭，但又无可奈何。

有一次，她实在受不了，自个儿跑去散心，在海边游玩，没想到李毅都跟上船了，两人虽然大吵一架，但是，还是因为爱而退让了。

分手实在是舍不得的事情啊！

李毅小心地问："怎么还在生气啊！"

"谁生你的气啊？臭美，我的心情才不会受你的影响。"

"可是，你的脸上就写着：我很生气，我在吃醋。"

"你才吃醋了，谁吃醋了！"周彤杏眼一瞪。

在李毅看来，这个时候的周彤可爱得无法形容，她装纸老虎的样子和她漂亮的样子搭在一起特别迷人。

"好好，我吃醋，就是有人看你一眼，我都吃醋吃到醋海里去了，我才是爱吃醋的。"李毅看着她微笑。

"别笑了，省省吧，你留点电和别人去放，你以为你是电鳗，见人就放电。"

李毅严肃地说：“周彤，你知道的太多了。”

“……”

“你连我是一条醋海里的电鳗这个身份都知道了，你太危险了。”

周彤终于笑了，他总是会很轻易地让她快乐起来。

李毅看到她笑了，也轻呼了一口气。

他把自行车停稳，拿出了一个苹果的本本，手在上面划了几下，然后举起来对周彤说：“你看，你的微博关注了很多人，还好意思生我的气？”

周彤抢过了本本，对他说：“我高兴啊！”

李毅指着自己的微博说:“我只关注你一个人。”

“那又怎么样？”

李毅很柔情地说：“我只关注你一个人，将来也不会再加人了。”

“那我怎么管得了？”

“就你一个人，我一生一世就只关注你一个人好不好？”

“……”周彤呆了，这怎么有一点像求婚的意思，她反应不过来。

“你刷牙了吗？”

周彤几乎下意识地点点头，她不明白怎么会扯到这里来。

只见李毅从口袋里摸出一个东西，跪了下来，然后轻声说：“你不要说，你早上起来没有刷牙，我就来和你求婚，你没有准备！现在你已经有准备了。”

周彤傻眼了。

“求婚？”

“嗯，你答应我，让我有机会一生一世只关注你一个人，永远都不变。”

周围来了越来越多的人，大家都看着这个美好的求婚一幕，周彤慢慢反应过来了，眼泪也涌出来了。她拿起戒指，掌声也响了起来，有人吹起了口哨，越来越多人喊：“Kiss，Kiss，Kiss。”李毅站了起来，摊了摊手说："没办法，按群众要求，我现在一定得吻你一下。"

窗外有救护车的声音传来，把正在回忆着梦境的周彤给惊醒过来，她看了看时间，已经快四点了，这个梦的真实之处就在于，它已经还原了自己被求婚那天所有的事情，除了后半段的梦。

梦里李毅站了起来，向周彤伸出双手要抱着她吻她一下。

就在那个时候，周彤感觉一阵心慌，忽然很害怕面前那个李毅，李毅的表情和笑容都不变，但却像是有别的人进入了他的灵魂。

周彤一害怕就推了一下李毅，没想到手里的戒指也掉到地上，圆形的小盒子顺着斜坡往下滚着。周彤忙跟在后面追，小盒子下了斜坡就停在路面上。周彤弯腰一捡，听到身后传来大喊，她一扭头，看到自己居然身处于马路中央，而一辆大货车明显是刹不住车了飞快地撞来。

周彤的身子像是纸皮一样被撞倒，前轮从她的头上压过，她能听到自己头骨爆开的声音，轮胎粗糙地压着她的前额，连地面摩擦时的血肉分离的声音她都听得清清楚楚……

周彤就是在这种情况下被铃声吵醒，这才知道在自己梦里响声刺耳的声音原来是这个东西，虽然她的语言里压抑了火气，但是，梦境的真实也让她浑身发冷。

不能说，她反复告诉自己，不能和李毅说，梦说了会成真，难道自己真要遇到车祸而离开这个世界？不，死亡的滋味真不好受，虽然是在梦里，但痛苦的感觉充斥了她整个身体。

自从她失眠之后，李毅也承担了她很多的压力，他总是小心翼翼地望着她的脸色，常拉她出去散心，生怕她闷在家里会抑郁。周彤从不和李毅提自己的家事，就算是对最亲的未婚夫，她的秘密还是像海一样压在心里，不和任何人言明。

想到这些，周彤站了起来，走到浴室里去洗把脸。这个装修得很简单的公寓，却很干净明亮，周彤在镜子前站定，用手接了一点水浇在脸上。

冰凉的感觉入体，人也稍微的舒服了一下。

她望着自己在镜子中的脸，一夜没睡脸色苍白，配着真丝的白睡裙看起来真有一点吓人。她发现最近自己的鱼尾纹都明显了，看来心神真的倦到了极点。

正在仔细打量的时候，她感觉前额有一点儿不对劲，小心地用手拨开刘海，她的长发黑且亮，没有烫染，是最中国风情的直发，所以，那一层刘海会遮住额头。

把额头露出来，看到上面有一些红印。

那红印像是有人按着她的头在地上拖动而磨出来的。

她用手摸了摸，有一点疼。那点疼并没有让她不舒服，而是那个红印的感觉凹凸不平，一道道的像花纹一样，她小心地沿着花纹摸动。

那个花纹很有规律，慢慢在她的指肚里成型。

“轮胎印！”

脑子里忽然浮现出这样的想法，背后哗的就冰凉一片，额头怎么会有轮胎印？那个梦里轮胎压过的地方正好是这个位置，接下来就是自己被货车拖动着滑行，最后头骨爆开的声音。

她再回头看镜子中的自己，镜中的那个人像是已经血肉模糊，成了一堆用烂肉组成的人形物。

她吓得不轻，往浴室外跑。刚一跑出去，只见远远的房间里静悄悄地站着一个人，她定眼一看，正是李毅在弯腰看她刚刚看过的那本书，他站的方向正好和她刚才坐的位置隔一个几何茶几，书就摊在茶几上，透明的茶几正在台灯下发亮。

他往前翻看着书页，而书在他的角度是倒过来的，他的表情却像是看得津津有味。

周彤一时不敢动弹，望着灯下的李毅一言不发，她怕李毅在梦游，

万一要是惊醒梦游的人会吓到那个人。

李毅转过头来，看了她一眼。

“我刚刚醒了，想出来看看你。”李毅先出声，他并不是在梦游。

“我，我刚刚去浴室洗把脸。”不知道为什么，周彤自己都感觉到了自己的慌乱，她没有跑上去对着李毅拳打脚踢，而是后退了一步，刚刚的情景太诡异了，她真的被吓到了。

“你怎么了，脸色这么难看？”

“不化妆气色就显得差，没事的。”

李毅站在那里，忽然很平静地说：“回家去吧，再这样下去，你的身体也受不了。把你爸的遗嘱给办理了，不管有什么问题，我们一起去面对就好了。”

周彤在这种气氛里，想到了自己的家，那个坐落在村子一角的最大最高的房子，就在这个时候，她仿佛能听到房子里传来的呼喊。

父亲留给她的房子，是她整个童年时代装载梦想的地方。那个宅子据说是爷爷那代就已经留传下来了，两层的旧建筑，典型的欧式小洋房。唯一不同的就是房子的外墙，里面不知道加了什么东西进来，平时看起来是洁白的房子，可是，到了月光下却显得有一点淡紫。

她是深爱着这一抹紫色的，她在小房子里出生，度过了幸福的童年。父亲当时并不得志，因为政治成分的原因，在一流大学任教的他被退回了村中，但是带回了温柔漂亮的母亲，母亲和他一起守着最艰难的日子，贫穷欺凌并没有让这一家少掉半点幸福，而她的出生更是为这个家增加了无穷的乐趣。

周彤每次拒绝接受这个房子的时候，她都是不愿意再去看一眼那个紫宅。

那里，可以是回忆里最温柔的一抹月光，泛着淡淡的紫色的香味，一如在月夜里静开的紫罗兰。

同样，也可以是回忆里最伤痛的一道伤疤，如同肚子上的吊痕，紫肿狰狞，在周彤的噩梦里反复出现。

但就算是这样，也终究要去面对，面对这些逃不掉的过往，就算她早年就出国读书，也一直在国外定居，不愿意回国。但是，她的心里总是被这一抹紫色给牵动，现在父亲已经去世了，她总得回家，去面对这一切。

李毅的眼神在灯下看起来并不清楚，闪烁不定似的，但望着他，她就很安心了。

他再近一步："没关系，有我在，我的老家也在那里，我们一起回家看看。"

没错，李毅的老家和她是一个地方的。这并不是巧合，她通过了学校的同乡会很艰难才找到这么一个老家人，她从李毅的身上能看到家乡的样子，她愿意和他待在一起，听他说乡音，讲小时候一起走过的同一座桥，桥下的那些在流水里的鱼，还有，从村子往镇上走的那条山路尽头的大树。

她和他虽然都离家千万里，但在彼此身上找到了家乡的影子。

这样的温暖才是她最终和他相爱的原因吧！

她点了点头，终于同意回家。

从机窗望下去，是一望无际的海洋，海水的色彩太过单调，和天一样的碧蓝，看得久了，会让人昏昏欲睡，偶尔惊醒，看到窗外那一片蓝，会以为自己是游在海里的一条鱼。

周彤头靠在李毅肩上，就那样半睡半醒地一路迷糊着，她准备回国的这几天基本没有睡过。

她回想起去开药的时候，在那个诊所的心理医生沈阳开着药单，用很标准的普通话和她说："周小姐，这些药够你回国的时候吃一个月，但你失眠的时候并不能完全依赖药物。"

虽然生在异国，但她打交道的大多都是华人，连看病的医生也选择从国外移民过来的沈阳。

周彤知道自己的问题，并没有过多和沈阳分辩，她拿了药，回头说道："谢谢，沈医生，我下个月回来，再见。"

"算了，干我们这行的，你就不要再见的好。"

"总归要见的，人吃五谷杂食，哪里有不生病的？"

沈阳看着她很平静的脸，忽然认真地说道："你有机会回去走走也好，乘机放松一下心情，你现在的状态绷得太紧了，很容易折断的。"

周彤犯困，点点头。

沈阳的脸猛然凑近："记着，我给你的药，不能多吃，你只能按时按量。这些都是新药，吃多了会有很多副作用。"周彤被他的动作吓了一跳，看他眼神如刀盯着自己的样子，像是要把这句话刻到自己的脸上。

她忙摇手，说："我一定不会乱吃的，你放心好了。"

沈阳是一个四十开外的青年才俊，平时穿着洁白的医生服，戴着无框眼镜的气场，很有一点泰山崩于前而不动的定力，忽然一下子看他那么激动，周彤实在不太习惯。

"想吃一点什么？"李毅摇了摇她，"要不要橙汁？"

"不用了，在飞机上不想吃东西，也没多久了，等下机再吃点吧！"

"那喝一点水也好，什么也不吃，我担心你的身体。"

周彤坐直了，看着空姐已经推着装满饮料的车来到身边："那好，就来一杯水！"

李毅帮她要了一杯水，她拿着一次性水杯慢慢喝着。

喝了一小会儿，一直空着的胃就不舒服了，周彤站起来，额头冒出了细汗，对李毅说："可能有一点晕机，我去一下洗手间。"

李毅担心地望着她，她解开安全带往飞机的洗手间走去。

自从到澳洲留学开始，周彤就没有再回国，也很少出远门，很少有坐长时间飞机的经历，飞机上的洗手间也是第一次使用。对于这个狭小的房间，周彤的印象是干净而整洁，好像每一样东西都齐着印子摆放，显得那么一丝不苟。

用冷水浇了一把脸之后，周彤定定看着镜子里的女人，干枯分叉的头发，黯淡的眼神，整个人消瘦了许多，原本饱满的鹅蛋脸不知道几时变尖了，整个人看起来说不出的萎靡。

“这是我吗？”周彤不确定地自语着。答案是确定的，长时间的失眠和精神紧绷状态令她憔悴不已，虽然她极力掩饰着内心，但她的身体已经出卖了自己。想起李毅那担忧的眼神，周彤心中一痛，这段时间不知道他为自己担心了多少，却从来没说出口，就这么默默守在她身边。

想到这里，周彤深吸了口气，翻出化妆包对着镜子细细描画起来。

都说化妆品是女人最好的武器，这句话不假。片刻之后，镜子里的女人变得光鲜靓丽，再也看不出刚才的憔悴。周彤摸了摸自己的脸，嘴角不由自主地扬起一抹欣赏的笑，虽然瘦了些许，但现在不正流行尖脸美人吗？而且，这段时间李毅已经为她担忧了很多，这样应该至少能让他安心一些。

虽然明知道在精致的妆扮下依旧是那张黯淡的脸，但周彤还是自信了许多，只要李毅安心，那么她所做的一切都是值得的，而且她还要借此向李毅传达一个信息——放心，这一切我都能够自己解决。

理了理额前的刘海，掩住那一抹红印，确定一切无误之后，转身离开。而就在她的手刚触碰到洗手间门把手的时候，只觉得一股寒意从冰冷的把手向她袭来，她下意识地缩回手。与此同时，整个房间突兀地摇晃了一下，还伴随着一阵奇怪的声音。那声音回旋在周彤的耳边，久久不能散去，听起来好像是砂纸摩擦着玻璃，又好像是——有个苍老而沙哑的声音在耳边低语。

周彤整个人突然呆住了，心中陡然涌起一股莫名的恐慌。她惊慌地左右张望，却感觉整个洗手间愈发狭窄，狭窄得连空气都装不下多少，而自己每一次呼吸，房间里的空气便少了许多。

周彤又是惊慌又是压抑，她想立刻逃离这里，但刚踏出一步，整个房间又是一阵摇摆。那个沙哑的声音又出现了，这一次更加清晰，似乎有

张嘴巴在她耳边呢喃，周彤下意识地竖起耳朵却听不清一个字，感觉像许多无关的音节组合到了一起。虽然这样，但她依旧能隐隐约约地从中分辨出一种古怪的气氛，在那每一个音节，每一个停顿间隙中，都深深潜藏着一种——危险。

是的，危险。直觉告诉她那个鬼魅般的声音似乎在向她示警，提醒她门外很危险，亦或这里更危险！周彤并不相信那个声音，但她相信自己的直觉，有时候女人的直觉往往是最准的。那么，现在该怎么办呢？

一种无助感从心底涌了上来，而整个房间愈发压抑，压抑到连呼吸也困难起来。她想要呼喊求助，张开嘴喉咙却像被什么东西堵住了，发不出一个音节，只能大口地呼吸，压榨着空气中残余的氧气。

房间里的空气愈发稀薄，意识也开始逐渐模糊起来，眼前好像有个身影一闪而过，她下意识地扭过头去看，却看见那洗手间的镜子里有个女人正看着她，那是个面色惨白的女人，而她的嘴唇却如刚饮过鲜血一般艳红，她张大嘴露出尖利的牙齿，显得分外狰狞，而她的一双手拼命抓着自己的脖子，在那白皙纤细的脖子上留下无数的血痕……

"啊！"周彤被这惊悚的场景吓坏了，她下意识地往后退，脚下一绊，整个人就这么瘫坐在地上。她大口地喘着气，双眼恍惚地看着四周，那墙壁和天花板好像活过来了一般，正慢慢向她挤压过来，而意识也越来越模糊，她鼓起身体里最后一丝力气伸出手，想要抓住门把手，打开门逃出这个压抑的空间，但眼前的场景慢慢扭曲起来，那近在咫尺的把手，怎么也抓不实在。

呼吸好困难，我就要死了吗？

李毅，我的爱人，你在哪里？

谁救救我……

周彤无声地呼救着，却等不到任何的回应。直到身体最后一丝力气被抽干掉，带着一丝遗憾瘫倒在地板上，一滴眼泪从眼角滑落，缓缓闭上了双眼。

而就在视线只剩一丝缝隙的时候，门突然开了，周彤看见有一双脚由远及近地到了她的面前，然后身体被一双有力的大手整个拥了起来。下一秒入眼的，是李毅那张帅气的脸带着焦急的表情。

他在对我说什么？怎么什么也听不见？

周彤只觉得耳朵里轰隆隆的一片，却听不到任何的声音。但看见李毅，心中安定了几分，努力挤出一个笑容，然后对他点点头，表示自己听见了他的话。却没想到，李毅的表情更加凝重了。

耳朵里的轰隆声逐渐沉寂下来，周彤甩甩头，终于听见了李毅的声音。

“彤彤，出了什么事？别吓我。”

“没事，可能是太累了，居然在洗手间里睡着了。”周彤不想让李毅担心，所以编了个谎话。

“是吗，可是我刚才……”李毅还想说点什么，却被周彤打断了。

“真的没什么，就是太累了。等下了飞机一定要洗个澡好好睡一觉。说来也怪，离家近了，反而安心了，连失眠也莫名其妙地好了，很神奇吧。”

李毅张张嘴还想说点什么，却没有继续争论下去。他感觉事情没周彤说得那么简单，刚才进来的时候分明看见周彤一副呼吸困难的痛苦样子，现在抱住她才发觉，她的衬衣都已经被汗水浸湿了。不过他还是选择了沉默，他了解周彤要强的个性，很多事她都宁愿自己一个人默不作声地承受，就连他也不肯说。

李毅默默叹了口气，希望回到家之后，再想办法让她心里的郁结能舒缓一些。想通了这些，李毅咧嘴一笑道：“咱们先出去吧，老待在洗手间里也不是个事啊，你不嫌气味难闻，别人还等着用呢。”

周彤被李毅逗得扑哧一笑，由得他搀扶着自己出了门。谁想到那洗手间门口还果真有个胖子一脸急切地候着，似乎是等了很长时间的模样，待他两人走出门口便冲了进去，这又引得两人一阵嬉笑。

“对了，你怎么想到进来的？难道真的是那胖子憋不住向你求助？”

“哪有，”李毅揉了揉周彤的头发，“刚才飞机进了气流区，震荡了几下，我又见你好长时间没回来，怕你被吓着就赶过来看看。”

“哦，原来是这样。”周彤听他这么一说，心中明了，原来刚才的晃动是这么一回事。

李毅哼了一声，幽怨地说：“谁知道你这个小迷糊居然在里面睡着了，害我担心了好久。喊了好多声都没回话，最后不得不闯了进来。”

“那又怎样，还好当时我在里面，要换了别的女人，你就变色魔了！”

“好啊，我就是色魔，小妞劫个色。”

“讨厌！”

周彤把脑袋埋在李毅的怀里，却没有发现，李毅的笑容之中隐隐透露着一丝忧虑。而李毅更没有发觉，周彤把脑袋埋进他怀中，并不是因为羞怯，她那双眼中，带着一抹浓厚的——惊恐。

第二章　紫宅

两个小时过后，飞机终于抵达了目的地。亲眼看着飞机在陆地上缓缓滑行到停止，周彤一直紧绷的神经终于舒缓开来，只感觉一种浑身乏力的感觉蔓延在她的身体之中。不过现在还不是休息的时候，得早点离开这个地方。

待广播里传来可以离机的提示声后，李毅取出外套递给周彤说：“外面凉，把外套穿上。”

周彤点点头，接过外套的时候发觉李毅看自己的眼神有些古怪，连忙侧过头避开了他的目光，然后把外套披上，领子竖起来遮挡住了脖子上的几条红印子，然后默默跟在李毅的身后。

他应该发现了什么吧，周彤这样想。

待李毅取回行李，两人刚走出机场大厅的时候，周彤的手机响了起来，按下接听键，那一头传来一个不含喜怒的男子声音：“你们应该到了吧，我是叶安。”

“嗯，刚出机场大厅，你在哪儿，怎么没看见你？”

“我就在正门口的街对面，我穿着黑衣服……哦，看见你们了。”听叶安这么一说，周彤下意识地抬头望去，看见街对面的一辆白色小车旁有个黑衣男子正向这边招手。

看见那人，李毅小声在周彤的耳边问道：“他就是叶安？那么，我们该怎么称呼他，毕竟他是……”

“直接叫他叶安就成。”周彤瞪了李毅一眼，李毅耸耸肩，然后礼貌性地朝远处那黑衣男子点头示意。

叶安看起来三十来岁的样子，穿着一身黑色的西服，戴金丝眼镜，头发打理得一丝不苟，外表看起来儒雅十足。严格来说，他应该是周彤的长辈——他是周彤继母的弟弟。而正是因为这一层关系，周彤对他没什么亲切感。母亲过世后没多久，继母叶玉婷就进了周家，成了新的女主人，而这个叶安也一起入住了周家。

再过几年，周彤出国留学便再也没有回来，也就没和这两人有什么交集，听说后来叶安一直没离开过周家，充当着管家的角色。直到几年前父亲寄来过一张全家照，叶安也在其中，模样自然比现在年轻许多，但那张紧绷的扑克脸却从没有变过。

叶安接过李毅的行李，一边放进轿车的后备箱里一边说道：“一路上辛苦了，坐了那么久的飞机，肯定没休息好。到家好好休息，其他的事明天再办。”

他说得关怀备至，但那不含喜怒的音调之中却隐隐透露着几分防备与疏远，周彤听得眉头皱了皱，却没有说什么。

“好了。”叶安关上后备箱，拍拍手上的灰尘，然后回头看了两人一眼，忽然从口袋里掏出包香烟递到李毅的面前说：“抽烟吗？”

“这个……”还不等李毅说完，周彤挡在叶安的面前抢白道：“李毅不抽烟的。”

“哦，原来如此。”叶安做出一副恍然大悟的表情，嘴角忽然一扬，笑道：“其实我也不抽的。师傅，这包烟送你了。”说完他转身把香烟抛给了驾驶室里的司机。

“这人真讨厌！”周彤只觉得这人话里带刺，却又偏偏挑不出什么毛病来，心头火起。而这时候一只温暖的手把她紧拽的拳头握在手心，周彤抬头看了一眼李毅，后者朝她一笑，说：“没什么，他说的是实话。”

汽车缓缓启动，两旁的景物缓缓向后移动。周彤看了一眼坐在副驾的叶安，掏出手机在上面飞快地打了几个字，然后递给李毅。李毅看了一眼屏幕的字，上面写着：“不好意思，让你受委屈了。这叶安阴阳怪气的，好像不太欢迎我们。哼，又不是我赶着要回来的！”

李毅笑了笑删掉里面的字，旋又按了一阵，把手机递还给周彤，上面写道：“没什么，我看他应该没什么恶意，大家毕竟是一家人，别搞得那么生疏。”

周彤白了李毅一眼，她明白李毅是想息事宁人，李毅的脾气太温和了，所以总是吃亏，周彤看在眼里自然气不过，又在手机里打道：“我一直对这人就没什么好感，现在爸爸走了，周家也没有我的亲人了，我们办完遗产的事就回澳洲！”

这一次，李毅没有回话，只是点点头，宠溺地揉了揉她的头发。周彤心中一暖，把头靠在李毅的肩上。

是啊，只要李毅在我身边，不管什么事都有办法解决。

缠绵了一阵之后，周彤看了看窗外林立的高楼感慨道：“这里的环境，跟我走的时候完全不一样。”

“当然了，你都走了十年。”李毅也微微有些失神，他自己也很久没有回国了。

这时候，一直没有说话的叶安搭口道：“很怀念这里吧？”

“才不！”周彤还是气不过他刚才戏耍李毅，让他碰了个钉子。

叶安干咳了两声，表情有些不自然，顿了顿这才接着说：“我姐身体有点不舒服，今晚可能见不了你。”

“该遇到的终究会遇到。”周彤说完这句话以后，直接转头去看窗外的景色，明显不想和叶安再说下去，叶安讨了个没趣，又板起那张扑克脸，再也没有说话。

李毅轻轻捏了捏周彤的手心，似乎是责备她不该和叶安斗气。周彤会意，吐了吐舌头向李毅做了个鬼脸。又想起将要面对的那些未知的所谓家人，心中泛起一丝愁苦，叹了口气。

李毅读懂了周彤的心情，手上紧了紧，对周彤做了个“一切有我”的口型。这让周彤的心中无限温暖。

这一路一直行了很久，车里的人再没有说话，周彤靠在李毅温暖的怀中，看着车窗外的景物，恍惚有种时光飞逝的感觉。不知道什么时候，一阵评弹声从远处传来，那熟悉的唱腔令周彤微微动容，再看窗外已近黄昏，而两边那街道、那房屋、那河流终于有了一丝熟悉的感觉，嘴里喃喃地自语着：“快到家了。”

巧合的是，周彤的话音刚落，汽车便放慢了速度，最后缓缓停住了。三人下了车，趁其余二人付车钱拿行李的空隙，周彤默默打量着周围的景物，现在横在她面前的是一条小河，河的两岸还保持着江南水乡旧有的双层尖瓦房，河上不时有小船驶过，带起阵阵涟漪。在不远处的小石桥上，挑着箩筐的买卖人往来行走，几个小孩子踏着桥上的青石板跳跃嬉戏，而远处隐约传来他们家大人的呼唤声。

回忆之门缓缓地打开，和眼前的场景交织重叠到一起，空气中弥漫着熟悉的气味，那气味让人感觉到安宁，令周彤不由自主地想起了自己童年时代的快乐，长久以来积攒下来的郁结，无意间缓解了许多。

“这条小河你应该不会陌生的。来，上船吧。”一个声音打断了周彤的思绪。原来是叶安，也不知道他从哪里弄来一艘乌篷船，站在船尾用竹竿撑着，然后抬起头对周彤二人说话。

“虽然变了一些，但本质还在。”或许是叶安这副“西装艄翁”的扮相很有喜剧效果，也或许是因为这一路李毅的开解，周彤没有再和他过不去，点头对他一笑，然后轻盈地跳到船上，引得船身一阵摇晃。看着叶安手忙脚乱，脸上还极力保持着那张扑克脸的模样，周彤心中一乐，呵呵笑着揶揄道：“你真会撑船吗？要不要我帮你？”

李毅见周彤终于有了笑脸，心中很是开心，踏上船坐到周彤身边道：“放心吧，生长在江南水乡的男人，有几个不会撑船的？”说完朝叶安点点头，有示好之意。

叶安的表情依旧没有什么变化，不过还是提醒了一句：“这里风大，你们还是坐船舱里去吧。”

周彤看了一眼那船舱，心头忽然闪过飞机上那狭小的卫生间，面色一白，却立马回复原状，笑着对李毅说：“我们就坐船头吧，好久没回来了，我也想看看这里有什么改变。”

李毅点点头，担心她会着凉，于是解下外衣披在她的身上。

叶安没有再说什么，竹竿一撑，小船就往河流中央驶去。

这一路行得不紧不慢，两岸的风景尽收眼底，远处又传来评弹的声音，周彤和李毅举目望去，在那远处的岸上有人在拨着三弦琴，几声琵琶响过，一个女声连说带唱，吴侬软语娓娓动听，弦瑟琮铮，悦耳异常。刹时间，让周彤有种走进了时光隧道的错觉。

“真怀念这条小河，小时候我常缠我妈带我来。记得每次来这里都能听到这评弹声，虽然不懂唱的是些什么，却觉得好听得很，这或许是从小生长在这里的缘故吧。哎，如果时间能一直停留在那一刻就好了。”或许被这熟悉的声音勾起了心中对母亲的一丝怀念，周彤那原本松开的眉头，又紧皱了起来。

李毅张了张嘴，想要安慰周彤，但一时之间却又想不出该说些什么，只好把鼻子埋在她的发鬓之间。周彤感觉有些疲惫，于是眯上眼，放松地躺在李毅怀中。叶安瞄了一眼亲密的二人，然后把眼光放到远处，手上不停划动着，而小船已不知走了多远。

过了好久，周彤睁开眼朝两岸看了看，喃喃地说：“我不喜欢这里……这里的一切总会让我想起那些不好的事，所以我在出国之后就再也没有回来过。我知道，你又要说我逃避了，但我没有别的办法。这里承载着我的快乐，也布满了刻骨铭心的悲伤。所以我不想看见这些，因为悲伤总是比快乐沉重得多。”

李毅见她情绪有些不对，小声安慰道："悲欢离合是人力不能控制的，和你相反，我对这里的一砖一瓦特别有感情。千古以来，都是景在人换，桃花依旧，人面全非。但记忆和感觉却是永远也不能磨灭的，只会随着时间的流逝愈发清晰。如果只记住伤痛的话，人只会越活越累，为什么不多想想好的地方呢？毕竟这里有你快乐的童年啊。"

"你总是这么豁达，要不是你说，我真的不会回来。"

"呵呵，我自小没有父母，只知道自己被人遗弃在这里，所以这里的小河就是我的母亲……"说到这里，李毅的眼神黯淡起来，周彤听出他的伤感，反握着他手，沉默了少许，李毅展颜笑道，"这里的河，一直通往上海，再流出公海至全世界，纵使流出多远，水也会有归来之日。人不也像潮水一样？总有归家的一天。你看，我也有伤痛，但我会忘记坏的，只记住这里的好。"

周彤摇了摇头："但我都忘了两岸的景色，只依稀记得在船上摇晃的感觉。"

"真的？"李毅的眼中闪过一丝狡黠，两手分按小船两边，手上一使劲，那小船便在他的控制下左右摇晃了起来。周彤没留神，猛地被吓了一跳，待她回过神，才发现是李毅在使坏，瞪了他一眼感觉还不解气，顺手捞起一捧河水朝他洒了过去。

冰冷的河水从面颊滑落进脖子，激得李毅打了个冷战，脸上却还是挂着笑容。嬉笑过后周彤又有些不忍心，连忙帮他擦拭起脸上的水珠。

李毅看着周彤那心痛又自责的可爱模样，心中突然涌起一股爱意，猛地把她拥进了怀里。周彤又惊又羞，却再也挣脱不开，只能红着脸把头埋在李毅的怀中。

感受着李毅那温暖的怀抱，侧耳倾听着他心脏强力的跳动，周彤只觉得整个世界平静了，那抹围绕在心头的悲凄也慢慢消散开来。

有你在，真好！

叶安用眼角瞄了一眼这对恩爱的恋人，脸上闪过一丝莫名的表情，张张嘴似乎低声说了句什么，只是一瞬间之后，又变回原来的样子。

他抬头往远处看去，拐角处那一片房屋的轮廓逐渐清晰起来，快到家了。

几分钟后，小船停止了前进，叶安把船停靠在一处梯坎旁，固定好之后，又回到船上把两人的行李一件件搬到岸上。“这人倒不算太可恶，起码挺热心的。”李毅这样想着，拍了拍望着水面失神的周彤，然后起身去帮叶安的忙。

周彤上岸后，第一眼就看见远处那一幢高大的房屋——那是周家的祖屋，虽说也是幢两层的建筑，却要比四周的房屋要高几分，再加上其欧式洋楼的外观，在整个村庄里格外显眼。三人行走在青石板铺成的小巷间，周彤见两边的房屋里面都是黑漆漆的，偶尔有风吹过，门口破旧的红灯笼左右摇曳，隐隐流露出几分说不清道不明的萧瑟。

“怎么没见其他人？”周彤好奇地问。

叶安侧过脸看了她一眼回答说：“全搬走了，这一片被房地产商征发，所以原本住在这里的人都走了，就只有我们一家还守在这里。你父亲临走前的意思是让你来决定。”

周彤点点头，没有回他的话。一阵冷风吹过，不由得缩了缩脖子，左右看了看这一幢幢空房子，再转而从远处望去，那幢大宅里闪耀着幽幽的灯光，一明一暗，说不出的诡异，这让她有种流放于孤岛的不安感。

走过一个拐角，那幢孤独的建筑终于展现在三人的眼前，这时候夜幕已经悄悄降临，西山最后一丝夕阳斜斜地打在大宅临街那面布满蔓藤的墙上，氤氲出一抹紫色的光幕，和那蔓藤的影子交相重叠，清风拂过，光与影交织在一起微微荡漾，显得立体而生动。

“哇……”李毅看得有点痴了，在他眼中这般的奇景应该在童话或者动漫里才会出现，却没想到自己能亲眼见到。他半张着嘴，两眼有些发直，一时间竟找不到什么合适的词来形容。

直到天色全暗了下来，掩盖住了那道光幕，李毅这才意犹未尽地问

道："好漂亮，这就是你家？"

周彤点点头，从小生长在这里的她虽说早已看惯了这个场景，但还是对李毅解释道："是的，这套祖屋从我爷爷那一辈就有了，也不知道这墙面上涂了些什么，平日里和普通的白墙一样，但在月光下会显得有点紫色。不过，那都是很平常的，有时候太阳落山那一刹那会泛出像烟雾一样的紫光，这样的情况平日里很难见到。"

"那我岂不是很走运，第一次来你家就见到了。我想你的家人会很喜欢我的。"

"我已经没有家人了……"周彤低语着，言语中透着一丝苦涩。李毅揉了揉她的肩膀，然后瞄了叶安一眼，见他正专注地看着脚下的路，似乎没有听到周彤的话，心中有些放心。李毅觉得既然到了这里，不管是否有矛盾也该尽量维持表面上的平静，彤彤的话有些伤人了，如果叶安没听见还好，要是听见了，不知道会有什么心思。

但李毅转念一想，就算真的被他听去了又怎样，这本就是个是非之地，有什么事我全帮彤彤挡着！

想通了这一关节，心中也就释然了。

不多时三人走到大宅近前，见大门口站着一名女子，看面相应该有二十来岁，瓜子脸，五官颇为精致，齐肩直发，穿着一席小碎花长裙，很典型的江南女子。那女子先是冲叶安甜美一笑，然后朝周彤二人点了点头。

叶安回过头介绍道："这是你爸之前的护士沈璐。"

沈璐听他这么一说，已经明白了面前这两位的身份，善意地一笑："周小姐，你好。"

"我爸的护士？为什么……"周彤觉得有些奇怪，抬眼看向叶安，后者忙解释说："她现在是我姐的私人护士，我姐最近身体也不大好，所以在你爸走后，继续请沈小姐当她的护士。"

周彤听叶安这么一说，也就释然了，于是对沈璐介绍道："这是李毅……"说到这儿，周彤连忙又加了一句，"我们已经订婚了。"

“你好。”李毅有些尴尬地朝沈璐打了个招呼。

沈璐似乎听出了弦外之音笑道：“那先恭喜你们了。”

“这个……谢谢。”李毅苦着脸，偷瞄了周彤一眼，然后对叶安道，“咱们还是进屋再聊吧，这一路辛苦你了。”

叶安点点头，提着二人的行李和沈璐并肩走进大门。李毅特意慢走了几步，和前面两人拉开了一段距离之后，在周彤耳边小声嘀咕着：“嘿，干吗像防贼一样防我？”

周彤白了他一眼：“谁叫你那么爱招惹女孩子，我要把危险扼杀在摇篮中！”

李毅两手一举，投降道：“我哪有，这明显是诬陷！我是什么人，你还不了解吗？”

“哼，我就是太了解你了，刚才看人家小姑娘看得眼睛都直了，你还敢说没有什么别的心思？怎么，要不要我帮你撮合一下？”

李毅被她说得一脸愁苦，忽然抽了抽鼻子：“你闻，好像什么有气味。”

“什么气味？”周彤听他这么一说，也下意识地皱皱鼻头，往四周嗅了嗅，却没有闻到什么怪味，有些不解地看他。

“酸味啊，那么大的酸味你都没嗅到啊。啧啧，谁家的醋坛子打翻啦……”李毅突然戏谑地一笑，一副阴谋得逞的模样。

“你讨厌！”周彤这才听出，原来是李毅故意作弄她，用手肘顶了他一下。李毅呼了声痛，然后就像软体动物一样瘫在周彤的身上，不管周彤怎么用力推搡，他就是赖着不走，反倒贴得更紧。两人一面跟着叶安的脚步，一面互相挤推，倒也玩得自得其乐，刚才的小小不快早已烟消云散了。

周家的大门离住宅的直线距离也就二三十步远，不过因为院子里种了很多花卉的缘故，小路有些弯弯绕绕。周彤和李毅在后面磨蹭，一直走在前面的叶安两人倒没有说什么，几步之后走过一个拐角，视线就被植物挡住，没了踪影。不过这并没有什么担心的，反正周彤从小就住在这里，看不见叶安二人，倒是让周彤有些放松。

她停下来看了看左右的花卉，有些感慨地说："这里花草树木的摆放还和我离开的时候一样，在我小时候的记忆里，这院子里的花草一直都长得很好，这里好像永远都是春天，外面的花朵和树叶都凋谢枯黄了，而这里依然新绿如初，现在想起来就好像和外面隔了一个世界。"

"或许这就是传说中的风水宝地吧，否则怎么会养育你这样的美女？"

"少贫嘴。"周彤小小地啐了他一口，却掩饰不住嘴角的笑意，所谓女为悦己者容，哪个女人不希望得到爱人的赞美？小小地得意了一把之后，周彤对李毅说道："是不是风水宝地我不知道，但有个人的功劳是不能不说的，要不是蓝叔叔的细心照料，这院子里的花卉也不会如此美丽。"

李毅恍然想起周彤以前很少提她家的事，倒是提起过这位花匠，每次说起蓝叔叔来，她都会不自觉地流露出敬爱与亲切的神情，于是答口道："蓝叔叔……哦，我好像听过，是你们家的花匠吧。"

"不许你这样说蓝叔叔！"周彤发觉自己刚才的语气不太好，于是缓了口气轻声说，"蓝叔叔一直打理我们家的院子，在外人看来他是周家的花匠、下人，但对我来说却是除了父母以外最亲切的长辈。现在我爸妈都走了，如果真要我说的话，就只剩蓝叔叔这一个亲人了。至于姓叶的两姐弟……"

周彤的话没有说下去，但其中的含义不言而喻。李毅不希望她因为这种心态，闹得大家都不愉快，连忙转移话题道："蓝叔叔既然是你的长辈，那么也是我的长辈，明天一定要见见他。嗯嗯，说不定能从他那儿听到些你小时候的糗事。"

"蓝叔叔最喜欢我了，才不会给你说那些！"说到这里，周彤脸色又黯淡了下来，"蓝叔叔身体一直不太好，我走以后也一直没和他联系过，都怪我太任性……先前我还有些不确定，但现在看到院子里的这些花卉，我就知道蓝叔叔还在这里。哦，还有小染，不知道他现在是什么模样。"

"小染是谁？"

"小染是蓝叔叔的儿子，比我小两岁。我小时候没有什么玩伴，只有他陪我玩，我还记得我们最喜欢在这小花园里捉迷藏。”说着说着，周彤恍惚想起那个腼腆的小男生。记得最开始的时候，他很害羞地一直躲在蓝叔叔的身后不敢见人，最后还是周彤强拉着他陪自己玩。而每次游戏都是她藏着等小染来找，然后远远看着他找不到自己的心急模样。现在回忆起来，其实是欺负小染的时候多一些。

李毅见她一脸甜蜜的样子，开玩笑地说：“哟哟，原来是青梅竹马啊，好羡慕哦。”

周彤红着脸白了李毅一眼：“小染是个好孩子，你别这么说。”

“嗯，大家都是好人，就我是坏蛋。”

“你本来就是坏人，坏到骨子里去了！小染不知道比你好多少。”周彤用肩膀顶了李毅一下，然后叹了口气说，“那也是小时候的事了，后来小染回老家读中学，我们就再也没有见过面了。过了那么多年，应该长成大小伙了，也不知道他现在过得好不好，还记不记得我这个经常欺负他的坏姐姐……”

李毅听出了周彤言语中的伤感，于是拍拍她的肩膀安慰道：“有缘的话一定能见到的。反正明天要拜访蓝叔叔的，到时候我帮你打听一下小染的消息，你看怎样？”

“嗯。”周彤点点头，李毅的豁达让她很是感动。

李毅看了一眼前方的灯火：“走吧，别让他们等久了。”

“哼，他们爱等不等。”周彤嘴上虽然这么说，但还是加快了脚步——她看出李毅有些乏了，毕竟赶了一天的路，早早回房休息也好。

两人离开之后，院子里又恢复了先前的安静。但周彤和李毅不会想到，就在他们刚才驻足不远处的一棵老树下，还有一个身影一直停留在那里，垂着头看不见那人的脸，只是那双紧握的拳头在微微颤抖着，说不出他的心情是激动，还是愤怒。

有风吹过，树叶摇曳发出沙沙的声响，似乎惊醒了思绪。紧接着，那道身影慢慢后退，最终隐没在阴影之中，再也寻不到一丝踪迹……

第三章　一夜

老宅的夜安静而又深邃，从院子里朝大厅看去，昏暗的灯光左右摇晃着，扯出大片的阴影。叶安两人原本是站在门口的，看见周彤和李毅近了，这才转身走进那昏暗的大厅之中，从这个距离看去，好像被卷入了巨兽的嘴里似的。

周彤的脚步一顿，她不知道自己怎么会这样，只是觉得那大厅里有种阴森的感觉，令她有些不安，所以不敢再向前迈出一步。

“怎么了？”李毅看出了周彤的不安，略一思考，想通了其中的关节，在进入这道门以后，将要面对的都是没有血缘关系的“亲人”，而家族财产的矛盾亦会在不久的将来被一一激化出来。周彤的父亲刚离世，便要她面对这一大堆的麻烦，如果换做李毅自己，或许也不知道该怎样面对吧。

不过，既然已经来到这里了，就没有理由再逃避。于是李毅轻轻拉了拉周彤的手，在她耳边温柔地说道：“放心，一切有我。”

周彤感激地看了李毅一眼，深吸了一口气，走了进去。

可是，就在周彤的脚刚踏进大厅的时候，大厅里那盏原本就昏暗的灯，似乎算准了她的步子一般，就这么突兀地熄了。

整个世界一片黑暗，就像陷入了无底的深渊，一股阴冷的气息从暗处袭来，激得周彤浑身一颤，心中涌起一股惊恐。好在这个时候一双有力的大手把她的身体拥进一处温暖的所在，嗅着身边那熟悉的气息，周彤的心安定了许多，只听到身边传来一声质问：“叶安，这是怎么回事？”

前方的黑暗中传来一声幽幽的叹息，然后听见叶安“哦”了一声，一道亮光就打在了两人的脸上。陡然的黑暗与光亮让他们的双眼很难适应，下意识地把手挡在眼前。这时候又听到李毅的声音响起：“叶安，你到底想做什么？”这质问声中隐隐含有一丝怒意，周彤明白李毅有些发火了，他的脾气虽然很好，但真正发起怒来却是什么都不管的。不过，周彤反倒是喜欢他这样子，这样的他给了周彤很大的安全感。

“哦，不好意思，是我事先没有提醒你们。”叶安的语调依旧是那么不紧不慢，他把手电撇到一边，然后走到两人面前，然后把手电递给了李毅道，“最近经常停电的，我们已经习惯了。”

李毅一把拿过手电，狠狠瞪了叶安一眼，但这黑灯瞎火的也不知道叶安有没有看见。遇上这样的人，李毅就算有多大的火也无处发，只好小声对周彤道：“没事了，只是停电了而已。”

与此同时，沈璐那边也亮起一道灯光，应该是早就预备好的，但不知道是为了这停电，还是为了周彤二人，只是听她说起：“这个村子里的人都搬走了，就只剩下我们一家。所以经常被断电，这还没什么，有时候还停水呢。哼，肯定是那帮人搞的手段……”

叶安接着她的话说道：“算了，应该是线路老化，电压不稳定的缘故吧，老是时有时无的。叫过人来修理，却总没有回应。我们也没办法，等你们习惯了就好了。”

沈璐一边走，一边叹道：“唉，乡村生活就是这样。”

两人一唱一和倒是显得十分默契，周彤小声嘀咕着：“我可住不惯。”

“算了吧，入乡随俗，况且这是你我的故乡，以前我家那片也经常停电停水，那时候家家户户都备着煤油灯，停水的时候，我还挑着担子去挑水呢。安啦，这回咱们就当又过一把小时候的生活。”既然误会都说通了，李毅也不想纠缠下去。

周彤听他这么一说，也不想增加麻烦，也没有再说话。

谁知道沈璐忽然冒出一句：“你会慢慢习惯的。”

周彤听得心中有气，这是我家，反倒要你这个外人来教训我。再加上看到她和叶安很有默契的样子，于是乎，刚才对这个江南美女积攒的一丁点好感也消散了，于是反唇相讥道：“呵呵，听你这么说，看来你倒是挺习惯这里的。”

沈璐停下脚步，回头淡淡地说：“当然，我在这里五年了。”

周彤刚想回她一句，这时候大厅里的灯又亮了起来，看来情况真如叶安说的那样。而这么一打岔，周彤再也提不起和沈璐打嘴仗的兴趣。于是，拒绝了叶安共进晚餐的邀请，和李毅一起回了自己以前的卧室。

“李毅，我们办完遗产的手续就离开这里，好吗？”

“嗯。”

“嗯是什么意思？”

“就是好的意思啊，晚了先休息吧。”李毅说完，把自己整个人埋进床里，那柔软的床垫似乎很合他的心意，一脸舒适的表情。

周彤跺了跺脚，再看墙上的时间才八点过，这个时间段如果换做平时的话，她和李毅应该舒服地躺在沙发上看电视，或者去电影院看场电影，然后沿着海边的沙滩走上一圈才回家。可现在倒好，不只要忍受时不时的停电，想要打发时间也无事可做。

把高跟鞋踢到一旁，用力揉了揉脚踝，这才舒服许多，这让周彤有点羡慕李毅——他穿的是运动鞋。

周彤感觉有些疲惫，但更多的是心累，却没有半点睡意，她斜靠在沙发上，打量着整个房间。房间里很整洁，应该是经常有人打扫的缘故，而很多摆设依旧和她离开时的一模一样，只是换了张大床，而在不远处的书架上，摆放着各种书籍和玩偶。

周彤走过去拿起其中一个，那是个洗得发白的绒布玩偶，从外观来看已经很旧了，边角泛起了毛边，但许多破口的地方都缝补过，只是缝补的人似乎不擅长针线活，线路歪歪扭扭的。

“这难道是……”周彤喃喃自语着，口气中带着一丝不确定，然后她又把其余那几个玩偶都拿出来一一查看，情况都和刚才那个绒布玩偶一样，破裂的地方都缝补过，似乎都出自于同一个人之手。看到这里，周彤好像读懂了什么，眼中泛起一抹雾气：“爸爸，是你吗？”

虽然离家十年，虽然一直不想提起家乡的那些悲痛的回忆，但周彤依然很清晰地记得，那些玩偶都是爸爸买给她的，也是自己小时候最喜欢的。那时候她每天睡觉都要抱着这些玩偶才能安然入睡，可是妈妈去世不久，爸爸就似乎忘记了妈妈的存在，和一个陌生的女人结了婚，还要自己叫这个女人妈妈。从那时候起，周彤就讨厌爸爸，顺带地讨厌这个家，讨厌这些玩偶，一直到离开这里，到澳洲生活……

周彤原以为自己永远都会留在澳洲，再也不回来，再也不会和父亲以及那个继母有任何交集，可是，当她忽然听到父亲离世的消息时，心中莫名疼痛起来，儿时与父亲相处的点点滴滴，如电影倒带般在眼前回放，而那掩埋在心底足有十多年的亲情一涌而出，像尖刀一样，剜着她的心脏。

而现在，当周彤看见这些曾被她丢弃甚至恶意破坏的玩偶又出现在她的眼前，一件不多一件不少，恍惚看见了一个景象——

在昏黄的台灯下，父亲直腰坐着，宽大的肩膀遮挡出一大片阴影。他眯着眼把线穿过针眼，然后笨拙地缝补着玩偶上的豁口。他的动作虽然笨拙，但目光中带着温柔与关爱，似乎手里缝补的不是玩偶，而是他和女儿破裂并疏远的感情。

也不知过了多久，他长舒了口气，苦笑地看着指肚上被针扎出的小孔，又揉了揉发涩的双眼。而可喜的是，手中那玩偶已经被他完全缝补好了，虽然补得很难看，但他依旧如观赏艺术品那般凝视着，那双布满血丝的眼中，饱含着希冀的光……

场景一晃，不知道多少年后，父亲的腰不再直立，原本宽阔的臂膀也因为病痛的原因变得瘦弱不堪，他欷歔地看着这个空荡荡的房间，然后吃力地走到周彤现在站立的位置，拿起书架上的玩偶一个个看着。他看得很认真，似乎能透过布料看进玩偶的心里。慢慢地，那紧皱的眉头终于舒展开来，嘴角也扬起了一丝笑意，好像在玩偶心里找到了保存着的女儿的欢笑与声音……

想到这里，周彤的心又开始疼痛起来。记得母亲离开的时候，自己的心也是这样痛，当时不懂事，无法形容只能一直哭泣。而现在她终于明白了，这世界只有亲情是无法割舍的，当你以为自己已经淡漠了，但亲人再次离开的时候依旧会有这样的痛苦感受。

好痛，痛不欲生！

这时候，床上的李毅翻了个身，喃喃说了些什么，虽然听不清却打断了周彤的思绪，她这才发觉自己脸上不知什么时候已经满是泪水，刚用手擦拭干净，却立即又涌了出来。身体是最诚实的，不管你内心怎么掩饰，依旧会被表露无遗。

哭过之后，心里轻松了很多，周彤把玩偶一件件摆了回去，似乎这动静大了些，惊醒了浅睡的李毅。他揉着眼望向周彤道："你怎么了？"

"没，只是想起了一些以前的事……"周彤侧过脸，不想李毅看到她现在的状况。

"那想起了些什么？"

周彤不愿意再在这个话题上纠缠下去，连忙把话题岔开道："大懒虫，一回屋就自顾睡了，也不理我。还有，赶了一天的路你都不洗一下，脏死了！"

"好，明天再洗。"李毅打了个呵欠，又把脑袋埋进了枕头里。

"你就不能陪我说说话吗？"

"嗯，这床单颜色不错，我喜欢。"

周彤皱了皱眉道："哼，你就知道敷衍我！"她明白李毅确实累着了，也就不想再烦他，就让他睡个安稳觉，虽然没多大睡意，但在床上躺着也好，于是进洗手间洗把脸准备睡觉。

脸上的泪痕被水流冲刷掉，终于舒服了许多，周彤抬起头，突然从镜子里看见门口有个人影，她心中一颤，猛地转过头，却看见李毅靠在门口，皱着脸挠着后脑勺看她。周彤这才松了口气，却又连忙把毛巾挡在脸上骂道：“吓死我了，你一声不吭地站在门口干吗？”

“你不是叫我陪你说话吗，咦，你把脸遮住干吗？”

“讨厌，你不知道不能看女人卸妆的样子吗？快出去。”

“又不是没见过……”李毅小声嘟囔了一句，却被周彤听了个正着，连忙把他赶出了洗手间，命令地说：“不许进来，不许偷看，有什么话就这样说。”

李毅苦着脸坐回床上，这床垫柔软得很，一碰到就想打瞌睡，但为了不让周彤感到孤单，还是强撑着睡眼说：“其实你也挺累了，明天起来再洗漱不成么？”

“不要，你以为谁都像你那么邋遢。不擦晚霜的话第二天起床皮肤会变不好的！”洗手间里传来周彤的声音。

李毅举起手做了个投降的姿势：“好吧，真的败给你们女人了。不过话说回来，我们真的要这样对话？我总感觉挺奇怪的。”

周彤把头从洗手间里探出来看了李毅一眼问：“有什么奇怪的？”

“没什么，就是不太习惯。”

“哼，我还不习惯呢。换了新环境也不知道今晚能不能睡着，你倒好，躺床上就睡着了。我问你，是不是随便摆张床给你都能睡着？”

李毅听出了她话中的弦外之音，连忙辩解道：“哪有，这不是你家嘛。”

“我都说了不回来，全怪你。”

“好吧，是我错了。但来都来了就别想太多，我觉得他们对你没什么。”

周彤把毛巾丢到一旁："他们对我的态度是没问题，但他们对你的方式，却令我很不满！你别说你没发觉，那叶安有好几次明明在戏耍你。"

李毅苦笑着摇了摇头道："这个……他们又不认识我，第一次见面总会生疏些，有些防备也是很正常的，你别想多了。"

"他们知道我是回来继承祖屋，心里哪会甘心，肯定把我当成夺产的人了。"说到这里周彤叹了口气，"算了，我知道你是想息事宁人，咱俩在这里争论这个也没意思，吵起来反倒让他们高兴。"

"呵呵，我们感情那么好，怎么可能吵架？你也别只往坏处想，世界是充满光明的，是和谐的。"

"反正我们办完事就走，才不跟他们较劲。"

李毅只觉得眼皮越来越重，下意识地回答道："嗯，这就对了……不行了，我快撑不住了，你还要多久啊？"

"别等我了，你先睡吧。哎，记得换衣服。"

待周彤梳洗完毕之后，她轻手轻脚地走到床边，见李毅早已熟睡，睡梦中的李毅就像个小孩一样，抱着枕头嘟着嘴，不时发出轻微的鼾声。周彤童心大起，伸出手指在他鼻子上一顶，李毅就像小猪一般哼哼了两声，周彤想笑，却又怕吵醒他，连忙捂住嘴，又顶了顶他的鼻子。

似乎感觉到有人在作弄自己，李毅用手在鼻子前扇了扇，然后换了个姿势，不多时又睡着了。

"大懒虫，这么快就睡着了，衣服都还没脱呢。"周彤朝他做了个鬼脸，然后掀起被子盖在了他的身上。

见李毅睡得那么熟，周彤也想好好睡一觉，虽说医生提醒过她安眠药要少吃，但至少没有禁止使用，这一天下来周彤只觉得心中疲惫万分，再不睡个好觉的话，更没精力来处理家中遗留的事务。从包里翻出安眠药，倒水时才发现水瓶里空荡荡的，看时间已经十点了，她很反感叶安，所以不太想和叶安单独见面，想来他们现在应该没在大厅里了，于是随意套了件外套出了房间。

夜晚的老宅一片朦胧，微弱的月光从窗帘外透进来，微风拂过，白色的轻纱缓缓扬起，这场景让人恍惚回忆起小时候看过的香港鬼片，说不出的压抑。周彤把手机屏幕当做手电筒，慢慢前行，终于找到了大厅电灯的开关，一按之下却没有任何反应。

“房间里不是还有电吗？”周彤自语着，她的声音在这安静的大厅里显得异常突兀，连忙闭上嘴，就着屏幕的亮光朝厨房摸索去。

“啪嗒啪嗒……”拖鞋踏在地板上发出怪异的声响，在这空荡的大厅中回荡，一声接着一声最终串连到一起，听起来就好像有人踩着步点跟在她身后似的，周彤猛地一停，那声音也戛然而止。

大厅里又陷入了安静，静得让人心寒，一股陈年累月的气息弥漫在周彤的左右，整座老宅好像荒废了许久一般，没有一丝生气。

周彤停顿了好一会儿，这才迈开脚步，而就在她鞋底刚要触及地面的时候，她忽然迟疑了，侧过头用眼角的余光朝后面瞄了一眼，身后朦胧一片，却是什么都没有。她这才松了口气，转过头把抬起的脚放了下去。

“啪嗒。”又是一声脚步声，与此同时周彤整个人突然僵住了，汗水从额头慢慢地滑落下来，一股凉意从脚底腾地冲上了大脑。她呆呆看着自己那只依旧悬在半空中的脚，只差一厘米，离地板只差一厘米，而这短短的距离清楚明白地提醒她，那声响是从背后发出的！

谁？

谁在后面？

我该怎么办？

时间仿佛停止了，大厅里沉寂下来，只有周彤的心跳与呼吸声不断地交换，重叠，然后被无数倍放大，在这空荡而寂静的环境中回荡，形成无数的回音，如一层层枷锁绑在周彤的身上。

周彤感觉自己快崩溃了，那原本就紧绷的神经在这一刻被无限拉伸，而就在她感到最彷徨最无助的时候，“啪嗒”一声又从身后响起，周

彤只觉得自己脑袋里似乎有什么东西“啪”地断掉了，她猛地回过身，发狂地对身后大喊：“谁，谁在跟着我？叶安，是你吗？你别搞鬼了，这点小把戏吓不倒我的！”

现在的周彤就像一只发了狂的母豹子，几乎要向那处黑暗中扑过去一样。可是，没有回应，只有她的声音在空间里回荡、折叠，然后形成回音，传回自己的耳朵。除此之外什么也没有，而那脚步声就好像是幻觉一般，显得不那么真切。

周彤愣在原地，直直看着那一片朦胧缓缓地延伸，延伸到黑暗之中，黑暗仿佛把整个老宅都吞噬了，唯有自己站的这方寸之地才有一丝光亮。

对了，光亮！周彤这才想起手上一直用作照明的手机，她深吸了一口气，抬手朝那片黑暗中照去。抬手之间，光亮驱散了黑暗，像拉开了舞台的幕布，周彤秉着呼吸朝光亮中看去，下一秒，她瞳孔猛地一收，而这时，那道光突兀地暗了下来。却是手机屏幕自动关闭了，可是就在这惊鸿一瞥之间，她清楚地看见了一双脚，那是双男人的脚，穿着系带皮鞋、西裤，如木头一般定在那里。

周彤的呼吸凝重了许多，她现在知道自己身后确实有人，而且绝对不是李毅，因为李毅穿的是运动鞋。

难道是叶安？

想到这里，她重新按亮了手机屏幕向那人照了过去——然后，她看见了一张脸。

“哐当”，周彤的手猛地抖了一下，手机掉落在地面，她整个人也随之瘫坐在地上。

她看到了，她看到在那片黑暗中有半张扭曲的脸！那深凹的眼球，不对！那眼眶里根本没有眼球！虽然只是一眼，但周彤记得清楚，那半张青灰色脸上肌肉、五官全都扭曲到了一起，就像有人用大力把它们生生搓在一起那样，而那变了形的嘴角却高高上扬，弯成一个诡异的弧度，就如同……如同有只无形的手，从身后探出，撑起了那个笑容。

周彤张着嘴，喉咙里呵呵呼着气，却发不出一丝叫喊声。与此同时，黑暗中似乎有什么东西被周彤惊醒了，那“啪嗒”的脚步声再次响起，而掉落在地面的手机屏幕依旧亮着光，正好映出那个身影。

“别，别过来！”周彤看见黑暗中的那个轮廓逐渐清晰，脑海中又浮现出那张恐怖的脸，一时之间也忘记了逃跑与求助，只是下意识往身后挪动，带着哭腔求饶着。

那身影走在手机前一顿，淡蓝色的光打在身上，显得愈发骇人，然后一俯身拾起了手机，递到周彤的面前：“你的手机掉了。”

那是个平静的声音，却不像叶安那般不含喜怒，隐隐透着一丝温柔，周彤抬头看去，这一次却发现了另外一张脸——那是张颇为俊美的面孔，而且令周彤有几分眼熟。

或许是那温柔的嗓音和眼熟的面孔令周彤忘记了惊恐，她伸手接过手机，又下意识地朝那人侧面看去。他见周彤正打量自己，连忙把身子一侧，而周彤这才发现，原来这人的左半边脸应该是被毁容过，否则不会像现在这个样子。

“对不起，吓着你了。”他平静地说着，眼神显得异常沉郁。

“你是谁？”

“那你又是谁？”他的口气虽然生硬，但并不是那种生人勿近的感觉，这一点周彤感觉得出来。

“我叫周彤。你呢？”

“周彤……”那人思索了一阵，恍然大悟道，“哦，你是老爷的女儿，我叫蓝染。”

“什么！你说你叫蓝染！”周彤两眼圆瞪，吃惊地看向他，连忙追问道，“你是蓝染，是蓝林叔叔的儿子……蓝染？”

“怎么，你知道我？”

“小染，我是彤姐姐啊，小时候我们经常玩游戏捉迷藏的，我们是最好的朋友，这些……你还记得吗？”周彤一边说，一边盯着蓝染，似乎

想从他的表情里找出些什么。

“我记得。”蓝染平静地回答，却依旧保持着那个俯视的姿势，他脸上的表情似乎在对周彤说：记得又怎样。

周彤有些失落，在她的想象中两人再次见面时的气氛不该是这样冷淡，她抬起手对蓝染道：“能不能拉我一把，我站不起来了。”

蓝染没说话，只是把手伸了过来。他的手很冷，也很粗糙，并不如李毅那般温暖细腻，待周彤拉着他的手站立起来后，便立刻收了回去，似乎并不想和她有过多的接触。

周彤咬了咬嘴唇，问道：“蓝叔叔身体还好吗？”

“还好，年前进了疗养院，现在病情终于稳定下来了。我在念大学，暂时帮我爸打理这里的花园。我就住在外面的小屋里，刚才见大宅里有动静，所以从后门进来看看。”说起父亲，蓝染的话终于多了些，末了还加上一句，“我爸经常提起你。”

周彤心里一喜，追问道：“是吗？那蓝叔叔住在哪间疗养院，你能不能带我去看他，我也很想蓝叔叔的。”

“有机会的。”

“那咱俩说定了。”

“好，我爸见到你的话，一定会很高兴的。”蓝染的脸上终于浮现出一丝笑意，虽然是一个侧面，但隐藏在黑暗中的另一边脸上却不知是怎样的表情。

看着蓝染的笑容，周彤突兀地联想起他另外半张恐怖的脸，和现在这个俊美的侧面连在一起，却是一半天堂一半地狱，令人欷歔不已。而这时候的她心中早已没有了惊恐，因为站在她面前的是小染，那个追在自己身后叫彤姐姐的小染。周彤现在还记得，小染小时候是个很漂亮的男孩子，长大了也应该很俊美的，但谁会想到，十年后的他会变成这副模样。或许，在他那半张毁容的面颊里应该埋藏着说不尽的苦难吧。

想到这里，周彤心中异常苦涩，她痛惜地伸出手，想要安抚他脸上的伤痕，想要问问他，到底发生了什么事。可是，蓝染似乎发觉了她的意图，连忙往后退了一步，依旧侧着身子说：“小姐，请自重。”

“你说什么！”周彤瞪大了双眼，有些不真切地看着蓝染，而那僵直在半空中的手轻微颤抖起来，却久久也不能放下。

“你……你以前都叫我彤姐姐的。”

蓝染淡淡一笑：“那都是小时候不懂事，我爸是周家的花匠，而我也靠着周家的钱才能读大学。我们两父子都是周家的下人，叫您小姐是应该的。”

下人，可是我从来没有把你们当做下人！

周彤心中说不出的委屈，因为在她的眼里，蓝叔叔一直是自己敬爱的亲人，而蓝染是她的弟弟，虽然没有血缘关系，但朝夕相处下来的感情是没有半点虚假的。每当她想起自己的家乡，想起这座老宅，除了悲伤之外还有几分温暖，那温暖属于父亲，蓝叔叔，还有小染。

而现在，那个和她在童年里经历过无数欢笑的弟弟，居然在她的面前自称为下人，这个疏远的称呼让周彤心痛不已。

“你真的是蓝染吗？”周彤不确定地问。

“当然。”

周彤惨笑道：“不，你不是小染！真正的小染只会叫我彤姐姐，而不是什么小姐。我们一起生活了四年，不知经历了多少欢笑与快乐。小染很内向，一开始的时候，总是拉着蓝叔叔的衣角，躲在他的身后不敢见陌生人，比小女生还要害羞。是我强拉着他陪我玩，刚开始我只是抱着恶作剧的心态作弄他，但相处久了之后我发现他其实是个很好的孩子。他很会关心人，怕我躲得太远有危险，便装作心急的样子，这样我就可以看他着急而不会跑得太远。其实，他早就发现我了，只是瞒着不说而已。

“他一直跟在我身后，叫我彤姐姐，蓝叔叔叫他要叫我小姐，但他总是不听，挨了不少训。呵呵，但我就喜欢他这么叫我，因为这样才是最真实的，这才是我的小染。

“而现在，你叫我小姐，你觉得这样的称呼是对我的尊敬吗？告诉

你，我不屑！我不知道你这样急于撇清我们的关系是为了什么，现在的你让我想起一个人——叶安。你在学他，学他的动作，学他的表情，可是你学不到他的冷漠，你的声音里还有温暖，我听得出来。那么你到底想怎样？为什么要通过这样的方式凭空造出一个陌生的蓝染，难道……是因为你的脸？

“可是，小时候的欢笑难道就那么容易忘却？如果你要说真的忘记了，那么你就不是小染！但问题是，你的心真的忘记了吗？

“小染，虽然我不知道你在这些年里到底受了怎样的苦难，但看见你现在的样子我很心痛，真的。我一直把你当做亲人，当做我的弟弟，你过来让姐姐好好看看你，行吗？”周彤哽咽地说着，她朝蓝染招了招手，唤他过来。

她这一番心里话说得蓝染也有些动容，脸上的表情开始变得不自然起来，像是笑又像是哭，只不过在这朦胧的月光下看不真切。浑身开始不自觉颤抖着，他抬起脚想要走近一步，在半空中又收了回去，却再次抬起脚……就这么来来回回几次之后，蓝染终于强压住了内心的挣扎，他幽幽地叹了口气说：“夜深了，早些休息吧。”

说完，不等周彤回应，便退进了黑暗之中。

“你还是不敢走近一步吗？”周彤无力地靠在墙上，喃喃说着，像是自语亦像对蓝染诉说。她感觉得到蓝染应该没有走远，但这又能代表什么？他终究选择了离开，难道是说不想和自己再有任何交集？想到这里，一种孤独感油然而生。

不，小染不会的。

他一定是有苦衷，难道真的是因为脸的关系？

周彤胡乱猜着，现在也只有这个原因才能让她释然。小染本就是个内向的孩子，这一点从第一次见面时就很明白，再加上毁容的关系，心里一定很难受吧。那么他不敢直面周彤，并且和她保持距离也就说得通了。

想通了这些，周彤的心中升起了一股勇气，她紧拽着拳头默默想着：“小染，你放心，彤姐姐不会丢下你的。不管经历过多少伤痛，彤姐姐都会站在你前面，我会保护你，就像小时候一样！”

心情经过了这么大的起伏，周彤有些乏了，原本是想去厨房倒杯水，却不想这其间发生了这么多的事。大厅里依旧安静，不过现在的她已经没了那份恐惧，紧走几步进了厨房。

而就在她倒好水之后，刚一转身却发现一个身影出现在自己面前，周彤一惊，手上的水杯掉落在地上，哗啦一声碎裂开来。而周彤这才看清楚那人的样貌，原来是叶安。

“你没事吧？”叶安上下打量着周彤道。

周彤往后退了几步，裹了裹身上的外套，戒备地问：“你在我身后干吗？”

“我只想看你在干什么。”

“你大半夜不睡觉，就是想看我在干什么？”周彤紧盯着叶安的双眼，想要从中找出他真实的意图。

叶安苦笑道：“你和蓝染在大厅里说了那么久的话，我是被吵醒的，所以顺道来看看。”

“你偷听我们说话？”

“这……”叶安的脸上终于露出无奈的表情，“好吧，你和谁说话都与我无关。你喝了水先走吧，地下我来收拾。”

匆忙喝水吃完药，见叶安依旧站在原地，便躲过他出了厨房，身后的叶安突然开口说道：“少吃点安眠药，对身体不好。”

周彤回头看了叶安一眼，见他正看着自己，眼神之中说不出的怪异，没来由地浑身一颤，便逃一般跑回了自己的卧室。

叶安默默看着一地的玻璃碎片，皱了皱眉说道：“你不该这个时候出现。”

“我只是想看她一眼。”黑暗中传来蓝染的声音。

“难道你忘了自己曾说过的话？”

长久，蓝染的声音才回应道：“没有。”

叶安轻笑道：“那么，别忘了我们的约定。”

这一次，蓝染再没有回答，而叶安也失去了继续问话的兴趣，老宅的大厅又一次陷入了沉静……

第四章 惊梦

天刚蒙蒙亮的时候，周彤就从睡梦中醒来了，或许是因为安眠药的作用，一夜无梦并且睡到了天亮，虽然身子还有些虚浮，但精神却好了许多。周彤穿好衣服走出卧室，见大厅里没人，而老宅的大门也半掩着。

她推开大门走出老宅，入眼的依旧是萧条的村庄，那些尖顶的瓦房寂寞地立在那里，却没有一丝的人气，阳光迎面照射过来，掩出大片的阴影，黑压压的好像一座座连体的巨型墓穴那般，让人感觉说不出的压抑。

一阵清风拂过，夹带着泥土与新叶的芬芳，耳边隐约传来评弹与流水声，评弹优美、水声潺潺，两种声音重叠在一起别有一番风味。周彤寻声走去，来到了一条小河旁，举目望去，见河对岸已是炊烟缭绕，一副生机勃勃的景象。

周彤暗叹一声，这小河的两岸比对起来，就如同相隔了两个世界，河对岸歌声人声不绝于耳，而自己身处之地竟是无尽的荒芜与萧瑟。

缓步走在河岸边，倾听着流水的声音，周彤有些失神，好像又回到了孩童时代。也不知道过了多久，几声水响打断了她的思绪，她转头看去，见那梯坎边蹲着一个穿粉色公主裙的小女孩，这个角度看不清她的样貌，只见她梳着两个小辫子，那莲藕般嫩白的小手放在水中，不时向上扬起，溅出一道道水花。

“小妹妹，别这么玩水，小心掉进河里。”

似乎被周彤的声音惊扰了玩水的兴致，小女孩甩了甩手上的水珠，便头也不回地跑开了，周彤见那小女孩转眼间就跑得无影无踪，摇了摇头自语道："也不晓得是哪家的孩子，河边那么危险，她家里人没告诉过她？"

说到这里，周彤忽地一笑，却是想起了自己小时候，也不知为什么，她自小就对这条小河有着很深的依恋，总会趁家人不注意的时候溜到小河边玩水，也不知被训了多少回，现在想起来，自己当时的心境也和刚才那小女孩差不多吧。

看了一眼面前的小河，河水依旧清澈透明，她知道这本是这一片村民的饮水源，日常的生活饮用都靠着这条河里的水，这里的村民都很维护这条河，不准有一丝一毫的污染，就连在河里洗衣服也是不允许的。所以河水一直很干净，渴了的话，直接用手捧上来就能喝。

想到这里，周彤童心大起，俯下身也像刚才那小女孩一般，把手放在水中。冰凉的水流滑过指间，但并不刺骨，这让周彤精神一振。翠绿色的水草在河底轻轻摇曳，偶尔拂过手指，痒痒的，再经过流水一冲，无比舒服。

感受着这大自然带来的快乐，周彤整个人也放松了下来，双眼没有焦点地看着河水，脑子里什么也不想，而整个世界也好像停顿了下来。

似乎过了很久，又像只过了片刻。周彤从恍惚中醒来，第一眼就看见水中多出了一个小孩的倒影，粉色公主裙，苹果脸，一双溜圆的眸子乌黑明亮。

好可爱的小女孩！

周彤这样想着，心里面第一个念头就是把她抱过来好好亲一口——这并不奇怪，只要是一个正常的女人，见到可爱的小孩子都会想要抱抱亲亲，或许这就叫母性泛滥吧……当然，当她们遇到可爱的小动物时，这个道理也一样有用。

可惜的是，周彤这念头刚一升起，转过头那小女孩又不见了，也不知道跑去了哪里。难道是我吓着她了？周彤这样想着，心中隐隐有些失落。与此同时，仍旧放在水中的手突然一紧，像是被什么东西缠住了般，她回过头一看，只觉得全身的寒毛“噌”一下全立了起来！

她原本以为缠住手的只是河底的水草，但这无意识地转头一看，这才清楚看见，那水底下漂浮的哪里是水草？分明，分明是无数的手指头！

无数惨白的手指在河底摇晃着，一簇一簇密密麻麻地缠在一起，就好像一大堆章鱼，张牙舞爪地扭动着触手。而那手指上的指甲黑得发亮，又如此密集，如同穿山甲的壳一样，在阳光的照射下泛着无数惨白的光斑，像是瞳孔里反射出的光线。

那无数的光点如同无数的眼睛，在手指的扭动下，换着角度地看着周彤，直看得她头皮发麻、汗毛倒立，紧接着周彤“啊”地尖叫了一声，想要逃开，哪知道手上却越缠越紧，那传来的力度，就好像有无数人大力地拖拽着，要把她拖进河里！

周彤歇斯底里地叫喊着，嗓子里发出凌乱的字节，即便是她自己，也听不清在叫喊些什么，只觉得手臂快要被扯断了一般，而不断向后蹬踏的双脚，也离河水越来越近……

而就在周彤最无助的时候，眼前有人影晃动，她朝那人看去，原来是那小女孩去而复返，周彤也顾不上她有没有能力救助自己，慌忙求助道：“小妹妹，救救姐姐，快拉我……”她的话还没说完，就像被猛地掐住了脖子般戛然而止，紧接着她的喉咙里发出一声绝望无比的嘶鸣，那叫声仿若夜半鬼哭般骇人，又如钢铁摩擦般刺耳。

原来，就在她话还未说完的时候，小女孩突然抬起头看向她，她的眼睛……不，那原本明媚的眸子早已不见了，换上的是一双深陷的眼眶，而在那眼眶里，慢慢地，一点点地伸出一根惨白的手指，而这个时候，小女孩嘴角一扬，诡异地笑了。

在极大的惊恐之中，一股无力感充斥着周彤的身体，而下一刻手上传来一股大力，只听得扑通一声，她便被拉进了河水之中。

就要死了吗?

怎么在水里没有憋气的感觉?

或者说……我已经死了?

周彤默默地看着眼前的一切，透过水流往上看去，河畔那些景物变得怪异而扭曲。冰凉的河水从她身上冲刷而过，她清晰地感觉到那无数的手指缠在她身上慢慢蠕动，如无数双贪色的手在猥亵着她每一寸肌肤。而尖利的指甲划破了她的表皮，深入血肉，插进骨头里，正贪婪吮吸着她的骨髓。

周彤无力挣扎，亦或者说她已经放弃了挣扎，就连动都懒得动一下，因为她稍微一动，便能清晰听到身体里发出哐啷的响动，那种声音只有在搬动被水泡胀了的尸体才会听见，既然无力反抗，那就逃避吧。

河水，依旧清澈，不知道什么时候，远处似乎有什么东西在水面上载浮载沉，周彤举目看去，原来是一具尸体，在水流的冲刷下缓缓向周彤这边飘来。

“是谁？”周彤有些好奇，她总觉得那具尸体分外眼熟，可惜离得太远看不真切。

近了，更近了。

这时候一根手指爬过了她的脸，利甲刺进了她右边的眼球，咕咚咕咚地吸食着她眼球中的髓液，眼前的场景猛地一暗。

好奇的周彤没有放弃，她用剩余的左眼朝那尸体看去，这个角度由于视线遮挡的原因，看不见那人的面孔，却能清楚看见那人的衣裤——黑色的西装西裤，刷得澄明的皮鞋，看到这些周彤的脑子里突然闪过一个人的名字。

“是叶安吗？他也死了。”周彤冷笑着，她虽然不在乎叶安的生死，但因为他对李毅的态度，周彤总归是厌恶这人多一点，于是乎，心里居然莫名生出一丝快意。

叶安的尸体在水中打了个旋，继续朝周彤这边漂来，这一次却是脚向前头向后，周彤恶意猜测着叶安的死相，会不会依旧保持着那副扑克脸？

可是，当他的尸体终于漂到面前，两个人的脸面对面时，周彤的瞳孔一收，心里猛地一颤！

怎么，怎么会是他！

此时此刻，周彤清楚看见，那具尸体的主人居然不是叶安，而是——李毅！

“啊！”周彤尖叫着，心中好像被利器狠狠地扎了一下。

为什么！为什么死的不是叶安！

周彤心中怒吼着，身体也随之疯狂挣扎。那些缠在她身上的手指似乎被她给激怒了，加重了缠绕的力度，而河水依旧是不急不慢地流淌着，似乎在预示着两人的分离。周彤奋力从手指丛中挣出一只手，想要拉住李毅，不让他离开，但眼前明明如此近的距离，在这一刻却如天堑般遥远。

周彤够不到李毅，只能尽力呼喊道：“李毅，别走，我在这里！”

可惜李毅并没有听到周彤的叫喊，他就这么漂在水面上，头发如水藻一般在水中飘扬，脸上青白一片，却依旧带着熟睡时的表情。两人的脸越靠越近，待两人的鼻尖快要接触的时候，李毅的双眼突兀地——睁开了。

“啊！”周彤身子一挺，猛地从床上直立起来，但缠在身上的棉被，却带得她一个趔趄，脑袋一下子撞到了床头。

一阵疼痛传来，她捂着额头，身子轻微颤抖着，双眼直直看着对面的墙壁。没有河水，没有手指，更没有尸体……呼，这场梦终于醒了。

其实到后来一段时间里，周彤已经明白自己是在做噩梦，这种情况很多人都有，当自己知道身在梦境的时候，往往在下一刻就能惊醒过来。

但周彤的情况不同，她明明已经知道了这是一场噩梦，却因为安眠药的原因，怎么也醒不过来。虽然是梦，但梦境中的一切太过于恐怖了，在梦里李毅的尸体就在她的眼前，看着心爱的人死去，任谁也无法冷静下来，于是乎周彤完全崩溃了，在梦境中倍受煎熬。

而当她醒过来以后，幸好这么一撞，却也把整个人给撞醒了，否则真不知道她会做出怎样的傻事。

还好，一切只是一场梦。周彤这样想着，可是她这时才发现，整个房间里就自己一个人。“李毅呢，他去哪里了？”没见着李毅，她的心里有种不好的感觉，旋又想起刚才那个梦，身子没来由地一颤，连忙翻出手机拨打了李毅的电话，听筒里传来的却是：“您所拨打的号码已关机……”

这样的回应让周彤心中的不妙感愈发浓厚，也没有多想便赤着脚，呼喊着李毅的名字跑出了房间。

大厅里，叶安和沈璐隔着茶几对坐着，似乎在谈论什么，见周彤披头散发地跑了出来，对视一眼，都从互相的眼中看到了惊疑。

“周彤，你怎么了？”叶安微微皱眉，第一时间迎了上去。

周彤连忙拉住叶安的胳膊，哽咽地说：“李毅，我要找李毅。他不见了，电话也不听，你们快帮我找找他！”

“不见了？”

“是的，我今早一起床就不见他，你们快帮我去找啊，我害怕他会出事！”想起那个梦，周彤的情绪又激动了起来。

叶安回头看了沈璐一眼，后者不愧是学护理的，一手挽着周彤的臂弯，一手轻拍着她的后背，柔声在她的耳边说：“放心，李毅没有不见，早上的时候我还见过他，穿着一身运动服说是出去晨运。”

“真的？”周彤怀疑地问。

“真的，或许过一会儿他就回来了。你看你都没穿鞋子就跑出来了，地下凉，我陪你进屋去。你这么急着找他到底有什么事，能对我说说吗？或许我能够帮到你。”沈璐的声音婉转而亲切，在无形中安抚了周彤激动的情绪，理智告诉她，沈璐说的是真的，因为李毅确实有晨运的习惯。

于是，周彤选择了相信沈璐，在沈璐的搀扶下回了卧室。

十多分钟以后，沈璐回了大厅，见叶安坐在沙发上喝着茶，他的姿势似乎一直没有改变过，沈璐坐到他的对面笑道：“你不问问我发生了什么事？”

“你要说的话，肯定会告诉我的。何必问呢？”叶安淡淡地回答。

沈璐白了他一眼，表情有些幽怨，却见他依旧淡漠如初，只好无奈地说道：“应该是做了个噩梦，醒来没见着李毅，所以发狂地找他。”

“哦，她的噩梦与李毅有关？”

“你倒是挺关心她的，我当时也这么问她，但她闭口不答，只是不断念叨着‘别说梦，别说梦，说梦会成真’。”沈璐的笑容里带着一丝嘲讽。

“别说梦，倒是有趣得很，然后呢？”

沈璐看着手指甲，慢悠悠地说：“我见她情绪不太稳定，就想给她打一针，被她拒绝了，顺搭着也把我赶了出来。看来，她对我们的防备还是很深的。”

听到这里，叶安的眉头皱了一下，沉声道：“我不是警告过你，不要插手这件事吗？”

“我还不是为了你，怎么，现在连你也不相信我了！”

“先管好你自己吧。”叶安冷冷丢下这一句话，便没有再说话的兴趣，换了个姿势，扭头往大门外看去，好像在欣赏院子里的风景。

沈璐冷哼了一声，也别过头不再看他。

大厅里再次陷入了沉静。

送走了沈璐，周彤呈大字形地躺在床上，现在她心神安定了许多，

人就是这样，当惊慌失措的时候，如果有人来安慰她的话，心情便会平复得很快。虽说她一直把噩梦憋在心底，不肯透露半个字，但沈璐依旧耐心开解她，用温柔的声音安抚了周彤心中的惊悸，这让周彤对沈璐的印象又好了许多。

不过，当沈璐提出要为她打一针安神的时候，周彤还是婉言拒绝了，并不是她在防备什么，而是她不想再睡下去，她害怕又做噩梦。

躺了一会儿，精神与体力都恢复了许多，周彤又摸出手机给李毅打了个电话，还是同样的回应，这一次她没去猜疑那么多，因为这里也是李毅的家乡，虽说很多年没有回来，但他这么大一个人，总不会走丢吧。

想到今天还有很多事要处理，于是又拨打了聂律师的电话，响了几声之后，那边终于有人接听了，头一句话就是："周小姐，您终于给我电话了，对于您父亲遗嘱的事，是不是已经有了决定？"

周彤点头道："嗯，我已经决定了，就按遗嘱上面的办。"

电话那头的聂律师长长舒了口气："这样就最好了，那……不知道你几时回国？咱们约个时间详谈。"

"我已经回国了，昨天到的，现在就住在老宅里。"

"是这样啊，您事先也不给我打个电话，我也好来接您。"

周彤淡淡一笑："聂律师你客气了，其实我也想早点处理完我父亲遗嘱的事，不知道你今天方不方便，我直接来你的律师所详谈。"

"方便，怎么不方便？嗯，现在是八点，我们十点一刻见，怎样？"

"好的，那我们见面再谈。"

接下来，周彤问清了聂律师事务所详细位置，梳洗打扮一番之后，又给李毅发了个留言短信，准备出门。

大厅里，依旧只有叶安一人，见周彤下楼，叶安朝她招招手道："正好，来吃早饭吧，刚炸好的油条，嗯，豆浆还要稍微等一下，在锅里热着的。你不出来我也准备过会儿让沈璐给你送去。"

周彤从昨晚回来时就没有吃东西，现在又听叶安这么一说，还真的饿了，本想吃一点，但一眼看见茶几上那长条形的油条，脑子里没来由地想起昨夜梦中那些手指头，周彤皱着眉头强忍住呕吐感，却还装作淡定地摆摆手道：“不吃了，我不饿……”

这话刚一说完，肚子却不争气地响了一声，周彤红着脸看向叶安，而叶安脸上的表情也有些哭笑不得，幸好这时候沈璐正好从厨房里出来，说道：“能吃了，洗洗手……哦，周小姐你也下来了，一起吃吧。”

经这么一打岔，叶安的表情也终于恢复了淡定：“这个……煮都煮好了，还是吃一点吧。”

周彤又看了一眼茶几上的油条，摇头道：“还是不吃了，我去镇上看看。对了，那里有咖啡厅吧？”

“有的，但你空腹喝咖啡对身体不太好吧。那么，要我陪你一起去么？”

周彤觉得叶安有些奇怪，似乎太热情了，于是摇头道：“不用，等一下我还要找聂律师谈点事。”

两人听周彤说要去找聂律师，不自觉地对望了一眼，眼神之中似乎有了些交流，而这一切正好被周彤看了个正着，心中升起防备。

沈璐插嘴道：“这里改变了很多，你那么久没回来了，认识路吗？还是我陪你去吧。”

“放心，出租车司机会认识路的。”周彤说完便转身离开，临出门时回头笑着看了沈璐一眼，表情之中带着一丝嘲讽，好像在说，你们刚才那番眼神交流，我都看见了。女人之间的感情就是如此，上一刻亲如姐妹，而下一刻或许就是势成水火。

待周彤离开之后，叶安随手拿起手机把玩了一阵，然后看了一眼桌上的油条说道：“或许在外国生活惯了，不喜欢吃太油腻的东西，以后弄点清淡的。”

“哼，谁会有那么多闲工夫来将就她？”沈璐嘴角一扬，那一瞬间的表情像极了一只偷到鸡的狐狸，旋又说道，“怎么，我好心为你们准备

早餐，还反而落埋怨了？”

叶安嘴巴动了动，却没有再说什么，理智如他自然明白，在这种情况下和女人斗嘴或者讲道理是最愚蠢的事。

清晨的村庄，空气异常清新。深吸一口之后，把夜里沉积在肺中的浊气全吐出来，整个人只感觉异常舒适。应该是昨夜下了一场小雨的缘故，村庄里那蜿蜒的青石板路被雨水冲刷得异常干净，要不是还有些湿润，周彤都有种脱了鞋打赤脚的想法。

这里离镇上不算太远，徒步走不到二十分钟就能够到达，反正离约好的时间还早，于是周彤放松了心情，如踏青一般徐徐行在这小路之间。

不知道行了多久，当周彤走过一个拐角时，眼角的余光不自觉地往来时的小路一扫，却发现似乎有个黑影一晃而过。待她回头看去，那条小路依旧是空荡荡的，没有一个人影。周彤心中有些疑惑，往前了几步，却发现一种被人窥视的感觉从背后传来，一连回头好几次仍然没有什么发现。

周彤的心底暗暗警惕，而那种窥视感却如影随形，似乎有那么一个人一直跟在自己身后，只待自己放松警惕便会向她扑过来！

周彤越想越怕，完全没有了刚才的心情，连忙加快步伐。一阵疾走之后，终于走到了小镇的边缘区域，来往的人渐渐多了起来。这本该让周彤安心的，可是人越多，周彤就越感觉不自在，因为她从那些陌生人看她的眼神之中，感觉到一种古怪。

这些人虽然看似路人、小贩，和周彤没有半点交集，可是，在他们看似不经意的转身或者扭头时，他们的眼神都会停留在她的身上，虽然只是一瞬间，但周彤却读懂了他们眼神之中的古怪：这些人在监视她，监视她的一举一动。

这种感觉虽然荒诞离奇，但周彤却深信不疑，她突然想到了曾经看过的一部电影《楚门的世界》，而现在，她自己便是电影中被无数眼光所监视的楚门！于是乎，周彤原本放松的神经再一次紧绷了起来，她双手紧裹着上衣，防备着每一个和自己擦身而过的人，而脚步也越来越快，从疾走，到奔跑。

她的举动也吸引了整条大街上的人，人们都用诧异的目光看着这个面容姣好、五官精致的美丽女人，纷纷暗自猜想，到底出了什么事会让她如此不顾形象？

也不知疾奔了多久，周彤猛地撞上了什么，整个人被撞了个趔趄，当稳住身子再向前一看，整个人忽然愣住了。在她的眼前竟然出现了一个穿着龙袍的男子，这人正苦着脸，捂着肚子。而在这男子的身边，还有一群人，其中有一个女人作妃子的打扮，而另外几个男人弯着腰满脸谦卑，却是太监打扮。

眼前如此荒诞的场景，让周彤忽地有种时空错位的感觉，身处的这一片天地也好像被生生分割开来，然后如舞台般慢慢旋转，无数的光从眼前闪过，各种各样怪异的声音在耳边盘旋。

周彤只觉得脑袋快裂开了，她双手抱着头，痛苦地抓扯着头发，却不能缓解一丁点儿疼痛。等待她的，即将是无尽黑暗……

“喂，这位小姐，你别挡着我们拍照啊……我说你听见没有！”突兀的，一个声音传进耳朵里，周彤茫然看去，见一个满身是兜的男子，手拿着长焦距的相机正怒视自己。

或许是看到这生活化的场景，打消了周彤脑中的时空错落感，她猛地从幻象中醒了过来，左右看去，自己依旧身处在现代社会，耳畔那些怪异的声音慢慢分解开来，回复成人声，车声，再朝那龙袍男子看去，周彤这才明白原来是在拍古装照。

“对不起，打扰你们工作了。那个，刚才撞到你真不好意思。”周彤歉意地说。

那龙袍男子倒是很有风度地一躬身，嘴角扬起一个自信的笑容对周彤道：“我想你一定是我的影迷吧，我能感受到你对我的疯狂爱慕，自然

也不会计较你刚才撞我那一下。如果想要签名的话，那请等我工作完之后。当然，我可以给你一个请我吃饭的机会，对于像你这么美丽的小姐，我是不会拒……”

“抱歉，我从不看野猪尾巴的脑残剧。”不等那啰嗦的龙袍男把话说完，周彤冷冷丢下这么一句话，便扭头走开。

经过这一事件，那种被人跟踪的感觉终于消失了，周彤在马路上转了一圈，她依稀记得这条街自己曾不只一次走过，不过是多年以前的事。转过一个路口，终于找到了一间咖啡厅，站在门口，口中喃喃说道：“这里，几时改成咖啡厅了？”

她仰头看着店门上的牌匾，这间咖啡厅没有店名，牌匾上只有个图标，是一个咖啡杯子，杯子中升腾起来的烟雾汇聚成一个魔方的形状，感觉虽然有些奇怪，但挺有创意，想来与其他的咖啡厅相比，应有不同之处吧。

“好，就选这里了。”周彤双手合十地下了决定，然后推门进去。

走进这间咖啡厅，周彤再一次感觉到这里与其他地方的不同之处：大厅里面一张张布帘子从天花板上垂下，隔成了许多个半封闭的卡间。这个时间顾客不算太多，周彤隐约看到在角落里有几对情侣腻在一起说着情话。灯光很柔和，墙面和桌台都是暖色系的，给人一种很柔和、自在的感觉。

而更具特点的是在布帘和墙壁上悬挂着很多中亚风格的饰物和壁画，与咖啡厅外面的江南古镇形成了鲜明的对比，这让每一个进来的人都会有一种错觉，好像来到了某个吉普赛算命婆的占卜屋里。

周彤径直走到吧台旁坐下，还未开口说话，中年发福的老板娘就笑眯眯地迎了上来，问道：“小姐，请问你需要些什么？”这老板娘笑起来的时候，双下巴异常明显，给人一种和蔼可亲的感觉。

周彤朝她点头示好道：“给我一杯咖啡，谢谢。”

“好的，这个时间你应该还没吃早餐吧，要不来一份烤麦饼？刚出炉的，我想你会喜欢它的味道。”

“嗯……好吧，就按你说的办。”

老板娘填好单子，又抬头看了周彤一眼：“我觉得小姐挺面熟的，但又记不得在哪儿见过你，你以前应该没来过我这间咖啡厅吧。”

周彤撩了撩额前的刘海回答道：“我昨天刚回这里，我走的时候还没有这间咖啡厅。”

“哦，”老板娘恍然大悟，“那就是以前见过，我在这里住了二十多年，镇上的人基本上都见过……对了，抽一张试试运气吧。”

老板娘说完，从吧台底下拿出一叠扑克牌递到周彤的面前。周彤愣了愣，却还是照她说的，从里面抽了一张，那纸牌冰凉凉的，似乎蕴藏着某种魔力，待她翻过牌面一看，却是张——黑桃六。

第五章 故人

“黑桃六……这是什么意思？”周彤反复看着手中的纸牌，想要从老板娘那边得到解释，而后者却没有说半句关于这纸牌的话，只是把牌从周彤的手中拿回来，放进牌堆之中，然后对周彤道：“咖啡要稍微等久一些，我这里都是现磨的。”说着，她拿起装咖啡豆的玻璃瓶朝周彤扬了扬，便转身做起自己的事来。

周彤歪着头看了老板娘一会儿，只感觉这人有些古怪，却又无法用言语来形容，便不再去想这些，随意打量起店里的事物。她见吧台的边上有一个木柜子，柜子中摆放着很多小玩意儿，银制的民俗风味的饰物、精致的手工艺品、手掌大小的提线木偶，稀奇古怪的什么都有。

想起店门口牌匾上那个图标，周彤于是顺手拿起了里面的一个魔方寻了个卡座，坐下便玩了起来。玩过魔方的人都知道，玩魔方最基本的就是专注，而当人一专注起来，心情也就随之平静下来。周彤现在就是这种状态，不知不觉间，心中那些烦心的东西全被抛在了脑后，只有一个念头，就是把这小小的六面体的每一面还原成统一的颜色。

时间飞逝，也不知道过了多久，周彤无奈地看着手中每一面都留有一小块其他颜色的魔方，然后在脑袋上不轻不重地敲了几下，撅着嘴道：“怎么这么难啊，就只差一点点了。”说完，又继续摆弄起来，却不想她越急，效果越差。

这时候，一双白皙纤细的手从旁边伸了过来，拿走了她手里的魔方，周彤的视线下意识地向那双手望去，让人惊奇的事出现了，那双手只是随意转动了几下，手中的魔方便被摆弄成了六面统一的颜色。

“好厉害！”周彤咋舌道，然后朝那双手的主人看去，却是一个年纪与她相仿的女人，穿着一袭深色的套裙，直发披肩，鼻子挺直，五官比较周正，整个人从外貌来看说不出有多漂亮，却很有韵味。

周彤打量这个女人的同时，她也在看着周彤，一句话也没有说，只是默默看着周彤。两人四目相对，周彤见她的眼神之中似乎包含着某种深意，只觉得很是熟悉，有些疑惑地说：“你……你是……”

“怎么，需要我给你点提示吗？”那女人眉角一扬，晃了晃手中的魔方笑道，“这游戏我们从小玩到大，当时你一直没有输过。怎么，现在居然玩不转了？”

周彤心中一动，脸上涌现出兴奋的表情，她用手指着那女人，指尖微微颤抖起来，嘴巴张了好久这才断断续续说道：“我怎么会忘？是我教你玩魔方的，你是施雨！”

“答对，加十分。我的爱哭彤。”

“呀，你这坏家伙！”周彤尖叫了一声，一把抱住了施雨。

两个女人尖叫着，拥抱在一起，片刻之后又发出肆意的笑声，牵动咖啡厅中所有人的目光。却因为这两个“噪音制造者”都是美女，以至于没有人出声制止。

笑过一阵之后，周彤偷眼看了看四周，吐着舌头道：“形象形象，你看你刚才那样子，忘了我的话么？作为一个淑女，要矜持，矜持懂吗！”

施雨白了她一眼，反驳说：“好像刚才叫声最大的是你吧，我的爱哭彤。”

“讨厌，不许叫我外号！”

“好嘛，我们的彤彤已经长成大美女了，不能再叫爱哭彤了。”施

雨说着，用手划过周彤的面颊，叹道，“真是我见犹怜啊……”

周彤只感觉一阵恶寒，连忙拍开她的手：“十多年没见，你怎么变成色女了。老实交代，是不是我走以后思念成疾，就转移取向变蕾丝边了？告诉你，我可不来这调调。嗯……确实要比当年有货多了，好有弹性哦……”

“啊！”施雨惊呼一声，连忙拍开周彤抓她胸部的手，红着脸小啐了她一口道，“还好意思说我，倒是你去国外那么多年，那边那么开放，都学坏了！”

“哪有，我这只是表示亲近而已，刚才我见你第一眼就在想，这么有韵味的女人，真是秀色可餐啊。”说完，周彤舔了舔嘴唇，装出一副色迷迷的模样，又向施雨扑了过去。

两人笑闹了一阵过后，这才各自坐回原位，安静看着对方，心中好像有很多话说，但一时之间又不知道从哪里说起，一时间，似乎所有的话语在这一刻都不能表达久别重逢的激动心情，只是看着彼此的眼睛一个劲地傻笑。

如果说蓝染是周彤的青梅竹马，那么面前这位叫做施雨的女人，就是周彤最好的姐妹。两人从小学到初中都读同一个班，并且性格方面也比较接近，近十年的学生时代相处下来，自然而然就成为了无话不说的好姐妹。

在母亲去世的那段时间里，周彤的情绪一直很低落，当时她还小，什么也不懂只会哭，哭到嗓子发哑也消除不了心中的悲伤。那时候幸好有施雨在，懂事的施雨一直安慰她，陪伴她度过了最艰难的一段时间，这也让两个人之间的友谊更加深厚。

待三年初中过后，周彤离开家乡去了外国，这一对亲密无间的姐妹也只能天各一方。当时的通讯不像现在这么发达，两人之间的联系也随着时间的推移，从逐渐减少到最终中断。周彤原以为自己再也见不到这个好姐妹，谁想得到缘分就是那么奇妙，居然在这里又遇到了施雨。

恍然间，周彤感觉又回到了那些和施雨无话不谈的快乐日子。

过了好久，施雨才开口说：“彤彤，你瘦了。”

“是吗？可能最近比较累……现在国内不是正流行瘦脸美人吗，正好赶上潮流。不过嘛，比起身材我就差你很多了。啧啧，该瘦的地方瘦，该丰满的地方……”周彤说着，两眼直往施雨的胸口扫。

“讨厌，不许说了，要不我该生气了。”施雨红着脸连忙用双手把胸口捂住。

“这话题太色了，我也说不下去了。话说回来，你现在在忙些什么，把身材修得那么好，别是健身教练吧？”

“哪有，我现在是杂志编辑，平时也不怎么做运动，算是半个宅女吧。”

“哦，你现在还是住在以前的老房子里？”

“嗯，现在买房子要用祖宗十八代加孙子的孙子的所有储蓄，自然是住在原来的地方，虽然破旧了些，至少有瓦遮顶吧。”

周彤点点头：“那么，你那边治安怎样？”

“还好啦，都是住了那么多年的街坊不会有什么事的。”

“也对，我还记得以前你住的那一片，就属你最讨人爱，好多男孩子都暗暗喜欢你。哼哼，要是谁敢嫌命长来欺负你的话，直接拉一个连的粉丝去对付他！”

施雨白了她一眼：“你就爱胡说，哪有那么夸张！”

“怎么没有，我算算啊。三儿，柱子，大牛小牛……”说着，周彤还真的掰起指头数了起来。急得施雨连忙打断道：“别，我的姑奶奶，你说的那些人都有家有孩子了，你在这儿胡说，传出去还了得！”

“这帮家伙，动作挺快嘛……那么，你有没有看好的？”

施雨两手一摊，叹了口气道：“哪有，你看我就是大龄剩女的范本。”

“不会吧，天下的男人都瞎了眼吗？我知道了，要不就是你眼光太高了。”周彤有些诧异，像施雨这么漂亮又有韵味的女人，走到哪里不是焦点，不引起一大群狂蜂浪蝶，怎么可能到现在还是单身。

“算了，不说这个。你这次回来准备待多久？”

“不是我，是我们。”周彤的话语中隐隐有些得意。

施雨把手捂在嘴巴上，吃惊地说：“哇，你结婚了？”

“是我的未婚夫啦。改天让你们见面，今天不知他跑哪里去了。”

施雨拍拍高耸的胸口道：“原来是这样，被你这么一吓，你要说明天是世界末日说不定我也就相信了。”

“没那么夸张吧……唉，我这咖啡怎么还没来啊。”说了那么久的话，周彤感觉喉咙有些干了，那咖啡却还没有到，抬眼看了看老板娘，见她的背影在吧台里来来回回的，似乎很是忙碌的样子，摇摇头，压低声音对施雨说，“你听我说，我总觉得这老板娘好像古古怪怪的。”

“你是说欢姐吧。”

“你认识她？”

“我经常来这里，我觉得欢姐没什么啊，是你想多了吧？”

周彤把整个身子靠在座位上：“或许是吧，最近很累，精神方面也过于紧张了些。”

“那你回来可要好好放松一下。给，这是我的名片，上面有我的手机号码，你把手上的事忙完后就联系我，我做导游，带你到处去玩玩，记得带上你未婚夫哦。”说着，施雨递了一张名片给周彤。

周彤拿出手机一边拨打名片上的手机号码，一边说：“拜托，这里是我的家乡好不好，还需要你做向导？”

“哎呀，你都离开十多年了，哪里有好吃的，好玩的你清楚么？再说了，我还得替你把把关，我倒要看看是谁那么倒霉，居然摊上了我们的爱哭彤。要不，你现在给我说说？”施雨双手合十，眼睛忽闪忽闪的，一副好奇宝宝的样子。

“他啊，是个很温柔的人，对我很好……”说起李毅，周彤把头轻轻一歪，嘴角不自觉扬起一抹幸福的笑容，而心里也是一片温暖。

这时候手机突兀地响了起来，周彤一看，原来是李毅打来的，连忙按下接听键，却又想不能这么轻易放过他，于是清了清嗓子，冷冷地说：“你终于舍得回我电话了？”

电话那头传来李毅抱歉的声音：“对不起，今早我出去晨运，回家的时候听叶安他们说你找我找得很心急，是我不对，就原谅我一次好吗？”

“那你为什么关手机，莫非有什么见不得人的事，害怕被打扰？”周彤忍住笑意，把手指放在嘴唇上，对施雨做了个噤声的手势，后者正竖着大拇指，满脸兴奋，眼中八卦之火熊熊燃烧。

电话那一头的李毅自然看不到这边的场景，以为周彤真的恼了他，连忙道歉道：“那是我忘了开机，你不在，我一个人在这里形单影只的，怎么可能去做见不得人的事嘛。我就看你睡得很香，不想打扰你，只能一个人出去晨运。一切都是我的错，我不好，不该让你那么担心的。”

这一头，周彤终于忍不住“扑哧”一笑：“好啦，我已经原谅你了，记得下不为例哦。”

“嘿嘿，一定一定。”李毅终于长舒了一口气，旋又问道，“那你现在在哪里？我听叶安说你没吃东西就出门了，这样对身体不好……”

他的话还没说完，便被周彤打断了：“怎么你这是在教训我？”

“不敢不敢，我这不是关心你嘛。你生气了？”

“才没有，算了，我不逗你了。我就出门转了转，过会儿去聂律师的事务所一趟，早些把事情处理好我们也好早些回去。”

李毅沉吟了一会儿，道：“嗯，也对。我陪你一起去吧？”

“不用了，小事而已。你乖乖在家里等我，我很快就回来。”说到这里，周彤自己都被自己的话惹得发笑了，这句话说得太有气势了，她发觉自己很有悍妇的潜质。

“还是我陪你去吧，也能帮你参考一下，反正我待在家里也无聊得很。”

“这样啊……好吧，我和聂律师约好的时间是十点一刻，我们在事务所门口见。”周彤把事务所的地址告诉了李毅，两人又说了几句情话，这才挂了手机。

施雨一直在旁边听着两人的对话，待周彤刚挂掉手机，连忙拉住她问：“彤彤，你太厉害了，告诉我怎么做到的！”

“什么怎么做到的？”

施雨激动得满脸通红，忙不迭地说：“自然是怎么把你未婚夫教训得服服帖帖的，嗯嗯，我已经想到下一期杂志的专题了——爱哭女驯夫手册。这名字怎样？”

周彤摇头反驳说：“不怎么样，其实我和我未婚夫一直都是互相尊重对方，没有谁驯谁的。”

“好啦，你就别在我面前秀恩爱了，听得鸡皮疙瘩都起来了。对了，你不是有事要办吗？你看看现在是什么时间了。”

“糟了！”周彤一看时间，快十点了，而早在她聊电话的时候咖啡终于上了桌，于是端起杯子喝了两口，那烤麦饼却顾不及吃了。施雨朝她挥挥手：“你先走吧，这些我请。”

“那谢了，下次我请你。”

“好的，拜拜。”

“回见，咱们电话联系。”周彤对施雨做了个打电话的手势，便急急起身。

而在她离开的时候，老板娘欢姐正好从她身边擦身而过，两人肩并肩时，欢姐突兀地在周彤的耳边低声说道：“六点整时，一切小心。”

周彤猛地一顿，抬头看向欢姐，而后者却是一副若无其事的表情，好像刚才那句话并不是从她嘴巴里说出来的一样。周彤心中有些疑惑，但由于时间的关系，来不及细想，便匆匆离开了。

在临出门的时候，周彤不由自主地转身往回看了一眼，施雨在向她挥手道别；再看欢姐，这位神秘的老板娘正用一种似笑非笑的表情注视着她。还有那句莫名其妙的忠告，这其中似乎隐藏了许多说不清道不明的秘密……

“六点整时，一切小心……她要我小心什么？”这一路上周彤都在琢磨着这句话，但越想却越觉得莫名其妙，这似乎只是一句戏言，但其中又好似包含了其他的意思。一直到了目的地她都还没有想通其中的关节，索性不再去想，等以后有空再去咖啡厅问问。

聂律师的事务所地处小镇的北郊，由于小镇中心区域必须保持古镇的原貌，所以只能把这里开发成了一片高新区，商场、酒楼、宾馆、办公楼应有尽有，这里的现代化与小镇的古旧风貌形成了鲜明的对比。

周彤刚下出租车，一眼就看见了在事务所楼下等待的李毅，而后者似乎有心灵感应一般，也转头向她这边看来，然后笑吟吟地朝周彤走来，拉起她的手道：“听沈璐说你昨晚做噩梦了，问起做的什么，你又不说。亲爱的，到底梦到了什么？”

“不能说梦，否则梦要成真的。”

“小迷信，”李毅笑着轻敲了一下周彤的脑袋，忽然戏谑地一笑，道，“我猜猜啊，你一起来就急着找我，会不会……梦到我遭灾了？”说完吐了吐舌头，做了个鬼脸。

“别胡说八道！”周彤心底一颤，李毅做的那个鬼脸，竟然和梦中看到的表情一模一样，连忙慌张地岔开话题道，“你怎么来得比我早？我可是一挂电话就出门坐车来的。你当时还在家里吧？”

“笨蛋，我从小在这儿长大，哪条路不熟？告诉你吧，我走的水路，比你早到了五分钟。”李毅很得意地说。

周彤点点头，小镇里的道路弯弯绕绕的，比起从家里出发直接走水路来说，的确要耗费更多的时间。看了看手机，还没过约好的时间，于是说道：“咱们快点把事情办完，中午就不回去了，下午到这里的步行街转转，好久没回来了，不知道这里发展成什么样子了。”

“好的，”李毅微笑着答应，忽然想起什么，从包里掏出一块巧克力饼干，剥开包装纸，然后递到周彤的嘴边说，“听说你没吃早饭就出来了，特意给你买的。吃吧，别饿坏了肚子，我会心痛的。”

“吃巧克力会长胖的。”周彤撒娇地说着，但还是小口吃下李毅喂来的饼干，心里无比温暖。

两人乘电梯上了五楼，一出电梯门就看见聂律师事务所的招牌，进去后一看，这里的环境虽不说有多优雅，但至少窗明几净，事务所中办公人员有条不紊地忙着自己的事，给人一种很整洁、很有办事效率的感觉。

在前台小姐的引路下，两人径直走进了聂律师的办公室。这聂律师看起来接近四十岁的样子，一身灰色的西服颇为合体，眼中不时闪着精明的光，给人很干练的印象。

互相介绍一番之后，聂律师终于说到了今天的主题：“周小姐，周老爷在世的时候，一直是由我做他的法律顾问，我很感谢他多年来对我的照顾。在三个月前，周老爷曾委托我立下了一份遗嘱，大致内容是把周家的老宅和一部分他在世时收藏的古董转到周彤小姐，也就是你的名下。这是他的遗嘱，你看看。”

周彤接过聂律师递过来的文件，这时候李毅也把头靠过来，两人认真看着文件上的一字一句，办公室里安静了下来，只剩下翻页时的纸张发出的哗哗声。

过了许久，周彤才把整份遗嘱看完，其中的内容和聂律师说的相差无几，只不过更加详细一些。她长吐了一口气，说道：“没什么问题，接下来我该怎么做？”

“只要把这些文件都签好，后面的事我会帮你处理。”说着，聂律师把办公桌上的一叠文件摆到了周彤的面前。周彤心想早办完早了事，于是拿起笔就要签，却不想被李毅拦了下来。不等周彤问话，李毅笑道：“我帮你仔细看看，你再签。”

“好吧。”虽说周彤认为这遗产要不要都无所谓，但李毅这样做毕竟是关心自己，生怕自己吃亏，也就随了他的意思。

李毅看得很认真，每看完一份，又和遗嘱对照一番，这才递给周彤，而后者想也不想只是唰唰几笔就在上面签上了自已的大名。待文件都签完，已经过了一个多小时，看着李毅眼中满是血丝，不停揉着太阳穴的疲惫样子，周彤心痛道：“傻瓜，不就是一份遗嘱嘛，你看你累的。”

李毅咧着嘴笑道：“呵呵，认真些总归是好的。”

“李先生这话说得没错，一定要看仔细的。”聂律师说道，“周小姐，你找到了一个很可靠的伴侣，我先提前祝福二位白头到老。”

“谢谢！”被他这么一说，周彤心情很不错，又问道，“那么接下来是不是没有事了？”

“嗯，剩下的我会帮你处理好的。二位只需要在这里等上几天，去附近的旅游景点玩玩也可以。到时候我会电话通知周小姐你的。”聂律师说完，忽然放下文件望着周彤，“对了，周小姐，是否在这房子住？”

“不会。”周彤想都没想就回答道。

“哦，那么你这房子会卖吗？”

周彤和李毅对视一眼，李毅笑道：“这间是祖屋，都那么旧了，谁会来买？再说了，祖屋里还有亲戚在住着，房子卖了，人住哪里？”

“呵呵，这一点二位就有所不知了。地产商看中的不是屋，是地。因为你们那一片离古镇比较近，所以最近有地产商想在你们那边搞个旅游区，除了保持原有风貌，还会增加一些旅游景点以及食住、购物的商铺，所以同村其他的房子都被地产商收购了，所出的价格除了可以在这边买一套像样的居所以外，还有不少剩余。周小姐，你如果想把房子卖出去，不妨委托我们代办。当然，还有周老爷留下那些古董，如果你也有出售的意向，我这边也可以帮你办理。”聂律师说到这里，眼中闪现出莫名的光，却让周彤感觉很不舒服。

“其实……”周彤刚想拒绝，李毅在暗地里拍了拍她的手，然后接口道：“房子的事还要商量一下，毕竟还有人住在那里。至于古董，不知道聂律师你口中所说的出售形式，是收购还是拍卖？”

“这个，周小姐是所有者，出售形式自然是你们来定了。那么，李

先生是想收购还是拍卖？”聂律师果然是吃专业饭的，说话滴水不漏。

李毅冷笑道：“呵呵，自然是拍卖了。”

“李先生是聪明人啊！”聂律师叹了口气，“如果是拍卖的话，时间方面可能要等久一些，拍卖成功之后，还要支付一部分手续费给拍卖行。当然了，我会帮你盯紧的。”

李毅点点头：“好的，房子和古董的事，等遗产处理好以后我们再详谈。那么，我们现在可以离开了吗？”

“可以，手续办妥以后，我会联络周小姐。”

“好，那我们先走了。”

“我送送你们吧。”

三人一路出了事务所，聂律师殷勤地为周彤两人按下了电梯，待离开的时候，李毅突然问道：“那么，周老爷就没有留什么给他的现任夫人？”

聂律师随口说道：“周老爷银行里的现金债券，还有……咦，李先生，你问这些做什么？”

“随口问问，谢谢。”李毅笑着朝他挥挥手，然后按下了电梯大门。

“李毅，你为什么要和他说那么多？还有我爸爸的古董，我是绝对不会卖的！”出了大楼，周彤终于忍不住质问李毅。那个聂律师看似精明干练，但刚才说起房子和古董时，无意识地透露出的那一丝贪婪，就好像饿极了的狼，盯着一块肥肉不肯松口。这让周彤感觉很不舒服，而更让她失望的是，李毅居然和他聊得那么深入，好像很投机的样子。

李毅拍拍周彤的手安慰道：“我也就和他随便说说，哪会那么容易就让他得逞？”

“那你还和他聊得那么投机，这不像是平常的你会做的事。还有，你为什么要问起爸爸留给叶玉婷那一份遗产？”周彤有些看不懂。

“傻丫头。”李毅苦笑了一下，把周彤拥在怀里细声道，“我这都是为了你啊。你想想，如果我们没有回来，那么我们可以完全不用理会遗产的事。但现在我们来了，那就要认真仔细地做好，毕竟那是你父亲留给你的东西，不容有一丝的遗漏。至于我为什么问起叶玉婷，你再想，你十多年没有回来，一回来却拿走了房子和你父亲的古董，那他们会怎么想？会怎么做？”

“他们还能怎样？遗嘱上白纸黑字写在那里的，还能改得了？”

李毅摇摇头：“我就害怕事实没你想的那么简单。我刚才随意试探那个聂律师，这人的口风似乎不那么紧，所以我敢肯定，现在周家大宅里面的人都知道了你遗产继承文件里的内容，毕竟人心隔肚皮，若是有人不甘心的话，天知道会用什么办法来对付我们……”

李毅说到这里眼中闪烁着不知名的光，让周彤看得浑身一颤，连忙拉住李毅道：“要不我们这几天先搬到酒店去住？”

“不用，这一切只是我的猜测而已。再说了，现在房子归你所有，为什么要搬出去？如果我们搬出去，别人还以为我们怕了他们，会更加肆无忌惮。你放心，万事有我。”

李毅的话，给了周彤无比的信心，点头道：“嗯，我全听你的。”

“好了，这些事先放在一边。这都快中午了，我们还是去找个地方吃饭吧，然后我陪你好好逛一下午，怎样？”

“好啊，到时候可别说脚痛走不了哦！”周彤高兴地挽住他的臂弯道。

“这个……我算是自作自受了……”

这一下午正如李毅先前说的那般自作自受，这提出要逛街的是他，但最先受不了的也是他。这女人似乎都有一个共同点，在逛街的时候总能爆发出百分之三百的体力，特别是手挽帅哥逛街，一条街的同性都对她投以羡慕嫉妒的眼光时，急剧膨胀的虚荣心会令她们更加生猛——当然，这个帅哥定理，自然是李毅自封的。

这一路，从新区一直逛到回了古镇，虽然没买什么东西，但路确实

走了不少。看着周彤脚下那双三寸高的高跟鞋，连走了好几个小时依旧步履轻盈，这让李毅有种掌自己嘴的冲动。好不容易拖着周彤进了一间茶馆歇脚，一曲评弹还未唱完，又被周彤以为国外朋友买礼物的借口拽了出来。

不过，看到周彤小女孩一样欢欣雀跃的样子，李毅双脚再痛，心中还是觉得相当值得，因为他已经很久没有看见周彤这般放松、这般开怀的表情了。

等到太阳快落山的时候，两人才走水路到了昨日来时那个梯坎，李毅刚把周彤扶下船，忽然想起了什么事，对周彤道："彤彤，你先在这里等我一下，我还要去买些东西。"

"你要买什么？明天再去不行吗？"周彤看了一眼天色道。

李毅挠挠头笑道："你晚上老是不吃东西，我去买些零食和饮料备着，你饿了就拿来吃，别饿坏了肚子。而且你最近老失眠，我就想顺便买几本杂志报纸什么的，无聊的时候也好打发时间。"

如此的细心体贴，让周彤心中一暖："我陪你一起去吧。"

"不用，也就来回十多分钟的事。况且，你的脚也很痛吧。"说着，李毅俯下身，用手在周彤的小腿肚子上捏揉了几下。

周彤被他揉得又酥又麻，红着脸拍开他的手道："真受不了你，那你快去快回，我在这儿等你。"

李毅笑着点点头，跳到了船上："船家，往回开。"那艄翁听罢，竹竿一撑，小船便逆流而上，远远地还听到李毅的喊声："要不你给叶安打个电话，叫他来接你？"

"好了，我就在这儿等你。"周彤大声说着，心中加了一句，我才不要叶安来接我！

这太阳下山以后便暗得快了，周彤才坐了一小会儿，四周就已经朦朦胧胧的，再加上村庄里的人都搬走了，没有灯光。远远朝周家老宅看去，只有一抹昏黄的光点，在黑暗中看不那么真切。

河水流淌依旧，不时吹来的河风与水声交错到一起，重叠成一种古怪的声音，像是召唤，又像是低泣。

这时候，周彤无意间看见，在那村庄中有一盏亮光颇为显眼，心中有些古怪，却还是下意识朝亮光的方向寻了过去。

走了几十步距离，周彤这才看清楚，原来是一个小男孩，手中拿着根蜡烛缓步走在小路上，烛火在风中不停摇曳着，好像下一秒就会熄灭似的。而那个小男孩，一手挡在烛火前，极力护着那烛光，就连步子也不敢踏得太快，生怕走路时带起的风把蜡烛吹灭。

“小朋友，你家在哪里，姐姐送你回家好吗？”周彤跟在小男孩的身后，掏出手机把屏幕打开，然后伸到自己前方。她只想着帮助这个小家伙，却没有注意到，那手机屏幕上的时间，正好跳到——六点。

淡蓝色的光照亮了小男孩前方的路，也把那盏烛火照得发绿，如鬼火一般看得人心寒。周彤一直跟在小男孩的身后，不断询问着他。但那小男孩却充耳不闻，依旧不紧不慢地赶着自己的路。

气氛沉静得吓人，这一路走来，鞋底踏在青石板路上，发出沉闷的声响，伴着那如呼唤如低泣的风声，在耳边盘旋，而前方那幽幽的烛火，让人看不到一丁点温暖。周彤终于发觉有些不对劲了，她伸手去拉那小孩，手掌刚触碰到他的肩膀，却感觉这小男孩的肩膀非常凉，而且带有一种特别的僵硬感，这让周彤突然联想到，在超市里的冻肉——就是这种手感！

周彤心中猛地一颤，连忙后退了几步，与此同时，那小男孩也突然停住了，他慢慢转过身，姿势相当怪异，身体连同脖子直挺挺地转了过去，就好像军训时的向左转一样。趁着这个机会，周彤看清了他的脸，在烛光的照耀下一片青白，却没有一丝血色。

小男孩似乎并没有看见周彤，他朝着面前的宅子走近了几步，推开了面前虚掩的门，然后就这么走了进去，紧接着，那烛光便被黑暗所吞没了。

周彤有些踌躇不知道该不该进去，那小孩太诡异了，令她心生防

备；但理智又告诉她，这孩子怪异的举动或许是调皮的恶作剧。这间屋子虽说没人住了，但里外都是木制结构，要是被点燃的话……

想到这里，周彤再不迟疑，决定要把那调皮的小孩逮出来，于是一脚踏入了那片黑暗之中。

在周彤踏入大门的一瞬间，空气似乎黏稠了许多，四周出现了如水波般的荡漾，像是有一层屏障，隔着另一个世界。短暂的恍惚过后，眼前一片光亮，而当她看清眼前的场景过后，全身的寒毛突兀地竖立了起来。

此时此地，周彤眼前出现了一个格外诡异的场景——在这大宅的院子里，围站着男女十多个小孩，形成一个圈，把周彤围在中心。他们都背对着周彤，而手中都捧着一根白色的蜡烛。那场面就好像在进行某种古怪的祭祀一般。

周彤只觉得自己的头发一根一根直立了起来，她开始后悔自己刚才做的决定。莫名的，一个声音在她耳边响起："六点整时，一切小心。"

周彤猛地一惊，缓缓拿起手中的手机，按亮了屏幕。手机屏幕亮起的一瞬间，像是扯出了漫天的幽蓝，而那屏幕上的钟形时间，正好显示是六点整！一分不多，一分不少。而更让人恐惧的是，那秒针每向前移动一格，立刻又恢复到六点整的样子，好像有什么神秘的力量，生生把它拉回了原点。

时间，好像在这一秒停顿了，永远停留在六点，周彤的耳边不断盘旋着咖啡店老板的那句话："六点整时，一切小心……六点整时……六点……"

周彤捂着嘴，极力压抑着心中的恐慌，她不敢动，也不敢发出一丁点响动，生怕打破这诡异的局面。可是，不管她怎么压制，喉咙里却还是不自觉发出了一声轻呼。那声音，在这沉静的环境中异常清晰。

似乎被周彤的轻呼惊醒了，下一刻，打头那小男孩慢慢转过身来，而围绕在周彤周围的其他小孩，也同时转了过来。他们低着头，转身的姿势如出一辙，每个人都是那么僵硬，每个人都是那么刻板，如量尺量过的一样。

待他们全转过身以后，周彤这才看清楚他们的手里除了那根白蜡烛以外，他们的怀中还捧着一个个灵位。

“胡月，李欣，刘佳……”周彤恍惚默念着灵位上刻着的名字，直到她在一对男女小孩手中看见了两个人的姓名，瞳孔猛地一收，额角的冷汗，滑过面颊滴落下来，那上面刻着——周彤、李毅。

而这时候，那些低着头的孩子突然把头向上一抬，然后在那幽幽的烛光下，诡异地笑了。

“咯咯……咯咯……”那群孩子的笑声一浪高过一浪，周彤不知道他们到底在笑什么，只是感觉在他们的笑声中透露着一种令人胆寒的氛围。她捂着耳朵不想听下去，而那些笑声却好像有生命一般，从她的指尖钻进耳朵，然后肆意刺激着她的耳膜。

如此诡异的环境，如此胆寒的笑声，周彤愈发惊恐，心中升起一个逃离这里的念头，终于“啊”的一声尖叫了出来，然后大力拨开挡在自己身后的小孩，逃一般朝大宅门口冲去；而临出门时，不由自主地往回一瞄，却看见那群小孩，依旧保持着刚才的姿势，就连被她推倒在地上的也不曾起身，依旧捧着蜡烛与灵位，发出咯咯的怪笑声……

第六章 争执

周彤逃命般冲出了大宅，刚跑出门口两三步，迎面就和一个人撞到了一起，周彤尖叫一声，蹦到一旁，这才看清楚自己撞到的人居然是李毅。

李毅被撞了个趔趄，手中提着的两个塑料袋也跌落在地上，里面的东西洒了一地，也顾不得去捡，因为他看见周彤失魂落魄的样子，连忙跑过来拉住周彤的手，急切地问道："怎么了，发生了什么事？"

"那……那里面有人！"周彤看见李毅，心中的恐惧终于消解了几分，扯着他的胳膊，指着大宅说道。

"你在这儿等着，我去去就来。"李毅一边说一边挽袖子，看他的行动，倒是以为周彤遇到了色魔，要冲进去教训一下。周彤连忙拉住他说道："是一群小孩子，古怪得很。"

"小孩子？"李毅奇怪地看了周彤一眼，不清楚她为什么会被小孩子吓成这个模样，于是点点头说，"好吧，咱们进去看看。"

周彤还想劝他，却知道李毅决定了的事便拗不过，而且有了他在身边胆子也大了许多，于是跟在李毅的身后，往大宅里走去。

李毅走在前面，手里亮着刚买的应急手电，推开了半掩的大门，那陈旧的木门一受力，便发出一阵咯吱咯吱的古怪声响，紧跟着一股陈年累月的气息扑面而来，吓得周彤用力抓住李毅的肩头。李毅笑笑，拍了拍周彤的手背，示意她别怕，然后踏进了大门。

院子里很安静，地面铺了很厚一层落叶与尘土，似乎很久没有人住过。李毅皱了皱眉头，用手捂住鼻子，然后用手电在四处照了照，待他看清楚眼前的事物以后，一直警惕着的心，也放松了下来，手指捅了捅身后一直不敢睁眼的周彤道：“小傻瓜，你睁开眼看看这里都是些什么。”

周彤把眼睛眯开了一条缝，然后朝李毅手电照射的地方看去，竟然是一个人头！不，不是人的，而是一个纸做的人头。紧接着，手电的光慢慢横移，周彤这才看清楚院子中的全景，原来在这大宅的院子中，横七竖八地摆放着十几个纸扎的人偶，都有小孩子那么大，其中有些已经坏掉了，露出里面的竹片。

“这里以前应该是间丧葬店吧，主人搬走以后，这些破旧的纸人就这么胡乱摆在这里。你看，那案板上还有未做好的香蜡纸钱。”李毅用手电筒的光指着大厅里说。

“难道是我看错了？”周彤有些不确定，她记得自己明明看见是小孩，并不是什么纸人，而他们那古怪的笑声，还若有若无地在耳边盘旋着。周彤确定自己没有看错，也没有听错，可是第二次进入这里，却是另外一番光景，这让周彤有些糊涂了，开始分辨不出刚才和现在所见的，哪一边才是真实。

李毅敲了敲她的脑袋说：“当然是你看错了，胆小鬼，几个纸扎的娃娃就把你吓成这个样子。你要不放心的话，我们再进屋子里看看？”

“不要！”周彤连忙拒绝，不管自己是否看错，但她总觉得这间大宅阴森森的，心中还有些余悸，便不想再多待下去，于是对李毅说道，“可能真的是我看错了，咱们回家吧，我不喜欢待在这里。”

“好吧。”李毅拉着周彤的手出了门，两人收拾好散落一地的东西，然后在周彤的催促中快步离开。

可是，周彤和李毅并不知道，在他们俩离开后不久，大宅的一处阴影中走出一个人，竟然是蓝染。

蓝染在院子里走了一圈，用脚踢了踢倒在地上的纸人，歪着头朝周

彤离开的方向看去，眼中充满了疑惑……

周彤坐在沙发上，随手拿起一本杂志，伪装成认真看书的样子。卫生间里传来哗啦的水声，还有李毅对她说话的声音，不过周彤没有回话，一直沉默着，她想趁李毅洗澡的时候安静地整理一下自己的思绪。自从得到父亲去世的消息之后，她便感觉自己处于一种莫名的状态之中，失眠、厌食、四肢乏力，还经常做噩梦。

医生说她是精神紧张的原因，没什么大碍，可是吃了多少药都不见好。而本以为回到家能够放松一下心情，却没想到自己离家越近，发生的事就越多，那些噩梦愈发恐怖。除此之外，就算自己处在清醒的状态时，还是有很多诡异的事在自己周围发生。

难道真的是幻觉？

理智告诉她，是因为睡太少的缘故，所以偶尔会精神恍惚，出现幻觉也是正常的。但她又不确定，她明明看见了那个小孩，跟着他进了那间大宅，他们的表情、动作，还有笑声，都是周彤亲眼看见，亲耳听见的，而当她再次回到那个地方，一切好似都没有发生过。

周彤有些恐惧，她害怕再这样下去，终究有一天那些幻觉会不时出现。到那时，即便是她自己，也分辨不出，什么是现实，什么是虚幻了。

还好，我的身边还有李毅，他一定会帮助我的。

想起李毅，周彤的心中安定了很多。从父亲离世到现在，李毅一直都是她的精神支柱，他用他的温柔和关怀一点一点安抚着周彤脆弱的神经。如果不是有他在的话，或许周彤早就崩溃了。

可是，如果有一天李毅也离开我，那我该怎么办？

想到这里，周彤不敢再思考下去，心中害怕失去，而耳边却有个声音在提醒着她，对她说：“如果没有李毅，该怎么办……”她连忙捂住头，尽量去想一切无关紧要的事，可是，这个念头一直在她的脑子里盘旋，久久不能平息。

或许，我应该出去走走。

周彤不想在这个问题上纠缠下去，她放下杂志，随意看了一眼窗外，七八点钟的月光朦朦胧胧的，洒落在周家大宅，泛起淡淡的紫色。风声沙沙，吹拂着院子里的植物，带着一丝清香吹进卧室。

周彤决定下楼去小院里走走，这样或许能平复自己的思绪，不要再往坏处去想。而就在她打开卧室门的时候，正好从门缝里看见叶安和沈璐上楼，两人似乎有什么秘密似的，一起进了过道最里面那间房间。

强大的好奇心驱使周彤跟了上去，在门口侧着耳偷听他们说话。

“聂律师告诉我，今天周彤去签了文件，一起的还有李毅。”叶安的声音依旧不含半点喜怒，似乎什么事从他嘴里说出来都是那么无关痛痒。

紧接着，房间里传来沈璐的声音：“真的？也就是说，这套宅子和周老爷留下的古董现在都属于周彤了？”

“没那么容易，还有一些手续要办理。不过也差不多了。”

“那我们怎么办？”

“什么怎么办？”

沈璐急切地说道：“老爷的那些古董我不在乎，但这房子归了她，我们以后住哪里？不行，我不同意！”

叶安冷笑道：“你不同意？你还没那资格。”

“你……”沈璐的声音突然高了几个分贝，“叶安，你别忘了你答应过我的事！你总该为我们的将来打算吧。”

这一次，叶安沉默了很久，才回答道：“好吧，明天我再和聂律师联系一下，这件事我会处理，你不要胡乱插手。”

“哼，不管你用什么方法，这房子是我们的……”

听到这里，已经很明显了，果然像李毅说的那样，一定会有人对这房子虎视眈眈，但周彤没有想到居然是沈璐！而且这个沈璐似乎和叶安有着说不清的关系，回想起今天早晨沈璐对自己的软言安慰，周彤就感觉恶

心。这女人太能伪装了，要不是在这里偷听到了他们俩的对话，自己到现在还被她蒙在鼓里。想到这里，周彤愈发觉得沈璐不简单，过会儿一定要提醒李毅好好防备。

在周彤思索的这段时间里，漏过了两人后面的话。虽说大致情况已经搞清楚了，但她还想听听叶安两人有什么后续的计划，还未把头贴在门上，里面就传来一声扭动拉门把手的声响，却是二人结束了对话推门而出，惊得周彤胡乱找了个就近的房间钻了进去。

周彤靠在门背后，听见二人的脚步声逐渐消失，这才松了口气。幸好这房间没锁，否则叶安他们开门出来正好撞见自己，那么接下来不知道会有什么麻烦。

紧张过后，周彤这才打量起现在所在的位置。这是间很大的房间，比二楼其他的房间都要大上许多，四面的白墙上挂着几幅山水字画，显得简洁而优雅，而房间的正中是一套沙发和茶几，茶几上摆放着煮茶的器具。

看到这些，周彤猛然想起，自己原来走进了周家大宅的主卧室，她现在身处的这个房间是个小型的会客室，而里屋就是她父母休息的地方。只不过自从母亲去世，叶玉婷成为了周家大宅的新女主人之后，周彤就再也没有踏足过这个房间。

似乎不想回忆起一些事，周彤转身就要离开。却不想，一阵若有若无的低泣传进了她的耳朵里，周彤愣然地转过身，朝那声音的源头寻去。这才发现，原来那里屋的门是虚掩着的，一抹惨白光亮从门缝间透了出来，而那低泣声也正好是从里面发出来的。

谁会在里面？

周彤寻思着，轻轻推开了虚掩的房门。与此同时，那低泣声忽然停止了，紧接着又是一阵轻哼，却是一首不知名的小调。周彤心中升起一丝恐慌，但好奇心却像一只淘气的小猫，不停抓挠着她，让她忍不住想要进去看看，到底是谁在房间里面。

当房门推开到一人宽的距离，周彤一侧身，便钻了进去。房间里的灯光有些刺眼，周彤下意识举起手挡在眼前。待她适应了这里的光亮之后，这才看见，整个房间的地上，都散落着玩具，而在房间那张大床边，坐着一个人，这人背对着房门，看体型应该是一个丰盈的女人，她的长发胡乱披在肩膀上，身体微微摇晃着，时不时发出一段轻哼，似乎怀里抱着什么东西。

周彤屏住呼吸，慢慢走到那女子的身后，把头往前稍微一探，骇然发现，在那女人的怀里，居然是一个玩偶，而那个玩偶的手脚早已不知所踪，而脸上身上全是长长的豁口，内里的填充物从豁口里撸了出来，看起来格外恐怖。

周彤心中一颤，下意识后退一步，谁知道脚底一绊，却是踩到了地板上的一个小玩偶。那玩偶被周彤一踩之后，居然发出嘻嘻哈哈的笑声，那笑声诡异而惊悚，在房间里回荡开来，听得人心里发寒。

而这一连串的笑声，也惊醒了那个女人，她呼地站起身，然后慢慢转了过来，却是个中年女人。她沉着脸，那双布满血丝的眼睛冷冷地盯着周彤，盯得她不由自主打了个冷战，那感觉就好像被一条蛇盯住了一般。

中年女人看了周彤一阵，整个人突然凑到了她的面前，那张些许皱纹的脸上，挤出一个比哭还难看的笑容，然后对周彤说："孩子，你回来啦。"

周彤捂住嘴，一动也不敢动，极大的惊悚感令她呆立当场，连逃跑也没有想到。

中年女人见周彤不答话，又细细打量了她一阵，这才说道："你是来找你的玩具吧，咯，拿去。"说完，她就把手中的玩偶塞到了周彤的怀里，周彤看了一眼那恐怖的玩偶，这才惊醒过来，呀地尖叫一声夺门而逃。

那中年女子看着周彤的背影，摇了摇头，然后幽幽叹了口气，拾起被周彤扔在地上的玩偶，如珍如宝地抱在怀中。

房门慢慢合上，而那轻哼声再次响起。

周彤逃一般跑回自己的卧室，刚一进门便把房门重重关上，生怕后面有什么人追来似的。这时候李毅正好从洗手间出来，见她失魂落魄的样子，把手中的毛巾随手一扔，走上前问："彤彤，出了什么事？"

周彤深吸了一口气，急促地说道："我刚才在我爸爸的房间看到一个疯女人，她……"说到这里，周彤突然顿住了，脸上的表情不停变换着，李毅也有些急了，抓住她的肩膀晃了晃问道："那个疯女人把你怎么了？你说啊。"

过了好久，周彤才回过神来，她望着李毅斩钉截铁地说："我想起来了，那个疯女人是叶玉婷！"

"什么！"这回该李毅吃惊了，"你说那个疯女人是你的继……好吧，是周老爷的二夫人。"他的话还没说完，就被周彤瞪了一眼，连忙改口。

周彤咬着手指甲沉声道："应该没错，我记得她的样子，刚才第一眼就觉得熟悉，不过当时被吓着了，没有多想，现在回想起来，那个女人绝对是叶玉婷！"接着，周彤把刚才所见所闻一股脑说给了李毅，直听得李毅目瞪口呆，待她把整件事说完，这才开口道："你继母……额，是那个女人到底真疯还是假疯还有待考证，但我觉得很有可能是真的，我们都到这儿两天了，却没有见过她一面，而且沈璐前面还说过，叶玉婷身体不好，恐怕就是这个原因。"

"那我们该怎么办？"

李毅目光灼灼道："走一步算一步吧，过会儿晚饭的时候探探叶安他们的口风。"

周彤撇撇嘴道："哼，这叶安和沈璐都不是好人！你说会不会是……他们俩把叶玉婷逼疯的吧？"

"傻瓜，叶玉婷是叶安的姐姐，没有她在叶安还能待在这里？"

"这可说不定，像他们这样的人，一心就只想着我爸爸留下来的遗产，有什么事做不出来？其实我原本就不打算继承财产的，可是这几天见到他们这样，我倒要争一下了，该我的一分也不能少，我拿来捐给孤儿院也不能留给他们这种人！李毅，你一定要帮我。”

李毅揉了揉她的头发，温柔地说：“放心，我一定会帮你的。”

两人又说了一会儿话，外面传来一阵敲门声，然后叶安的声音在外面说道：“开饭了，你们下来吃饭吧。”

“好的，马上就来。”李毅高声回答了一句，然后朝周彤使了个眼色，两人这便出了卧室。

待两人走到楼下时，饭厅的圆桌上已经摆上了七八个盘子，里面盛的都是些地道的江南小菜，菜香四溢，嗅得两人口舌生津，叶安招呼他们坐下说道：“稍等一会儿，有个汤还差些火候，熬好了就可以开饭了。”

李毅摆摆手说：“没事，我们不急……这么多菜我们几个人吃得完吗？”

“种类比较多而已，你们很久没回江南了，所以我叫沈璐特意烧了些家乡菜，希望能合你们的胃口。”叶安淡淡笑着，语气似乎和平日里有些不大一样。周彤和李毅对视了一眼，彼此看出了心中的疑惑，同时暗暗提防。

周彤往厨房里看了一眼，却没有见到沈璐，顺口问道：“那么，沈璐去哪里了？”

“哦，她在楼上我姐那里，我姐最近身体不太好，所以要按时打针吃药。”

李毅沉思片刻，问道：“周夫人不下来和我们一起吃饭？”

“要的，也不是太严重的病，不用单独开饭。沈璐照顾她吃了药就应该快……”叶安的话还没有说完，从楼梯上传来一阵脚步声，一个女声远远问道：“周彤下来了吗？”

“姐，她在的。”叶安起身迎了上去。与此同时，周彤和李毅也回过头，朝楼梯看去，却见一个身材丰盈的中年女人缓步从楼梯上走了下来，周彤看见这个中年女人之后愣了愣，脸上露出果不其然的表情——这个女人正是刚才在房间里碰到的疯女人。

在周彤看向叶玉婷的同时，后者也在上下打量着她，眼神如长辈看自家的孩子那般正常。紧接着，她缓步走到周彤面前，语气亲切地说道：“十年不见了，我们家彤彤已经变成大姑娘了，还带回来一个帅气的男朋友，很好，很好。”说完，伸手想要摸周彤的头发，却不想被周彤错身躲开了，气氛一时间沉默了许多，在场的众人都有些尴尬。

最终还是叶玉婷打破了沉默，她收回了悬在半空的手，摇摇头说道：“彤彤是大姑娘了，确实不能像哄小孩子那样。”

李毅见她语气中带有一些失落，不想第一次见面就把关系搞得那么僵，上前一步说：“伯母好，我叫李毅，第一次见面没给你带什么东西，真不好意思。听说您最近身体不太好，没大碍吧？”

“不碍事的。”叶玉婷笑着摆摆手，又用长辈的目光打量了李毅一番，这才开口说道，“嗯，挺阳光帅气的小伙子。我虽然不是彤彤的生母，但名义上也是她的长辈，这么多年来彤彤一个人在国外生活，我们都希望她找到一个疼她爱她的伴侣，你一定要好好照顾她。”

“这个请伯母放心，我会好好照顾她，保护她的。”李毅点头答应，心中暗自评价这位周家女主人，从这一次见面谈话来看，叶玉婷的打扮和说话都很得体，俨然一副中年贵妇的派头，并不像周彤口中的疯女人。

这让李毅心中有些疑惑。

“好吧，大家都别站着，落座吧。”叶玉婷说完，在沈璐的搀扶下坐到了主位上，趁着这一空隙李毅在周彤耳边小声问道：“伯母不是挺正常的嘛，你怎么把她说成了疯子？”

“哼，别叫得那么亲热，她是她，我是我。我刚才看她就是一副疯女人的模样，难道我还会骗你？”周彤嘴上这样说，心中也很是不解，这前后两次相见的差别也太大了。

难道又是我看错了？周彤这样想，却马上推翻了这个念头，在她看来这中间肯定有什么蹊跷的地方。于是小声地在李毅耳边说：“你看着吧，如果她不是真疯，那就是有意装出来吓我的。她弟弟阴阳怪气，她又装神弄鬼，这对姐弟，没一个是好人！”

李毅听她这么一说，无语地笑了笑，没有答话。倒是叶玉婷看见两人窃窃私语的模样，好奇地问道：“你们在说什么？怎么神神秘秘的。”

“呵呵，人家小情侣在谈悄悄话呢，周夫人就别打听这些了。”坐在叶玉婷身边的沈璐捂着嘴轻笑着回答。

经她这么一解释，叶玉婷的脸上露出恍然大悟的表情，笑道：“是我多嘴了，你们继续。我们什么都听不见，也什么都没看见。”

虽说周彤和叶玉婷不对路，但毕竟是她的长辈，被长辈这么一调笑，李毅也有些不好意思起来，连忙摆摆手，示意并没有什么。幸好这时候叶安从厨房里出来，把手中的汤碗摆在桌上说了声“开饭咯”，这才打破了尴尬的气氛。

叶安盛好饭，摆在四人的面前，挨着沈璐坐下，而就在他落座的一瞬间，沈璐正好扭头看他，两人眼神之间似乎在交流着什么，却正好被周彤捕捉到，心中愈发感觉这两人的关系很不一般。于是在桌下踢了踢李毅，示意他打起精神好有所防备。

李毅朝她笑了笑，心中暗叹，还真够麻烦的，这饭桌上表面看起来其乐融融，暗地里却各怀心思。虽然这一天已经很疲惫了，却依旧强打起精神。

这时候，叶玉婷忽然开口道：“家里好久没这么多人吃饭了，彤彤你怎么不起筷啊，身体不舒服？”

“没事的。”周彤勉强挤出一个笑容，然后随意夹了筷菜到碗里，倒不是怕叶玉婷担心，而是不想和她多说话，便用这种方式堵住她的嘴。

周彤虽然对沈璐有些意见，但不得不说她做的江南小菜确实挺地道的。叶玉婷见周彤吃得津津有味又开口道："很怀念家乡菜吧，在外国应该吃不到这种味道吧。"

沉默了少许，周彤轻叹了一声："离开太久了，我都忘记了是什么味道。李毅，你呢？"

李毅耸耸肩："我还好，反正我对吃的没什么研究，也不像你们女人有那么多感触。菜不错，挺好吃的，比饭店里的好多了。"

李毅的一席话，倒把众人都逗乐了，沈璐感激地看了李毅一眼，然后夹了一筷子菜放进周彤的碗里："这是特意为你做的，听周夫人说这是你最爱吃的，尝尝看合不合胃口，说不定能让你回忆起当年的感觉哟。"

或许是见不惯沈璐当面一套背后一套，也或者是反感沈璐刚才对李毅的那个眼神，周彤只觉得这女人的热情很虚伪，很让人讨厌，怎么看怎么不顺眼。于是她冷冷地把饭碗一放，对叶安说道："不好意思，有公用的筷子吗？我不习惯每个人把吃过的筷子再去夹菜，这样多不卫生。"

这富有针对性的话语，令沈璐的脸色立马就沉了下来，她用不大不小的声音嘀咕道："你刚才不是吃得挺好嘛。"

"这……"李毅见气氛有些不自然，张开口想说些什么，却被周彤瞪了一眼，后面的话也就生生吞了下去。

还好叶玉婷沉得住气，她笑了笑说道："没关系，彤彤在外国居住了那么多年，生活方式和我们有些不同。我这边多了双筷子，就拿来做公筷吧。"

周彤挑衅地看了沈璐一眼，然后把碗里的菜扒到一边，看样子是不准备吃沈璐夹的菜了。沈璐看着周彤的所作所为，眼中的怒火就快要迸发出来，而叶玉婷只是摇了摇头，自顾自地吃着碗里的饭菜，看样子是不想掺和进小辈的矛盾之中。

忍不住了吧，我倒想看看你发起火来是什么样子。周彤得意地想着。

沈璐这边越想越气：我好心为你们做饭，却得到这样的回报，又不是你家的仆人，你周彤凭什么给我脸色看！想到这里心里就堵得慌，啪的一声把筷子放在桌面上，正要开口说话，这时候，坐她身旁的叶安干咳了几声，她看了叶安一眼，也不知道两人在眼神中交流了些什么，但沈璐的火气却生生地压制了下来，她慢慢拿起筷子，脸上挤出一个笑容，问周彤道："对了，这房子是你爸的产权吗？"

听她这么一问，周彤与李毅下意识对视了一眼，意思很明确，要来的终于来了。

周彤冷笑道："我不明白你的意思，这房子的产权和你有关系吗？"

"我只是好奇而已，你母亲早逝，周老爷后来又有了婚配，而你在国外生活了十多年，根本没有尽到赡养老人的义务。呵呵，我多嘴一句，就连周老爷病逝，也是我们打电话通知你的。那么……我想问的是，不知道在法律上你有没有权利继承你父亲的遗产。"

沈璐的话字字诛心，周彤这辈子最伤痛的就是母亲早逝；而最遗憾的就是父亲病逝时，自己没有在他的身边。这些日子以来，她表面上故作坚强，其实内心里却在极力逃避。她不想去面对这些问题，甚至是父亲留下的遗产，也不肯回来继承，就是害怕回到这个地方，勾起那些伤心的回忆。

而现在，沈璐把她的伤疤一股脑揭开，那辛辣讽刺的话语，用在谁的身上，也受不了。周彤只觉得心很痛，她捂着胸口，牙关紧闭，狠狠瞪向沈璐，见她眼中抑制不住的喜悦，很有种想把桌上的热汤泼她脸上的冲动。

"沈小姐，我们很感谢你做的菜，但你的话太伤人了，你必须向彤彤道歉！"李毅见周彤受了委屈，也被激怒了，他沉着脸呵斥道。

沈璐似乎被李毅吓到了，表现出一副楚楚可怜的样子："哦，都怪我不好。我这个人嘴太直了，周小姐真不好意思，我在这儿向你道歉了。"

“没必要道歉，况且这些都是我的家事，和你没关系。”周彤恢复了过来，见沈璐那装腔作势的样子，哪有道歉的诚意，于是反唇相讥道。

沈璐一愣，便马上明白了周彤话中的含义，表情再也不像刚才那么淡定，正准备开口反驳，却被叶玉婷横插了一道：“沈小姐，彤彤刚回来，我不希望因为这些事影响她的心情。如果你还尊重我这个周夫人的话，你刚才说的那些话，我不想在这屋里听到第二次……”她说完，又转头对周彤道：“彤彤，沈小姐年纪小，不太会说话，你别放在心上。不过……这房子的事确实要好好商量。”

“商量什么？”

“呵呵，不瞒你说，老爷立遗嘱的时候我也在场，既然老爷这么决定了，我肯定是尊重并支持他的。但问题是，这房子你会怎么处理？我这么一个孤老婆子，膝下又无儿无女的，你要是把房子收回去了，那么我恐怕连栖身的地方也没有了……”说到这儿叶玉婷叹了口气，一副凄苦的表情。

“伯母您放心，虽然彤彤没有决定，但绝对不会像您说的那样，您多心了。”李毅见话题越来越凝重，连忙开口解释。

而这时叶安也插嘴说道：“吃饭吧，菜都要凉了。”

这一次，两个男人站到了同一阵线，都扮演起了和稀泥的角色。李毅和叶安对望了一眼，都是苦笑着摇了摇头。心中感慨，女人啊……

可惜的是，他们的话似乎没有什么效果。沈璐看了李毅一眼，依旧不依不饶地问：“李先生，我这句话可能你不爱听。你能够代表周小姐做决定吗？毕竟你们现在还不是夫妻吧。如果到时候周小姐硬要收回房子，那我们该何去何从？”吴侬软语本就清零婉约，这句话从沈璐的口中说出来，三分如试问，七分如撒娇，听得周彤心中火气更大，冷冷地说：“这一点你就不必操心了，我和李毅早就订婚了，有什么事都是一起商量做决定的。况且我周彤也不是那么决绝的人，不过嘛……如果房子归于我的名下，有些无关的人，自然是从哪儿来，回哪儿去了。”

沈璐脸一沉："你这话是什么意思？"

周彤轻笑一声："意思很明显，你最好安分一些，别搞那么多小动作。这里是周家，没你这个外人说话的份儿！"

沈璐被她一阵冷嘲热讽，终于沉不住气了，忽地站立起来说道："我怎么是外人了，我和叶安……"

这时候，叶玉婷把饭碗一顿，对沈璐大声训道："够了！食不言，寝不语，你没听过吗？要么好好吃饭，要么回房去！"

沈璐来周家快三年了，她和叶安之间的关系，叶玉婷自然是一清二楚，反之沈璐也明白叶玉婷对叶安的影响力，所以不敢逆了叶玉婷的意思，只得闭嘴，拿起碗装作吃饭的样子。

沈璐不说话，但不代表周彤就消了气。她放下碗对在场的众人说道："你们放心，聂律师说过遗产方面的事还需耽搁几天，等办妥了一切，我和李毅便会离开这里，再也不回来，大家眼不见为净。"

这时候，一直沉默的叶安插话道："聂律师方面还是我去应付吧，至于这房子该怎么处理，我觉得应该由我姐来决定，毕竟她才是周家的女主人。"

"叶安，你这话是什么意思？是害怕我们得了房子就翻脸把你们撵走吗？我明白地告诉你们，彤彤原本不想回来的，也从未想过争夺这个房子的所有权，是她爸爸在遗书上明白写着，由彤彤来继承。而你们现在这么逼她，到底是存着什么样的心思，是想欺负她一个人吗？"话说到这份上，李毅也终于忍不住了，直截了当地质问起叶安来。

而李毅的突然爆发，也把在场的众人都惊呆了。周彤感激地握住他的手，发觉他手上的青筋暴起——这是他发怒时的征兆，于是轻轻摇了摇他的手，示意他消消气，然后起身对叶玉婷三人说："这饭我吃不下，先回房了。"

李毅冷冷看了一眼在座的三人，然后在周彤的拉扯下离开了饭厅。

第七章　蓝染

“彤彤，你这样明火执仗地跟他们闹没有半点意义，你看现在大家闹得多僵，好好的一顿饭也吃不上了。”两人回到卧室之后，李毅率先冷静了下来，觉得周彤刚才有些冲动了，这样下去吃亏的只能是自己。

周彤冷哼一声：“哼，我故意的，我就是看不惯他们那假惺惺的样子，特别是那个沈璐，当着一套背地里又是一套，最虚伪的就是她！不过是我们家里的特护，有什么资格来谈论我们的家事？还有叶玉婷两姐弟，一个自以为是，老是以长辈的口气和我说话；而另一个看似无欲无求，暗地里鬼心思最多的就是他。反正这里没一个好人！”

她的一番话倒把李毅逗乐了：“你还看得挺透彻。”

“哼，你别笑，最可恶的就是你！”

“这又关我什么事，我刚才还帮你说话来着。”

周彤瞪了他一眼：“别以为我没发现，你夸沈璐菜做得好，还和她眉来眼去的，这些我都看在眼里。刚才她对我没一句好话，倒是和你说话的时候，啧啧，声音那叫一个温柔啊……也对，小姑娘年轻貌美，上得厅堂下得厨房，说话声音又甜，又会撒娇。我要是个男人，也会心动的。”

“姑奶奶，你这话怎么说的。当时不是还没闹僵嘛，我也就随口夸了一句，哪里还眉来眼去了。你就别像防贼一样防我了，好吧？”

“这是有前车之鉴的，不可不防。”

“那你最好掐死我得了。”李毅无奈，做了个掐脖子吐舌头的动作，倒是把周彤逗乐了。其实周彤也就是心中有气，只是想发泄一下，她也明白李毅和沈璐绝对没有什么关系，说过笑过之后，也就不再纠缠下去。她笑着拉开李毅掐脖子的手说：“好啦，你都以死明志了，我就算不相信你，还不相信我自己的实力？那黄毛丫头就算有那心思，也甭想从我手里把你抢走！”

终于消气了……李毅擦着满头的大汗，心说周彤什么都好，就是醋劲比较大，有时候还爱使小性子。这让李毅很纳闷，为什么当年自己就偏偏喜欢上她这一点，并且认为这才是爱的表现呢？看来，恋爱中男女的智商确实是负到火星了……

“今天闹过一阵，虽说大家心里都不舒服，但至少把矛盾摆在了明面上，也省得提防他们暗地里搞小动作。那么，我们现在该怎么办？”笑闹过后，李毅把话题回到了现阶段的矛盾上。

周彤咬着手指甲沉思了片刻，这才说道：“现在我们的情况很不好，现在周家的里里外外都是他们在把持着，我怀疑聂律师也很有可能会站在叶安那边；而我已经有十年没回这里了，什么情况都不了解，什么信息都得不到。看样子，我们是被孤立了。”

李毅叹了口气：“哎，如果有个熟知这里情况的人能帮我们就好了。”

他这一句无心的话语，却让周彤眼前一亮，欣喜道：“对了，我们还有小染！”

“小染是谁？”

“笨蛋，就是蓝叔叔的儿子啊，我先前对你提起过的。”接着，周彤把昨晚去厨房倒水，遇到蓝染的事情说给了李毅听，当然隐去了其中自己吓自己那段。当她说到蓝染毁容的时候，李毅也是不胜欷歔，听完了周彤的讲述之后，他还是有些怀疑地问道：“你说那个蓝染，会不会帮我们？”

“放心吧，小染肯定会站在我们这边的。”周彤信心满满地说着，见时间才八点过，于是拉着李毅道，“要不我们现在就去找他？”

李毅沉思了片刻后，点头答应道：“好吧，不管怎样总是一个办法。你只管找他试试，我就不去了，毕竟我和他不熟，有些话不好开口。”

周彤认真看了李毅一阵，见他没有别的意思，于是点头道：“好吧，我去找他问问，很快就回来。”

“去吧，我看会儿书，等你回来。”

蓝染曾对周彤提过，自己就住在大宅外的小屋里，那间屋子以前也是蓝叔叔住的地方，周彤去过不只一次，所以出了卧室就径直来到了后院。远远的便看见那小屋里黑灯瞎火的，待走到屋前，大门紧闭着，周彤试着敲了两下门，却没有任何回应，也不知道蓝染到底去了哪里。

“小染这个时间不在家，到哪里去了？”周彤寻思着，却没有打道回府的念头。来周家两天了，这个儿时的玩伴却只见过一面，还是在很巧合的情况下。想到他内向的个性，周彤猜想或许是因为脸的缘故，所以不想和别人见面，说不定他就躲在哪个阴暗的角落里。

周彤轻叹了一声，也不知道这些年在蓝染身上到底发生了些什么事。自己十年后重临这里，一切都变了许多，而这周家大宅，就像蒙了一层阴霾般，令她看不真切。她急切地想找到蓝染，希望通过他能帮到自己。

在后院寻了好久，依旧没有找到蓝染的踪影，周彤有些失望，而时间也快九点了，她不想自己回去太晚使得李毅担心，于是不再耽搁，往来时的路走去，只等明天白天再来找寻蓝染。

周彤泄气地回了大厅，刚走上二楼，而就在她转身的一瞬间，眼角的余光扫到那通往天台的楼梯间里，似乎有一个人影晃过，她连忙止住脚步往楼梯上看去，却什么都没有，她想也没想就对着楼梯间里喊道：“是小染吗，你是不是在上面？”

没有回应，楼梯间里空荡荡的，只有周彤的声音在墙壁上反复折叠，交汇成一种嗡嗡的声响，然后撞回到她的耳朵里。周彤沉思了片刻，还是决定离开，而她刚一转身，忽然心绪不宁起来。她回头望向那空洞的楼梯间，在尽头处那一扇门正虚掩着，清冷的月光从门缝中溢出，整个楼道朦朦胧胧的，看不真切。

然而，就是在那朦胧之中，周彤似乎感觉到有什么在召唤自己，而脑海中也不由自主浮现出一个画面——在那寂静的天台上，一个连月光也照射不到的阴暗角落里，有一个小男孩蹲坐在那里，整个人埋藏在黑暗之中，无声地擦拭着脸上的泪水。就好像受伤的小猫，在无人的角落孤独地舔着身上的伤口。

小染!

周彤的心猛地一痛，直觉告诉她小染就在上面，只是因为种种原因，不肯出来和她相见。

小染别怕，有彤姐姐在，我不会让你一个人伤心的！想到这里，周彤不再犹豫，一步跨进了楼道之中。

通往天台的楼道很暗，只有一丝微弱的光线，似乎有一层雾气在周围盘旋。周彤刚踏进楼道，那层雾气好像有生命般地向她涌来，然后把她包裹在里面。周彤打了个冷战，四下看去周围都雾蒙蒙的，看不真切，好像整个人都身处于云雾之中。她屏着呼吸，扶着墙小心地往上走。那木制的楼梯在她的踩踏下，发出不堪重负的吱呀声，听得人头皮发麻。

按周家人的习惯，平日里除了晾晒衣服，很少有人会上天台，以至于这里的空气中也蔓延着一股冰冷的气息，没有半点生气。才行了几步，周彤又有些迟疑了，满腔的勇气在这时已经消耗殆尽了，她心中忐忑着，不知道该不该继续上行。

而就在这时，门缝里的那道光忽然暗了一下，然后又明亮起来，接着又暗了下去，似乎有什么东西在门里有规律地晃动着。周彤唤了几声，却依旧没得到回应，只是那一明一暗的光线，落在她眼中时，就好像催眠

师的钟摆那般，令人昏昏欲睡。

周彤一步步走上去，她的眼神开始迷离起来，那紧绷的神经，也缓缓放松。脑海中不时闪现着儿时的片段，那是小时候和蓝染捉迷藏的情景，那时候周彤经常从这条楼道跑到天台上，躲在晾晒的床单之间，偷偷看着小染着急的模样。

回忆到这里，周彤的脸上忽然多了一丝笑容，眼皮却愈发沉重了起来。她木然地向上走着，双眼快眯成了一条线，而落入她眼中的，只有前方一小簇忽明忽暗的光亮。

也不知道走了多久，她感觉面前有一扇门，轻轻推开，眼前的场景豁然开朗起来，这才发现自己原来走到了一处天台，天台上挂着好多床单，在微风的吹拂下轻轻飘荡。而在不远处的一根竹竿上，有一个来回摇晃的空挂钩引起了她的兴趣，于是向前走了几步，伸出手，想要把那空挂钩取下来。

“别过去，有危险！”这时候，一个声音传进了周彤的耳朵，她侧过头倾听，只听到一阵“啪嗒”的声响，既像脚步声，又好像露水跌落地面时发出的声响。她摇了摇头，继续朝那挂钩看去，那本是一个很普通的挂钩，在风中有规律地左右摇动着，却不知道周彤为什么会对这东西产生那么浓厚的兴趣，就好像寻到了一件新奇的玩具一样。

于是，周彤又伸出手，她想取下那挂钩，拿在手里好好看看，而就在她的手即将要触摸到挂钩的同时，那个示警的声音再次从耳边响起：“小心！”周彤只觉得耳朵嗡嗡的，还未有什么反应，便被一股大力拖到了一边……

蓝染把周彤拉到了一旁，这才心有余悸地看向竹竿上那条毒蛇，心中还有些后怕，如果自己再晚一秒，周彤就铁定被它伤到。

其实早在周彤去后院寻蓝染的时候，他就在不远处，但因为某些原因，不愿意现身和她见面，只是在一旁无声地注视着她。

可惜，周彤见房间里没人，便不死心地扩大了寻找的范围。为了不被她撞个正着，蓝染只好悄悄离开，躲到天台上去。哪知道他踏进天台时，周彤正好从楼道里经过，看见了他的身影。

周彤在下面唤了他好几次，蓝染没有回应，只想着她寻不到自己的话，应该会回房去，而接下来的一段沉静似乎也证明了他的推断。可是就在蓝染终于放心松了一口气时，那天台的大门却突然打开了，周彤从门口走了进来。

蓝染心头苦笑，以为这一次终究躲不掉了，而周彤却好像没有看见他一样，就这么直直向前走去。周彤的古怪举动，让蓝染突然想起，就在几小时前，在那个荒废的老宅中，周彤也是这般。那时候她走到院子里，对着那些纸扎的人偶说着莫名其妙的话，然后似乎被什么东西吓到了，夺门而逃。

而现在的情况，就如重演一般。

蓝染的眼中充满了疑惑，他不知道周彤到底是怎么了，难道是梦游？想到这里，他连大气也不敢出，只能远远看着，生怕惊醒了周彤。

接下来，蓝染见周彤这边似乎被什么东西引起了兴趣，也顺着她行走的路线向前看去。而下一秒，毫无防备的他被惊得倒吸了一口凉气，在那根竹竿上竟然盘着一条蛇——蓝染看得清楚，三角头，大方格斑纹，却是一条毒蛇！

而周彤似乎正被这毒蛇所吸引着。

蓝染连忙示警喊道：“别过去，有危险！”却看见周彤明明听到了自己的声音，依旧伸手朝那毒蛇摸去。

蓝染终于急了，心中似乎被什么东西刺了一下，只觉得像是有重要的东西即将离开自己一般。几年来努力伪装出的淡定与沉稳全不见了，蓝染一脸惶恐，慌乱呼唤着周彤的名字，脚下也不停，拼命朝她疾奔了过去。

还好，终于赶在周彤的手触摸到毒蛇之前，把她拉到了一边。

周彤被这突如其来的大力拉了个趔趄，脚下一绊，便撞进了一个温

暖的怀中，她整个人也从恍惚中清醒了过来，却发现拉她的人正是蓝染，于是欣喜地叫道："小染，你果然在这里，我……"

"你作死啊，来这里干什么！"或许是关心则乱的原因，蓝染并没有给她好脸色，开口就大声骂道。

周彤被他这么一骂，心中说不出的委屈。她下意识扭头一看，却发现，那个在恍惚中吸引着她的挂钩，居然是一条蛇！而这时，那条蛇似乎也被激怒了，张着嘴朝两人噬了过来。周彤被这么一吓，"呀"地大叫了一声，整个人躲进了蓝染的怀里。

过了一会儿，才听见蓝染长吁了一口气说道："没事了，一条无毒蛇而已，已经被我打死了。"

蓝染不敢说那是条毒蛇，是害怕周彤被吓着，却不想周彤早已被吓得面色惨白、梨花带雨，死死地把头埋在蓝染的胸口。蓝染苦笑了一声，拍了拍周彤的肩膀，柔声说道："真的没事了，不信你自己看。"

"真的没事了？"周彤转过头，见那刚才还耀武扬威的蛇，现在已经瘫在了地面上，早已没了生气，这才放心了许多。而到了这时，周彤才发现，自己居然整个人埋在蓝染的怀里，而蓝染的一只手正放在她的肩膀上，那姿势要多暧昧有多暧昧，被外人见了还得了！

而要是被李毅看见了……

周彤心中一惊，红着脸跳开几步；而蓝染似乎也意识到了什么，忙把安慰拍打周彤肩膀的手缩了回去，退后了几步，脸上装作一副若无其事的样子，但眼神却显得愈发沉郁，不知道他的心里在想些什么。

周彤左右看了看，见天台上只有她和蓝染两人，这才放了心。虽说他们俩是儿时的玩伴，但现在大家都成年了，再有这么亲密的接触就不太好了。

两人就这么远远地站着，却都选择了沉默，为了掩饰这尴尬的气氛，周彤忽然开口说道："刚才谢谢你了。"

"应该的，换做别人遇到了危险，我也会救。"蓝染淡淡地说着，至少在表面上恢复了平静。

“呵呵，我们小染长大了，会保护姐姐了。我很开心，我的小染回来了……”

“什么？”

“听不懂么？”周彤一笑，故作神秘地说，“我们的小染回来了，再不是那个装作冷冰冰的小染。虽然他一直装得很像，但心里还是关心我的，所以在我有危险的时候第一时间出现；而且，你刚才叫我的时候，我听见，你的声音很惊慌，是害怕我出事吗？”

蓝染的心猛地一跳，却还是装作很平静的样子，他侧过身，平淡地说：“你想多了，或许我刚才不该出现……”

“你骗人！”周彤反驳道，“我听得很明白，也感觉得很清楚，你说关心我的。因为你的怀里很温暖，并不像你装的那样冷。你到底在逃避什么，我明明到家两天了，你为什么一直不肯和我相见？还有，你为什么不敢面对我？”

蓝染苦笑着说：“我怕吓着你。”

“不是，你不是怕吓着我，而是怕我嫌弃你，对吧？傻瓜，你是小染啊，彤姐姐怎么会嫌弃你呢？”说到这里，周彤的心里泛起一股酸楚，她向前几步，然后伸出手放在蓝染的左脸上，用指肚轻轻抚摸他脸上的伤痕，感觉到一阵僵硬不平的触感。她心中一揪，眼中泛起了雾气，用力咬了咬嘴唇，这才挤出几个字来，“告诉我，你的脸……到底出了什么事？”

蓝染张了张嘴，原本沉郁的眼神变得不平静起来，仿佛在他的内心里翻出了滔天的巨浪。他的头稍微向左一偏，想要把脸埋在周彤的手心，像一个受了委屈的孩子那般，享受亲人的爱抚，但下一秒，他的表情又变得冷漠起来，触电般地后退了几步，警示地说：“别这样，被人看见会说闲话的。”

周彤愣在了当场，蓝染的话好似一瓢凉水从头淋了下，让她立刻清醒了过来。她看了看蓝染，又看了看自己的手，心中莫名地想：“我这是怎么了，这气氛怎么越来越暧昧？”连忙甩了甩头，对蓝染说，“其实我

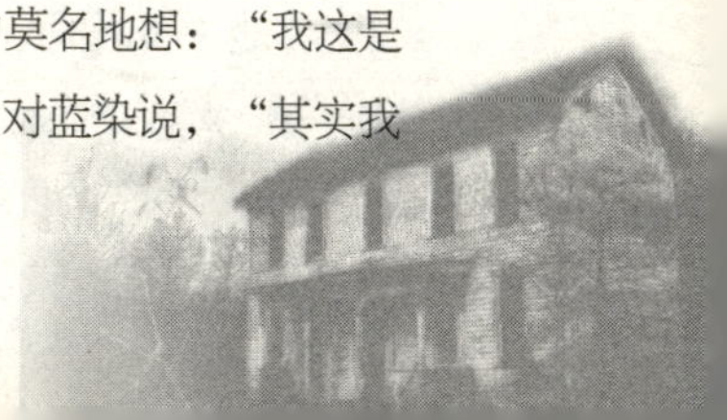

找你，就是想约个时间去看蓝叔叔。”

“哦，没问题。我父亲会很高兴见到你的。”

“那明天好吗？”

“这个……”

周彤有些失望：“难道明天你有事吗？”

“倒没有什么重要的事……”蓝染本想顺口说是，却不想这话一开口竟变了个模样，或许是他内心不忍见到周彤这么失望吧。

而周彤似乎也看出了什么，却不给他改口的机会，连忙抢白道：“那我们就约好了，明天去看蓝叔叔咯。”

话都说到这份上了，蓝染还能说什么呢？只能苦笑着点头答应，心中寻思着，明天是不是不出现，避开周彤。

“那好，咱们明早不见不散。唔……我困了要回去睡觉咯。”周彤说完，又看了看蓝染单薄的衣服，关心道，“你也快回去吧，夜里风大，这天台上待久了会着凉的。”

风大，着凉。这倒是个好办法……蓝染沉思着，要不在这天台上待一晚？明天感冒了的话，就可以用这个借口堂堂正正地拒绝周彤的要求了。想到这里，他心中一喜，回答道：“我还不困，你先回去吧。”

周彤上下打量了蓝染一番，见他眼神躲闪，于是用命令的口气说：“不行！你大半夜的不回房睡觉想做月夜狼人啊？走，我要盯着你下楼，不然我也不走，就和你在这儿耗着。还有，你别想偷着回来，否则我不会饶过你的！”

蓝染很是无奈，周彤这个模样让他恍惚想起自己的童年时代，那时候彤姐姐总喜欢命令他，而那时候的姿势、口气，就连脸上的表情，也和现在一模一样。虽然事隔多年，那个小小的身影总会在蓝染的脑海中挥之不去，而每每回想起来，他的心中都会流动起一种莫名的甜蜜。

看着眼前的人和印象中彤姐姐的影子重合到一起，蓝染心头一暖，却怎么也说不出拒绝的话，只好温顺地点点头，转身在前面领路。周彤嘿嘿一笑，朝蓝染的背影比画了个胜利的手势，跟在他身后离开了天台。

两人离开后不久，从天台转角的一处阴影中，走出一个人来——居然是沈璐！她跺了跺脚，然后把手捧在嘴边，呵了口热气，这才埋怨地说：“这两人，哪来那么多情话？再不走我就快要被冻死了。”

随即，她脸上又浮现出暧昧的表情：“真看不出来，这女人居然和那花匠的儿子那么不清不楚，还姐姐弟弟的叫着，不冻死也得被她肉麻死！还好被我发现了，说不定还可以以此为要挟，让她放弃大宅的所有权……唔，还是先把这消息告诉叶安。”

这时候，一阵风吹过，沈璐打了个冷战，有些心虚地环视着空荡的天台，赶忙紧走几步到门口，一拉，门没开，气急败坏地骂道：“该死的，竟然把门给锁了！”

原来周彤离开的时候，顺手把门给带上了，却不想正好把偷听的沈璐关在了天台上。沈璐跺跺脚，脸上却浮现出一抹笑意：“那么，就别怪我了。”

她扬了扬手机，而那手机屏幕上，是周彤和蓝染拥抱时的照片……

周彤回到卧室的时候，时钟的指针正好指向九点半，她一路监督着蓝染，见他回了屋开灯之后，这才放心离开。这个时间，李毅还没睡，正坐在床上看杂志，于是躺在他旁边，手指戳了戳杂志的封面，见上面介绍的是香港某两位明星离婚争子的八卦，笑道：“这种八卦你居然还看得那么认真，是不是分析什么了？”

李毅把杂志一卷，展颜笑道：“我就随便看看打发下时间，聊得还好吧？”

“好什么啊，小染还是那样子，都不怎么说话，我说十句他才回个一两句，学什么不好，偏要学叶安，真不知道他在想些什么。”周彤嘟着嘴说着，她是绝对不敢把天台的事说给李毅听的。虽说她和蓝染只是姐弟情意，绝对没有其他的想法，但将心比心，若是换做自己看见李毅和别的女人搂搂抱抱，绝对会大发雷霆的。

李毅看了周彤一眼，眼神中闪过一丝异样，却没有被周彤发现，随即安慰道："毕竟是那么多年没见了，有些生疏也是正常的，过些日子就好了。"

"嗯，我也是这么想的。"周彤点头，"对了，我约好蓝染明天去看蓝叔叔，我们一起去吧。"

"这个……"李毅迟疑了一下，"明天还是你一个人去吧，我还有些事。"

"你有什么事啊？怎么一回家你就变得古古怪怪的，叫你和我找蓝染不去，看蓝叔叔也不去。你说，你到底有什么见不得人的事？"

李毅连忙举起双手辩解道："我哪有什么见不得人的事啊。"

"那好，那你说你明天到底有什么事不能陪我去看蓝叔叔？你要说不出来的话，我这就掐死你！"

"好吧，我坦白。我明天和一群以前的朋友见面，这里毕竟也是我的家乡啊。"

周彤听他这么一说，做了个掐脖子的动作继续逼问道："是男是女？"

"男的，绝对的纯爷们。"

"那我陪你去。"

"不要！"

"为什么不要？难道你刚才是骗我的，其实是去见女的。"

"哎哟，我的姑奶奶。我那群朋友都是些单身汉，我要把你这么漂亮的女朋友带去的话，还不羡慕死他们？到时候我肯定要被他们折磨得够呛，我求求你，放过我一次吧。"李毅双手合十地恳求着，一副可怜相。

周彤被他逗乐了，却还是板着脸教训道："好吧，下不为例哦！"

"一定，一定。"李毅忙不迭地点头，"既然明天要去看蓝叔叔的话，你应该早点休息，今天还不够累啊？"

"嗯，还得先去洗个澡再睡觉。"周彤在床上伸了个懒腰，喃喃地说，"确实累得很，你说今天怎么那么多事，在外面累了一天，回来还吵了一架，连晚饭都没吃多少。”

李毅用手指点了点周彤的眉心，笑道：“还不是给你闹的，现在知道饿了。要不要我去给你煮碗面？我买了蛋糕和点心，你先垫点儿。”

“不了，睡前吃东西会长胖的。不过话说回来，今天虽然很累，却很值得。对了，你猜我今早在咖啡厅见到谁了？”

“施雨？”李毅顺口回答道。

“不就是那丫头咯，咦……”周彤的话说到一半，觉得哪里有些不对。沉思了片刻这才想起，自从和施雨断了联系后，她就没有向任何人提起过这个闺中密友。记得那个时候，自己还没认识李毅。那么，李毅怎么会知道施雨的？想到这里，周彤怀疑道，“我好像没有对你提起过施雨吧。”

“这……”李毅眼睛一转，掩饰笑道，“怎么没有？你对我说过，她是你最好的朋友，难道你忘了吗？”

“是吗？”周彤把头一偏，作沉思状。

李毅笑着用杂志轻敲了一下她的脑袋：“傻瓜，你怎么连自己说过的话都忘记了？”

“对哦，我好像真对你提起过。”周彤记得，在和李毅交往那段时间，两人真的是无话不谈，或许那个时候提起过施雨，也说不准。想通了这一点，她也就释然了。

“好了，快去洗澡吧，你明天要是没精打采地见蓝叔叔，老人家会担心的。”

“嗯，我去洗澡了。”周彤应了一声，便拖着疲惫的步子进了洗手间。但她却没有发现，离开之后，李毅轻轻嘘了口气，好像放松了许多的样子。

水声响起，李毅盯着天花板看了一阵，然后从枕头底下翻出自己的手机，来回翻看着里面的几张照片——这些照片都是一个陌生的号码发过来的，就在周彤回房间的前几分钟。当李毅循着那个号码打过去，却提示

他对方已关机。

李毅沉默地看着，每看一遍，他的眉头便深锁一分。也不知道过了多久，只听得洗手间里水声逐渐停止了，他看了一眼洗手间，摇头笑了笑，有些自嘲地说："每个人都应该有自己的秘密啊……"说完，便干脆利落地按下了删除键。

如果，这时候周彤在的话，肯定会吃惊地大叫起来。因为，李毅删除的那些照片，正好是她被蛇吓到后扑进蓝染怀中时，还有她抚摸蓝染脸上的伤痕时，被有心人拍下来的……

第八章　探望

一夜无话。

周彤一觉醒来的时候，天已经大亮了，坐起身睡眼朦胧地看了一眼卧室里，发现李毅已经不在了。或许是昨天一整天太劳累的缘故，周彤昨夜一躺下便睡着了，恍惚记得李毅对她说了些什么，半梦半醒地敷衍了几句，之后的事便什么也不记得了。

这一觉倒是睡得十分香甜，连梦也没做什么，周彤已经很久没有体验到不借助安眠药就睡到自然醒的感觉了。长长地伸了一个懒腰，起身进了洗手间，稍微整理了一番之后，便一边刷着牙，一边在卧室里瞎转悠。见书桌上放着一个大锅盖，锅盖的旁边还有一张留言条。拿在手中一看，原来是李毅留下的，上面写着：“我出门了，见你睡得香，便没有叫醒你。桌上的早餐要记得吃，否则家法伺候。还有，记得帮我向蓝叔叔问好，我下次再去看他。”在文字的最后还画了一个笑脸，周彤一笑过后，揭开了桌上的锅盖，里面用盘子盛着几方白糕，还有一小碗糯米粥，居然还冒着热气，想来李毅没走多久。

周彤从昨晚就没怎么吃过东西，肚子里早就空空如也，见早餐看起来很好吃的样子，匆忙刷好牙，草草洗了把脸之后，便正坐在书桌前，吃起了李毅特意准备的爱心早餐。

白糕微甜，绵软而有弹性；糯米粥清淡香滑，里面还配有枸杞、莲子等物，既好吃又有养颜美容的功效。这么富有中国风味的早餐，周彤在

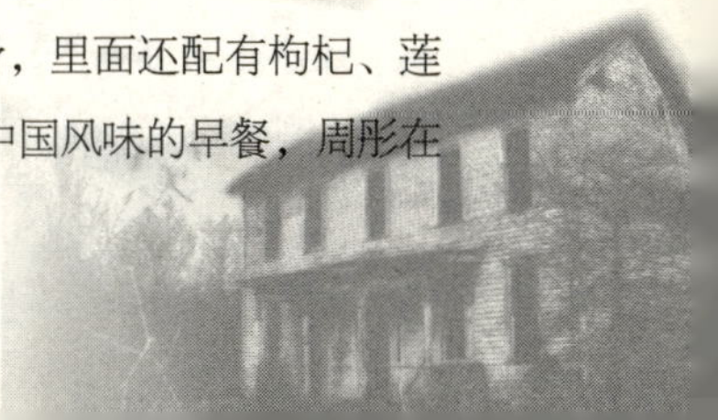

国外是很难吃得到的，不多时便被她一扫而空。

舔了舔嘴唇，又拍拍肚子，周彤只觉得精神焕发。见时间已经不早了，便开始准备出门。从衣柜里抱出一大堆衣服放在床上，挑选了好久最终选了一件比较简单的短袖T恤，配以牛仔裤，把高跟鞋踢开，换了双运动鞋——这两天下来，脚踝一直酸痛，她可不想再受这份罪了。

既然是一切从简，那么头发也不用花太多时间打理，扎了个马尾，看起来简单利落，再配以淡妆。一切整理完毕之后，周彤在镜子前转了几个身，见镜中的自己如刚毕业的大学生一般，青春而富有活力，这才满意地点点头，仔细整理了一番衣裤上的褶皱，然后拿起帆布质地的单肩包挎在肩膀上，潇洒地出了门。

周彤原本准备去小屋找蓝染的，却不想刚走下大厅，便远远看见他半蹲在院子里的一株植物旁，拿着剪刀正目不转睛地修剪着上面的枝叶。从这个角度看去，阳光斜斜照射下来，驱走了阴郁，令蓝染整个人好似阳光了许多，在他的身上似乎荡漾起一道光晕，整个人如置身于梦中一般。

眼前的蓝染，就如同偶像剧的男主角一般，阳光，帅气。他认真修剪着每一根枝叶，好似在梳理爱人的长发；他那宝石般通透的眼睛里，带着说不尽的温柔，是如此纯粹，如此简单。这一霎那间，周彤看得有些痴了，过了好久，才从失神中惊醒，干咳了两声之后，走到了蓝染的身边。

这时候，蓝染也发现了周彤，看了她一眼之后，埋下头没有做声，继续修剪着，但手上的动作再不如刚才那般自然。

“早上好，我先前还以为你没起来，正准备去小屋找你。”周彤见他不说话，先打了个招呼。

“我习惯了早起。”蓝染看了她一眼，淡淡回答道。

走近了，周彤这才发现，蓝染的表情有些疲惫，于是开口问道：“是吗？我怎么见你很疲惫的样子？是因为起太早的缘故吧？”

还不是给你闹的！蓝染动了动嘴，没有回话。周彤这一夜倒是睡得舒服，倒是苦了蓝染，一整夜都在思考，到底该用什么法子避开周彤，一整夜下来，精神自然不会太好。

这时候，周彤又问道：“我准备好了，我们什么时候出门。”

“出什么门？”蓝染的话语中透露着一丝惊慌。

“自然是去看蓝叔叔咯，我们昨晚说好的。怎么，你连自己答应过的话都忘了吗？还是说，你当时是敷衍我才答应的。”

蓝染苦着脸回答道：“这……其实我今天很忙，你看这院子里的枝叶都要修剪，实在是抽不出时间。要不，我给你地址，你一个人去见我爸，反正也没多远的。”

周彤撅着嘴，一副可怜巴巴的样子，央求道：“也耽搁不了太久的，我们见了蓝叔叔就回来……难道，你就舍得彤姐姐一个人出门？我十年没有回来了，要是迷了路那该怎么办，要是倒霉碰到了坏人的话……”

“你想太多了。”蓝染怕她越说越不靠谱，连忙打断了她的话。

周彤跺了跺脚：“好吧，我知道，你不想陪我去见蓝叔叔。对不对！”

“没有，真的是手里太多事情，忙不开。”

“这样啊，”周彤半眯着眼，由上到下地看了蓝染一阵，直看得他心里发毛。随即嘴角一扬，蹲在蓝染身边，把脸捧在手中说道，“那好，我就在这儿等你，你几时做完事，我们几时出门。你慢慢剪，我不急的。”

蓝染暗叹了一声，看来周彤是下定决心要缠着他了。没办法，只能无奈地点点头，把剪刀放在一边说：“我去换身衣服。”

“好啊，我在这儿等你。我先说明，你可别想溜走哦，你要不来我就不走。哎哟，这太阳那么大，不知道会不会把人晒出什么毛病。糟了，有点头晕……”周彤说着，还煞有介事地揉了揉太阳穴。

蓝染踉跄了几步，回头胆寒地看了一眼周彤，他刚才确实是准备假意答应，然后趁机溜走的，却不想被周彤这句威胁的话断了后路。心中有些懊悔，为什么自己今天不早些出门，偏偏鬼使神差地待在院子里。

难道说……我还是放不下吗？

想到这里，蓝染摇了摇头，连忙驱散掉了脑子里的古怪想法。

这一次，蓝染没有让周彤等太久，他几乎是跑着回屋，换好衣服就回来。也不知是怕周彤等太久真的被晒出毛病，还是打着早完早了事的念头，总之速度是相当迅速。他跑回小院，见周彤正在欣赏院子里的花卉，也不敢走太近，隔了好几步远对周彤说道："好了，咱们走吧。"

周彤嗯了一声，回过头打量了蓝染一番，皱了皱眉说："你站那么远干吗，我又没传染病。"

"哦。"蓝染很无奈地走近了几步。

"转过身，对着我。"周彤见他依旧侧脸对着自己，于是命令道。而蓝染下一步动作，却让她气得够呛——蓝染确实是转过身了，但他的脸依旧是侧过来的。周彤咬了咬嘴唇，伸出双手，把他的脑袋也扳正了过来。蓝染那不太长的头发斜盖在左脸上，堪堪挡住眼眶的部位，但面颊上的伤痕依旧很显眼。

周彤心里有些难过，伸手理了理他有些凌乱的发梢，柔声说道："以后不许用侧脸对着我，知道吗？"

蓝染感动地点头，却没有说什么。

"出发，我们看蓝叔叔去！"周彤意气风发地把手一挥，正想挽住蓝染，却被他巧妙地躲了过去。看着自顾自地走在前面的蓝染，周彤摇了摇头，心想要化解他心中的郁结，还要多花些时间啊。

两人一路走到村外的小河边，蓝染招呼了周彤一声，要她稍等一下，自己先跳到梯坎停放的乌篷船上，从船舱里拿出一块木板，搭在船与梯坎间，又用脚踩了踩，确定无误之后，这才向周彤招手道："可以上船了。"

"一定要走水路吗？"周彤问。

"水路比较快。"蓝染把手中的竹竿用力一撑，小船便驶入河心，顺着水流缓缓向前移动起来。

周彤坐在船舱里，然后把头探出舱外，仔细打量着船尾撑船的蓝染。不得不说，蓝染长得很不错，接近一米八的个头，身材很匀称，五官精致得能让女人羡慕，只是皮肤太白了好像长年没晒过阳光似的，而且眼神显得有些沉郁。和李毅的干练与骨子里透出的那种张扬比起来，显得太过柔美，太过冷漠。这让周彤生出一个“恶意”的念头，要是把蓝染打扮成女生的话，一定会迷死很多人吧。

不过话说回来，像蓝染这样的冰山美男，也是很讨小女生喜欢的，应该不缺乏市场。于是周彤坏笑着问道：“小染，你交女朋友没？”

蓝染一顿，眼神中有些异样，回答道：“没有。”

“真的吗？我们小染那么优秀，怎么可能没女朋友……你不会是骗彤姐姐吧。老实交代，初恋是几岁开始的，现在是第几任？”

“现在……没有的。”蓝染似乎想到了什么，脸上浮现出一丝痛苦的表情，却不想让周彤发现，连忙转过头，背对周彤。

他这一瞬间的表情却被周彤捕捉到了，周彤本想追问下去，却突然醒悟了过来，暗骂自己没事找事，只好岔开话题道：“小染，你现在读大学几年级？什么专业？”

“大三，学的是园林专业。”

园林专业……周彤琢磨了一阵，倒是和蓝染挺合适的，怪不得能把周家花园打理得那么好。旋又想到蓝叔叔正在住疗养院，而蓝染还是在读学生，于是有些担心地问：“那么，生活负担重吗？有困难的话给彤姐姐说，我一定会尽力帮助你的。”

蓝染摇头道：“没问题的，我爸住疗养院的钱和我读大学的钱都是叶安给的。”

“叶安……”周彤心中加了一句，他有那么好心？

“是的，这些年来一直是他在帮助我，他是我的恩人。”

“他这是沽恩市惠！”周彤嗤之以鼻道，“像他这样的人，外表看起来温文尔雅无欲无求，但内心里面什么坏点子都有，就拿昨天来说吧，他还联合他姐姐还有沈璐一起逼我，要我交出周家大宅……”

说到这里，周彤猛地一顿，她认真地看着蓝染，一字一句地问道："小染，你对彤姐姐说实话。如果叶安要算计我，逼迫我的话，你会不会帮他？"

蓝染手上一停，小船的速度也缓缓降低了下来，他抬眼看向周彤，眼光一明一暗地闪着，最终摇了摇头，斩钉截铁道："不会的。"也不知道他是想说自己不会，还是叶安不会。

气氛一下子凝重了起来，周彤踢了踢船板，发气道："原本心情很好的，都怪你提起叶安那个坏家伙！小染，以后不许在我面前提起那个人，而且也不要接受他的一分一毫，我会供你读完大学，还有蓝叔叔的医疗费，我也会负责的。因为在我的眼里，只有你和蓝叔叔才是我最后的亲人，懂了么？"

"懂了。"蓝染点头。

小船继续前行，周彤坐得有些无聊，回忆起小时候的情景，对蓝染说："小染，你还记不记得我们小时候最喜欢到这河边玩，爸妈找来了就躲进船舱里。等他们离开了，就把船驶到河中心，结果有好几次都掉进了河里，然后自己游回来。还好这条河的水流不急，不然早冲进大海里喂鱼了，呵呵……"

"当时我可没少被骂。"蓝染看了她一眼，口气中有些埋怨，小时候那些淘气事，多半是被周彤硬逼着做的，而最后挨打挨骂的却基本上是蓝染。但说来也怪，小蓝染就喜欢跟在周彤的后面，不管被教训多少次。

周彤捂嘴笑道："呵呵，那时候还小嘛。怎么你还生姐姐的气？"

"没有的事，早忘记了。"

"真的？但我没有忘，我记得当时就和现在一样，不过撑船的人是我，而你胆子小，老是心惊胆战地躲在船舱里。哎，没想到过了这么多年，我们都长大了，我们的角色却调换了过来，变成我坐船，你撑船了……"说到这儿，周彤眼睛一亮，兴奋地说，"要不我也来撑船试试？"

蓝染看了她一眼，没做声。意思很明显——你还是待着吧。

或许是和儿时的玩伴待在一起引出了童年时的淘气心，也就没有了平日里的矜持。她一矮身，从船舱里蹿了出来，走到蓝染的旁边，伸出手不容置疑地说：“拿来。”

蓝染嘴角抽了抽，最终还是无奈地把竹竿递到了她的手中。周彤掂了掂手中的竹竿，向蓝染一指船舱，命令道：“进船舱去。”

“我就站这里。”蓝染心里加了一句，要是落水的话，我也好救你。

周彤见他意志坚决，也就不再勉强，把竹竿斜插入水中，手上一用力，顶着河底向前一撑。这姿势，这动作倒是挺像模像样的，但问题是，撑船并不是只靠表面功夫，也不是靠力气就能做好的，像周彤这样胡摆一气，所导致的直接效果就是——整条小船在河中心打转，却没有移动半分。

“还是我来吧。”蓝染暗叹了一声，要是让她撑船的话，就算挨到明年，也到不了目的地的。

“不要，我自己来。”周彤倔犟地拍开蓝染的手，竹竿上又一用力——这次船倒是直了，可惜是直直冲向岸边的梯坎。

“小心！”蓝染连忙抢身过去，却已经来不及了，船头和梯坎做了个亲密的接触，而整个船身也剧烈一晃！周彤“呀”地惊叫了一声，身体向外一扬，眼看就要止不住势头掉进水里。

蓝染也被这冲击力摇了个趔趄，不过立刻就稳住了身形。见周彤下一秒就要落入水中，想也没想地伸手揽住了她的腰，然后用力向后一拉，把她给夺了回来。

周彤只觉得自己的身体摇摇欲坠，眼看着就要落入水中，而就在这个时候，只觉得腰间一紧，一股大力传来，整个人就扑进了一个温暖的怀抱里。有句话叫男人头女人腰，男人头这里撇开不谈，女人的腰部是很敏感的部位，一般情况来说，只有自己的男友或者亲密的同性姐妹有资格触碰。

周彤被蓝染这么一揽，只觉得腰间又酥又麻，脸上刷地一下就红了。而近在咫尺间，蓝染身上那独有的男子气息，在鼻尖缭绕，耳边清晰地听见他强健的心跳。在这一刻，周彤只感觉自己整个人都快要软下来。

蓝染好不容易定住了船身的摇摆，本想察看一下周彤有无大碍，却发现她低着头，脸上一片绯红，而自己一手揽着她的腰，另一手紧抱着她的肩膀，如一对恩爱的恋人那般，心中大叫不好，连忙放开手，站在一边。低着头，也不知道在想些什么。

周彤有些恍惚地退到船舱里，隔了好久，还感觉自己的脸像火烧一样，而心脏也跳得厉害，她深深地吸了好几口气，这才稍微抚平心情。见蓝染直挺挺地站在船头，不知道在发什么呆，于是唤道："小染，还是你来撑船吧。姐姐太笨了……船没撞坏吧？"

"哦……没事的。"蓝染猛地惊醒了过来，重新把船摆好，驶入了河心中。

这一路，或许是刚才的尴尬还未过去，周彤一直待在船舱里，没有再找蓝染说话。而后者更不可能开腔，只是沉默地撑着船，不过船速反而快了不少。

过了二十多分钟，小船终于停靠在一处梯坎边，周彤从船舱里走出来，侧过头心虚地看了一眼船头，见那船头被撞了个破洞，挡板也不知道掉哪儿去了，不好意思地说："这个……还能用吗？要赔主人不少钱吧。"

"不碍事的，回去我用木板修补一下就好了，你先下船吧。"

周彤"哦"了一声，跳上梯坎，见眼前是两扇厚木大门，门是半敞开着的，弧顶、很大、很高，只是一扇就接近二米宽三米高，看起来颇为古典，门上的铜钉和铜皮倒是黄澄澄的，想来应该是经常有人擦洗的缘故。门柱上挂着一块牌子，上面写着某某疗养院，不过周彤没有细看，目光越过围墙，见远处立着几幢白色的三层楼建筑，并不密集，彼此之间都有很大的空间。

这应该是某个庄园改建而来的。周彤这样想着。

蓝染把船固定好之后，对周彤打了个招呼，便自顾着走了进去。周彤跟在他身后，一路上打量着四周的环境，走进这里才发觉，原来里面的植被很密集，而且长得都很茂盛，让人有种进入苏州园林的感觉。也正是因为植物茂密的原因，这里的空气很好，没有医院里那种难闻的消毒水的气味，这让周彤对这里的评价又高了许多。

“嗯，真是个好地方，在这里疗养的话，病都要好得比较快吧。对了，这里的医疗设施怎样？”

蓝染头也没回地说：“和镇上的医院差不多，毕竟是小地方，不像大城市那样发达，只要够用就行。也正因为这样，这里的价格也不算离谱，而且环境也不是大城市里能比的。”

周彤点头道：“说得不错，虽说大城市里各种生活条件都很方便快捷，但污染太严重了。所以很多向往自然的人，反而会羡慕这里。”

“你也是这样想的吗？”

“当然。”

“那么……”蓝染突然停住了脚步，回头看了周彤一眼，认真地问，“那么，你以后会留在这里吗？”

周彤张了张嘴，却找不到任何话语来回答。这里虽然很好，但每当她看见熟悉的人，熟悉的景，都会不由自主想起自己的童年，想起早逝的妈妈。这些伤痛的过往像无形的刀，摧残着她的意志，令她痛不欲生，所以这也注定了周彤是不可能长期留在这里的。如果换做别人问她，她肯定会开口拒绝，但她现在面对的是蓝染，却怎么也不忍心。编个谎话骗他吧，却更开不了口，于是唯有选择沉默。

蓝染看出了周彤的尴尬，轻笑了一声，自嘲地说道：“当我没说。”这句话说完之后，也不再搭理周彤，双手插兜，沉默地走向前方的一幢小楼。

两人到了蓝叔叔住的房间，却没有看见蓝叔叔。蓝染问过护士，这才知道蓝叔叔这个时候一般都会在花园那边和病友下棋聊天。两人来到花园，还未走进去，就远远听见一个中气十足的声音笑道："将！马后炮，看你死不死！"

周彤眼睛一亮，连忙循声看去，见花园旁的一个石桌前站着七八个人，而坐在中间下棋的那位身材魁梧的老人，正是蓝叔叔。周彤一喜，连忙小跑了过去，一边跑还一边唤道："蓝叔叔。"

那位身材魁梧的老人一愣，缓缓转过头，当他看见周彤时，脸上洋溢出惊喜万分的表情。他张了张嘴，一时之间竟激动得说不出话来。

"蓝叔叔，你不认识我了？我是周彤啊。"周彤跑到蓝叔叔身边，拉着他的手，满脸笑意地说道。

"呵呵，怎么可能不认识……"蓝叔叔回过劲来之后，一句话还未说完，坐他对面的一位干瘦的老人家首先打趣道："蓝树生，好福气啊，儿子媳妇都来看你了。嗯，这小姑娘长得真俊，你儿子的眼光真好！"

周彤从未想过会被误会成蓝染的女朋友，脑海中又浮现出刚才船上的情景，一时之间尴尬得忘了辩解。还好蓝树生立刻就反驳道："你这老头就爱胡说八道，这是我们周家大小姐。算了，这盘棋你们继续下吧……"说完，把棋子扔到了棋盘上，拍了拍周彤的手背道："这老头嘴上讨厌，但没有坏心。大小姐您别在意，我们去一边聊。"

周彤摇头笑道："蓝叔叔，我没事的。"

周彤搀扶着蓝树生寻了个安静的地方坐下，倒把蓝染晾在了一边。蓝染没说什么，依旧双手插兜，站在不远处看着两人。

"蓝叔叔，您以后都叫我彤彤吧。您是看着我长大的，我一直把您当成亲叔叔，老是大小姐的叫，太见外了。"

"礼数是不能废的，我还是叫你大小姐吧。"

"哎呀，您是我的亲人，怎么能这么见外。再说了，小染也不是一直叫我彤姐姐么？”

蓝树生瞪了蓝染一眼，骂道：“这小崽子最没礼貌！从小到大都是这样，教了多少回都是这样。”

周彤脸一沉，撅着嘴说：“蓝叔叔，你要这样说的话，那我以后都不来看你了！”

“这……”蓝树生见周彤板着脸的样子，和记忆中她小时候的表情一模一样，失笑道，“我看着你长大的，你这一招对蓝叔叔没用的。”

“反正只要蓝叔叔再叫我大小姐，我以后就不来看你了。”

或许是被周彤这模样逗乐了，亦或许是不想逆了她的意思，蓝树生点头道：“好吧，以后就叫你彤彤，要不然，你真不来看蓝叔叔的话，我可要后悔死的。”

“大吉大利，别老提死的。”周彤说着，认真看了蓝叔叔一阵。和记忆对比起来，现在的蓝叔叔苍老了很多，头发胡子都变得花白，脸上爬满了皱纹，虽说身材还像以前那般魁梧，但仔细一看，便会发现蓝叔叔的腰有些弯了……周彤眼圈一红，有些哽咽道，“蓝叔叔，你的身体……”

蓝树生安慰地说：“傻丫头，蓝叔叔好得很，原本就是一点小毛病而已，那混小子却硬逼着我住疗养院。不过也好，住在这里倒是认识了许多朋友，心情好得很啊。现在看到你来了，那更是什么病都没有了。”

“都怪我以前太任性了，一出国就是十年，也没有回家过一次。蓝叔叔您安心休养，不用担心其他的事。小染是我的弟弟，我会照顾好他的。”

“呵呵，你这孩子……在国外生活得怎么样？一个人离乡背井的，周围的人都说些听不懂的外国话，没人聊天很闷吧。”

周彤笑着摇头道：“不闷，外语很好学的。那边也有很多中国人啊，况且……我的未婚夫也是中国人，而且还是土生土长的苏州人。”

“哦，小丫头都有未婚夫了！一定是个帅小伙吧，否则怎么可能被你看上眼？”蓝树生很是惊喜。

提起李毅，周彤脸上一红：“蓝叔叔就爱开玩笑。不巧的是他今天有事要办，所以来不了，他要我代他向你问好，过几天一定来见你。”

“没关系，正事要紧。这时间啊，过得真快。一转眼我们家的小公主就长成大姑娘了，而且快嫁人了，蓝叔叔心里高兴得很啊……”或许是兴奋过度，蓝树生的话还未说完，便捂着嘴咳嗽起来。

周彤见蓝叔叔咳得难受，心中担忧得很，连忙轻拍着他的后背。站在一旁的蓝染皱了皱眉头问道：“爸，你是不是又没有按时吃药？”

蓝树生瞪了他一眼：“你这混小子，有你这样对老爹说话的吗？我都说我病好了，还吃什么劳什子的药。”

蓝染被他这样训了一通，撇撇嘴没有说话。

这边周彤连忙宽慰道：“蓝叔叔你别生气，小染也是关心你的身体……蓝染，你知道叔叔的药放哪儿吗？”周彤说着，给蓝染递了个眼神。后者读懂了她的意思，点点头朝蓝叔叔的房间走去。

两个年轻人的交流被蓝树生看在了眼里，他故作生气道：“你这丫头，从小就护着那小子。”

周彤连忙辩解道：“蓝叔叔你别这么说，小染从小到大都很乖的，那时候好多淘气的事都是我做的，是他护着我才对。”

“哼，那混小子，一定要找时间好好教训一下……对了，你这次回来是因为你父亲的事吧。”

“是的。”周彤点点头。

蓝树生长叹了一声：“彤彤长大了，也懂事了。要是你父亲看见你懂事的样子，那该多开心啊。这么多年来，你父亲一直挂念着你，每次提起你总会说‘彤彤不知道什么时候才回来，好想看看她现在长什么样子。想来应该和她妈妈一样漂亮吧……’”说到这里，似乎勾起了蓝树生心中的伤感，引得他一阵咳嗽。

想起去世的父母，周彤心中一痛，红着眼轻轻拍打着蓝叔叔的后背。过了一会儿，蓝树生回过气了，对她摇了摇手道：“不碍事的，老毛病了。年轻时候落下的病根，那时候仗着身体好，没有去管，现在老了想治也治不好咯……彤丫头，我这话你不要对混小子说，否则他又要硬逼着我去医院了。”

“放心，我会帮你保守秘密的。其实，小染这么做也是关心你的表现啊。我觉得他挺孝顺的，蓝叔叔以后少骂他几句吧。”

“呵呵，你这孩子总是为他说好话。好吧，蓝叔叔应了你，以后少骂他几句。对了，我们刚才说到哪里呢？哦……说起你父亲。哎，我们这把老骨头原本还以为能多挨几年，哪晓得，自从三年前出了那件事之后，你父亲就病了，身子骨一天不如一天，我是眼睁睁地看着他瘦下去的，吃了多少药，请了多少医生也不见起色，折磨了三年，还是去了……”说到这里，蓝树生的眼中有些湿润，毕竟是几十年的主仆加朋友，彼此之间的情义不是用一两句话就能够形容的。

周彤听得悲从心起，又感觉蓝叔叔的话里，似乎有其他的意思，于是连忙追问道：“蓝叔叔，你说三年前出了那件事以后，我爸爸就病倒的，那么当时出的什么事？”

“你不知道？”蓝树生的表情有些惊讶。

周彤羞愧地摇头，离开家的这么多年，她极力想要断掉与周家的联系，以至于好多从家里寄来的信件、物品连拆都没有拆过，全部原封不动地锁在抽屉里。就连父亲是几时生病，几时去世的也不知道。要不是继母叶玉婷的电话和聂律师的催促，她至今还无知无觉地待在澳洲，和李毅享受着二人世界。

想到连父亲最后一面也没赶上，周彤的心里说不出的愧疚。

可是，愧疚有用吗？

蓝树生看出了周彤表情里的含义，轻叹了一声，却不想让她再自责下去，拍了拍她的手背说道：“你不知道并不怪你，可能周老爷也不想你知道吧。其实在三年前，你父亲病倒的前几天，周家……”

“爸，该吃药了。”就在蓝树生回忆起三年前那件事时，一个突兀的声音打断了他的思绪，却是蓝染走了过来，他一手拿着纸杯，另一手拿

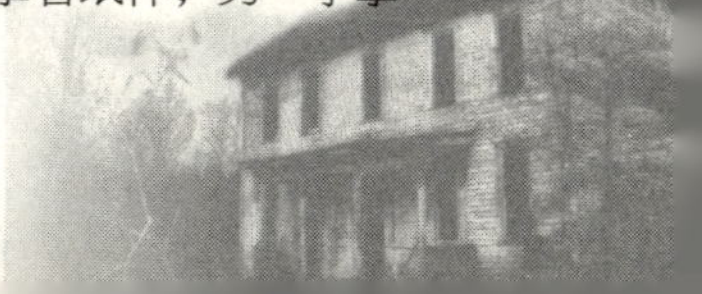

着几个药瓶，到了近前把水杯递到蓝树生的手里。

蓝树生看了一眼儿子手里那几个大大小小的药瓶，眉头一皱："我都说了，我的病早就好了，不用吃药了。拿走，都拿走！"他虽然这么说，但蓝染却好像听不见似的，把药递到了他的面前。

周彤连忙从蓝染手中把药拿了过来，然后对蓝树生说："就算病好了，也要巩固一下嘛。好啦，乖乖地吃了，过会儿我去给你买糖吃。"

蓝树生被周彤逗乐了，没好气地说："你这小丫头，把你蓝叔叔当小孩子哄啊。彤丫头你不知道，这药味道太难闻了，吃过后满嘴都是味儿，而且吃下去以后老想犯困，只能躺在床上打瞌睡。你蓝叔叔活动惯了，在床上躺久了全身都不舒服。"

周彤笑道："呵呵，这才证明这药很有效果啊。嗯……要不这样吧，过会儿我们去给医生提提意见，让他们少给你开些吃了打瞌睡的药。你看怎样？"

"还有满嘴怪味儿的！"

"对，还有怪味儿的药也去掉。不过，这一次你一定得吃下去，小染拿都拿来了，就将就这一次吧。"

经周彤柔言细语的这么一哄，蓝树生也不再坚持下去，点了点头摆出一副视死如归的表情，一把抓过周彤的药丸，含在嘴里，眉头微微一皱，又一口气喝光了纸杯里的水，这才把药吞了下去。

"看，我都吃下去了。说来也怪，经彤丫头这么一说啊，我怎么就感觉今天的药没那么难吃了？"

"呵呵，那是你心理原因，这药或许本就不难吃的。"

蓝树生摇头道："我不管，反正刚才你答应过我的，记得叫医生换药。对了，我们刚才说到三年前……"

"爸，这里起风了，我们还是回房吧。"这一次，又是蓝染打断了蓝树生的话，似乎他的话里有一些蓝染不想让周彤知道的东西。

蓝树生瞪了蓝染一眼，还未开口，周彤这边连忙说："对，起风了，我们还是回房间再说吧。小染来搭把手，我们把蓝叔叔扶回去。"

"还扶什么，我又没瘫痪。"既然周彤也提议回去，蓝树生也就不再拒绝。他站起身，把手背在身后大步朝自己住的那幢小楼走去，那腿脚却要比年轻人还走得快些。

两人缓步跟在蓝树生后面，蓝染叹了口气说："平时要让他吃药，起码得劝半个小时，你今天倒是来对了，省了我好多力气。"

周彤呵呵笑道："那是你不懂得如何与老人家沟通。老小老小，其实老人家年纪大了，就和小孩子一样，都需要哄的，耐心点多说些好听的话，他们自然会听你的。"

"你倒是挺专业的。"

"那是，记得我在澳洲的时候，每到周末都会和李毅一起去福利院照顾孤寡老人……"说到这里，周彤脚步一顿，脸上的表情也随之阴沉了下来，却不知道她到底想起了什么不好的事。

蓝染看出了她的不妥，暗叹了一声说道："我爸吃了药也该睡觉了，今天就这样吧。我先照顾他躺下，很快就回来，你在这里转一会儿，或许心情会好很多。"

周彤沉默地点点头，也不知道她有没有听清楚蓝染的话，整个人还沉浸在刚才那种情绪之中。她恍惚地向前走着，却因为刚才自己那一句"经常到福利院照顾孤寡老人"的话，引得她内心猛地一痛。然后，她突然想起了父亲，那个时候的父亲会不会也像福利院的那些孤寡老人，整日坐在窗前望眼欲穿地看着大门口，嘴里默念着儿女的名字，并且不只一次地幻想着和子女重逢的景象。

讽刺的是，自己尽心地照顾着福利院的老人，却唯独忘记了千里之外的父亲。他一定很孤单吧，好想我回来再见他一面吧。

可是，那个时候自己在哪里？

也许，当时也会出现一个或者一群好心人，抽空来照顾这个孤寡老人，那富有爱心的样子和远方的周彤一模一样。但他们哪里知道，老人家想要的并不是这些，他们想要的是自己的儿女回来看他一眼，仅仅是一

眼!

周彤一直觉得自己是一个很有爱心的人，而现在她才发觉自己错了，错得很离谱。她觉得自己就像一个小丑，在外面卖弄自己的爱心的同时，却唯独忘记了孤坐家中的父亲，那个爱着她并一直挂念着她的父亲。

树欲静而风不止，子欲养而亲不待。现在后悔了，自责了，但亲人早已离开了人世，后悔自责还有什么用？就算你把眼泪哭干，亲人也不会回来，还不如在生时对亲人多些关怀，多些理解，多些照顾……

周彤深吸了一口气，把心情平复了下来，她明白现在再想这些已经没用了，就算自己再后悔，再流多少泪父亲也不会回来。那么，现在要做的事，就是保住周家大宅里的一切，因为这里不只有父亲生活过的痕迹，也是父亲留给自己最后的礼物，她绝对不容许别人夺走，谁也不行!

爸爸，彤彤知道错了，如果你听得见我的心声，请原谅我这个不孝的女儿，也请保佑我能守护你留下的一切!

第九章　哀思

等周彤回过神来，这才发现自己不知走到了何处，左右看了一遍，然后朝着远处小楼的方向，选了一条比较眼熟的路，凭着记忆摸索着回去。然而，植被茂密的一个缺点就是其中的道路太弯弯绕绕了，周彤在这条路上转了好久，却依旧没有走出来，离前方那幢小楼的直线距离倒是近了许多，却不知实际路程到底还有多远，一股疲惫感油然而生。

这时候，周彤才突然想起可以打手机叫蓝染来接她，暗骂自己笨蛋。而就在她掏手机的过程中，突然看见前方那幢小楼的二楼楼道上，走过一个熟悉的身影，待周彤凝神看去，这才看清，那人居然是施雨。而施雨的身边还有一个男子，因为阳光角度的关系，使得那男子一直隐没在阴影中，看不得那么真切。

远远地看见施雨和那男子有说有笑的甜蜜样，周彤眯着眼笑道：“这丫头，还说没有男朋友，这次可被我逮了个正着吧。嘿嘿，我悄悄地跟过去，到时候好吓他们一跳！”

周彤心中的八卦之火“腾”一下熊熊燃烧了起来，这一回也顾不上疲惫，顺着小路的方向朝那幢小楼飞跑过去。所幸的是，后面这段路并没有多长，周彤绕了几个弯就到了楼下，她嘿嘿笑着，踮着脚小心翼翼地跑上了二楼，走到楼梯尽头把头探出去一看，傻眼了，楼道里没有一个人。

“这死丫头，不知道跑哪儿幽会去了！”周彤跺了跺脚，一边走一边在楼道上四处张望起来，当她走到一间大门半掩着的房间时，听见里面

似乎有什么响动，心中猜想施雨是不是在里面，于是好奇地推开房门朝里面一看，又一次失望了，房间里除了床上躺着的一位老妇人之外，并没有其他人。

那老妇人见周彤站在门外，看了一阵之后开口说道："你来了。"

周彤一愣，用手指着自己的鼻子疑惑地问："你认识我？"

老妇人和蔼一笑，朝她招了招手道："你过来，我等你好久了。"

周彤思索了片刻终于走到老妇人的床前，后者拉着她的手，上下打量了一番，那目光就好像在看自己多年未见的孙女一般，末了才点点头说："帮我倒杯水，我喉咙里不舒服。"

"哦。"周彤顺从地点点头，转身寻找水杯。而就在这个时候，周彤听见身后传来几声沉重的呼吸声，手腕上突然一紧，她下意识地回头看去，却见那老妇人原本和蔼的表情竟变得狰狞起来，周彤心中一慌，胆怯道："你，你想干什么！"

老妇人没有回话，她那张满是褶皱的脸向内收缩着，五官快要挤到了一起，狰狞中带着几分痛苦的表情。周彤被她吓坏了，极力想掰开老妇人的手，而那只干枯如树干的老手，在这一刻却如铁箍一般，紧紧地套在周彤的手腕上。

与此同时，老妇人的两眼直直地盯着周彤，好像要把周彤看穿似的。那恐怖的眼神看得周彤寒毛倒立，只想快些逃离这里。

在周彤的挣扎中，老妇人的身体开始抽搐起来，从刚开始的细微动作，到最后的全身颤抖，而她的嘴角慢慢溢出一股白色的泡沫。看见老妇人痛苦抽搐的样子，周彤似乎明白了什么，连忙拿过毛巾擦拭起她嘴角的泡沫，口中急切呼喊道："老奶奶，你要坚持住啊。哎，你放开我，我去帮你找医生。求求你，先放开我啊……"

可惜，不管周彤怎么说，老妇人的手依旧紧紧抓着她，直叫她又急又气，眼泪也跟着掉了下来。她在澳洲时常去福利院照顾老人，却从未见过老人家发病时的恐怖样子，不想在这个地方亲眼见证了，心中害怕得很，想要跑，心中又觉得不应该就这么走掉，慌忙之中却想不出任何救治老妇人的办法，只好张嘴尖叫道：“救命啊，快来人啊！”

而就在周彤手足无措的时候，一个温和的声音在她耳畔响起：“别害怕，让我来。”周彤下意识扭头一看，却发现说话的人居然是蓝染。

蓝染侧过身挤到床边，先是按亮了急救灯，然后用拇指紧紧压在老妇人的人中上，而经他这么一手，情况似乎好了许多，老妇人的呼吸逐渐平稳了下来，紧拽着周彤的手也慢慢放开了。

不多时，几个医务人员快步赶了进来，蓝染这才放开拇指，把周彤拉到了一边，让医务人员进行救治。惊魂未定的周彤这才发现，自己的手腕上竟然被老妇人勒出了一块淤青。

经过医务人员的紧急救治，老妇人终于转危为安，她疲惫地看了一眼周彤和蓝染，眼神中带着感激，然后沉沉地睡了过去。直到现在，蓝染才松了一口气，而本该庆幸的周彤，却突然想到了什么，脸色顿时就沉了下来，她转过头看向蓝染，无比认真地问：“小染，你老实告诉我，我爸爸去世的时候是不是也像她这样痛苦？”

蓝染摇摇头道：“没有，周老爷走得很安详。”

“你骗人！我父亲是得病死的，怎么可能不痛苦？小染，你是担心彤姐姐承受不了，不敢说实话吗？彤姐姐求你，把我爸爸去世时的情景说给我听，我受得了。”

蓝染看了一眼沉睡的老妇人，点头道：“我们出去说吧。”

两人走出房间，周彤把门合上，见蓝染直挺挺地站在阳台边举目远眺，眼光闪动似乎在回忆着什么。过了好久，蓝染才说道：“那是因为你的照片和玩具啊……我没有骗你，周老爷走的时候真的很安详。那时候周老爷似乎是明白自己时间不多了，他躺在床上，手里拿着你的照片和小时候的玩具，也不出声，就这么反复看着，一边看一边想，脸上时不时泛起笑容。

“当时，我们都围在床边却没有一个人发出声音，都害怕叨扰到他的美好回忆。直到他看累了，把照片和玩具都抱在怀里，缓缓地合上了双眼，呼吸也弱不可闻了。我们以为他就这么去了，周夫人舍不得，连连呼唤着周老爷的名字，唤了一阵之后，周老爷眼睑动了动，费了好大力却怎么也睁不开。只好摆摆手，就像梦中的人不堪打扰似的，嘴里喃喃地说‘彤彤别闹，我去找你妈妈。’说完这一句以后，便再没有说话，如同睡着了一般。不过这一次，却再也没有醒过来……”

不管谁听到蓝染这一番话，都会为周老爷的安详离去感到安慰，唯独除了周彤。他的话落在周彤的耳朵里，就像一个巴掌狠狠地扇在她的脸上。因为她现在才明白，原来父亲临死前都还没有忘记她，更没有忘记自己的母亲。而她自已，却因为心中的怨气，因为那个看似合理的理由，一去就是十年。在这十年里，她自己倒是过得甜蜜开心，可怜了父亲，日夜盼望着自己归来，盼花了眼，盼白了发，到临死的时候还要握着女儿的照片试图从回忆中找到些许的安慰，值得吗？

这一巴掌，无比响亮。扇得她无地自容，扇得她痛不欲生！

但还是那句话，现在再自责再后悔，还有用吗？

蓝染见周彤又流下泪来，暗叹了一声，还是让她发泄出来比较好。于是递了张纸巾给周彤，又淡淡地说：“其实，现在周家最可怜的不是你，而是周夫人。”

“你说叶玉婷？”周彤抬起头。

“你可能不知道，在周夫……叶玉婷嫁入周家之后，没多久就有了身孕，但当时你还小，而且一直没有从你母亲去世的阴影中走出来。周老爷怕这时候要孩子分薄了对你的关爱，便和叶玉婷决定拿掉孩子，却不想那孩子拿掉之后，叶玉婷便再也没了生育能力，这也成为了她一直以来的心结。而周老爷的死，又是一个沉重的打击，她终于崩溃了，变得有时清醒有时糊涂。一个女人，到了这个年纪，膝下无一儿半女，而丈夫临死的时候，也没有提到关于她的半个字，你说，她是不是很可怜？”

原来，那次叶玉婷是真的疯了，怪不得一直待在爸爸的房间，抱着玩偶哼摇篮曲。周彤沉思着，虽然嘴上不说，心里还是觉得叶玉婷很可悲，于是决定，反正都要回国外的，如果之后叶玉婷他们不再那么逼迫自己的话，把房子留给他们住也无妨。但前提是不能改变周家大宅的一草一木。

蓝染见周彤的脸色好了些，长吁了一口气，双手插兜，表情又恢复成平日里冷漠的样子，淡淡地说："走吧，在这儿待下去也没意思。"

经这么一闹，周彤也没了寻找施雨的兴致，默默地跟在蓝染的身后离开了疗养院。出门后，蓝染本想这就回家的，但周彤突然出声道："小染，我现在不想回去，你能不能陪我在镇上走一会儿，好吗？"

蓝染看了她一眼，明白周彤心里还是不舒服，于是点点头，默不作声地走在前面带路。两人一直从疗养院走到小镇，其间都没有什么交流，周彤因为心中的郁结，没有了逗弄蓝染说话的兴致；而蓝染本就是内向的人，回答问题时都会考虑许久才简单作答，所以他更不会率先开口。

两人就这么沉默地走着，和周围热闹的场面显得格格不入。蓝染走着走着，忽然停留在一个卖水果的小摊前，蹲下身挑选起来，周彤默不作声地站在一旁看着他，思绪不知道飞到哪里了。

蓝染和商贩比画了一阵之后，掏钱买了几个果子，用纸巾仔细地擦拭干净，然后捧到周彤面前说："吃一个吧，心情会好很多的。"

周彤回过神，见蓝染手中的果子有些眼熟，这才想起是附近山上的野果，是她小时候最爱吃的，这让她有些惊喜。而蓝染刚才说的那句话，却是周彤小时候把蓝染逗哭后，经常哄他时说的话，却不想今时今日被他还了回来。周彤拿起一个果子，咬上一口，汁水四溢，清甜的滋味在嘴里蔓延开来，居然和记忆中的味道一模一样，而心情也在那一秒开朗了起来。她抬头冲蓝染一笑："小染，还是你最好。"

蓝染嘴角动了动，却没有说话。

而就在这时，周彤听见不远处有一阵议论声，她下意识转过头，见两个提菜篮的中年妇人正聚在一块儿小声议论着什么，她们偷偷摸摸地看

着蓝染，还不时朝这边指指点点着，声音虽小，但周彤还是听见了其中“三年前……周家……脸……”这些字眼。周彤心中一气，挡在她们与蓝染的中间，呵斥道：“你们在说什么！”

周彤这么一喊，两人立马正经了起来，但脸上还是带着鄙夷的表情，其中一个妇人嘟囔道：“有什么好得意的，找个残废……”

“你们还说！”周彤脸一沉，扬起手中的半个果子就要朝她们扔过去。蓝染一把拉住了她，摇摇头道：“没事的。”看他冷漠的表情，好像在说，我早就习惯了。

趁这机会，那两个嚼舌根的妇人已经溜得不知去向，周彤有火找不到地方发，只能狠狠地咬着手中的果子，又想到蓝染的遭遇，心中发苦，对蓝染说：“小染，等这里的事办完了，姐姐带你去整容好不？不管出多少钱，只要能恢复你本来的样子，姐姐都愿意。”

蓝染轻轻一笑，并没有作答，转身往前走去。而周彤，还想问他些什么，却见蓝染早已走远，只能在心中揣测道：蓝叔叔说过，三年前出了事，令父亲病倒；而听刚才那些人说的，好像小染的脸也是在三年前毁容的。

那么，三年前到底发生了什么事？

与此同时，在聂律师的办公室里，聂律师满脸笑意地看着对面的男子，优雅地摇了摇头笑道：“对不起，我不明白你说的是什么意思。”

“好吧，那我就讲明白点。”男子一脸平静，语气中听不出半点喜怒，这人竟然是叶安。他用手指轻敲着桌面说，“聂律师，我的意思很简单，就是不能把这房子转给周彤，至少现在不能。”

“呵呵，”聂律师笑了一声，“现在当然不能转给周小姐，因为手续方面还要等几天。当然了，如果周小姐很急，特意嘱咐的话，我可以亲自处理，那么时间会快上许多，或者明天，更或者今天……”

叶安的眼中闪过一抹怒气，却立刻消失了，他缓缓说道：“如果你一定要用这些官面上的话来敷衍我的话，我想我们没有再谈下去的必要了。还有，不要对我用威胁的语言，这样对你没好处。”

“叶先生，我提醒你一点，这次谈话是你发起的。”聂律师把手一摊，一副无所谓的样子，随后又说道，“叶先生，我希望你明白，我只是依照委托人周雄启先生的遗嘱办事，恐怕不能依你所言去做。”

“你有能力的，只是你做不做而已。”叶安笃定地说。

“这我做不到，我只是按委托人吩咐去办事……叶先生，你刚才的话，以后请不要再提。这是对我职业道德的侮辱。”

“是吗？”叶安冷笑一声，“你说了那么多冠冕堂皇的话，那么着急想把物业转到周彤的名下，我看是想在开发商那边再赚一笔吧，毕竟那块地的价格不低啊，作为中介，你应该能拿到不少的酬劳吧。”

聂律师脸色一变，随即说道：“叶先生请注意你的措辞！我承认那笔中介酬劳确实不少，但周家大宅的买卖权在周彤小姐身上，这个我是强逼不了的。我先前就说过，我现在做的一切都是按照周老爷的遗嘱办事……那么，如果你害怕有什么损失的话，我建议你把说服我的时间用在周彤小姐身上，我想那会更管用。”

叶安站起身，深深地看了聂律师一眼，摇头说道：“看来你已经被钱迷花了眼，早就忘了周老爷对你的恩惠。”

“我没有忘。”

“真的吗？那么……”叶安说着，两手压在桌上，居高临下地看着聂律师道，“如果你没忘的话，我要你至少再拖一段时间，其他的事我会解决。”

“我为什么要答应你？”

“因为现在有一个人在周彤身边，他能够影响周彤的决定。”

聂律师略微思索了一阵，喃喃道：“你说是……她男友李毅？”

“你见过他……是了，周彤来签合同不可能不叫上他。你对他这个人有什么看法？”

聂律师思索了一阵：“很聪明的人。”

叶安点点头：“对，他是个聪明人。而聪明的人往往会有很多想法。有他在的话，有可能会破坏我的计划。所以我还要多些时间做准备，所以你要帮我拖延一阵。”

经叶安这番说辞，聂律师有些松口了：“我能相信你吗？”

“放心，我做的和你想做的是一样的，我们有相同目标，本该站在同一战线上。我想有一件事你我心里都明白，周老爷的遗嘱并不是那么简单。”

聂律师点了支烟，深吸了一口。眼光一明一暗地闪烁着，似乎在思考什么重大的事。良久，他终于长叹了一声，神情也没了刚才那番淡定自若，点头说道：“那份转让协议还有许多程序要办，应该还要花不少的时间。不过，最多不能超过十天。”

“十天够了。”

“是吗？我很怀疑，你在这十天的时间里能做些什么？”

“找些东西，能改变最终结果的东西。”叶安嘴角一扬，语气中带着极度的自信。

“好吧，我拭目以待。”聂律师扬扬手，示意结束这个话题，而他的心中默念着，遗嘱真正的意义啊，周彤，希望十天后的你别让我太失望……

周彤和蓝染一路回到家之后，蓝染没有道别就自顾自回到了自己的小屋，周彤因为心中有事，也没有心情和蓝染嬉闹，径直回到了卧室。

卧室里，李毅正半卧在沙发上看书，看周彤脸上的表情有些失落，于是把书抛在一旁走过来询问道：“彤彤，你脸色不太好，见到蓝叔叔了吗？是不是蓝叔叔有什么……”

“见到了，蓝叔叔身体很好。”周彤摇了摇头，半眯着眼把脸放在李毅的手掌中，感受着这一刻的温存。李毅没有再追问，相处多年的默契告诉他，周彤的心里肯定有什么，却不肯说出来，只好拥着她坐下，然后怜爱地轻抚着她的发丝。

过了好久，周彤才从温存中醒来，她抬头痴痴地看着李毅那棱角分明的脸，只觉得心中异常充实，好像这一刻拥有了全世界一般，那心中的郁结也慢慢解开了。她用手指来回划过李毅的喉结，笑着问道：“你怎么不问我出了什么事？”

“你想说的时候自然会告诉我，你不想说的时候，心情一定很差，我要做的就是安静地陪着你。”李毅轻轻地说。

周彤听得心中一暖，紧紧抱住李毅，好想把自己融化进他的身体之中。她在李毅耳边述说起这一天的经历。讲起蓝叔叔时，脸上不自觉地爬满了笑意。而当她讲到那位发病的老妇人时，心中不免又想起了离世的父亲，整个人立刻沮丧了起来。

李毅一直抱着周彤倾听她的述说，感觉到从她身上传来的颤抖，于是轻轻揉着她的肩膀，安抚着她起伏的情绪，直到周彤说完之后，这才叹了一口气说：“彤彤，逃避并不是最好的选择。这些年来，你看似过得很快乐，但我知道，在你心里永远有个结，一个无法用逃避来解开的结。你现在已经明白了你父亲对你，对你母亲的爱，那么我认为是时候面对了。你已经后悔了一次，如果这一次再选择逃避的话，你将会错过，并后悔一辈子。”

李毅的话说得周彤没来由一颤，脑海中浮现出无数关于父亲的片段……是啊，我一直在逃避，总是用虚假的表象来欺骗自己，对自己说我很快乐。在很长一段时间里，我以为我已经放下了，但终究还是放不下。

李毅说得没错，那一扇门，如果不靠自己去打开的话，谁也帮不了我，就算是李毅，也只能默默陪伴在我身边，他能包容我的任性，包容我的疯癫，却依旧解不开我的心结。长久下去，最受伤害的不是我，而是李毅。

他为我做得够多了，所以我不能成为他的负累！

想到这里，周彤心中升起一股勇气，她抬起头目光坚定地对李毅说：“我想去一个地方，那里应该有父亲的影子。”

“我陪你。”李毅露齿一笑。

在周家大宅二楼的尽头，有一间房间，从外表来看和其他的房间并没有什么不同，只是房门常年紧闭着，这是因为在没有主人的吩咐下，任何人也不能踏入这里，包括房间内的打扫也是这个房间的主人亲自来做。而这间房的主人，便是周彤的父亲——周雄启。

周雄启死后，这个不成文的规矩一直延续着，就连管理着整间大宅的叶安，也不能随意踏足这里。而今天，房门外出现了一男一女，男人站在后面，把手放在女人的肩膀上，作安慰状，而那女人一直低着头，手伸在半空却迟迟不敢握住门把。

“终于要打开这扇门了。”周彤心中默念着，然后一手握在了门把上。在手放上去的那一瞬间，她感觉到一股冰凉从门把上传来，却并不刺骨，反而有种说不清道不明的情绪在四周蔓延开来。

眼前一阵恍惚，周彤看见两个身影在眼前闪过，耳边传来一个威严却不失慈爱的声音：“彤彤，又来爸爸的书房干吗？”

那个矮小的身影回答道：“我要听爸爸讲故事。”

“哈哈，好，好！那么我今天就给彤彤讲一个……”

周彤心中一揪，整个人从恍惚中惊醒过来。就在刚才那一刻，她忽然回忆起小时候的情景，那时候母亲还未去世，一家三口正过着其乐融融的生活。那时候小周彤最喜欢的就是来书房缠着父亲讲故事，听得困了，就躺在父亲的怀里睡了过去，直到第二天醒来才发现睡在自己卧室的床上，原来是父亲把她抱回了卧室。

可是，自从母亲死后，另一个女人成为了周家的新女主人，周彤就开始讨厌父亲，便再也没有来过这间书房。

事隔多年，周彤回到周家大宅，父亲已经离世，这间书房也成为了周家的禁地，而怀着逃避心态的周彤直接忽略掉这间书房的存在，不想再踏入这里。但世事难料，谁想到今天她又会出现在这里，终于开启了这扇门，也开启了她对父亲的回忆。

周彤深吸了一口气，让自己冷静了下来，然后推开了房门。

伴随着“吱呀”的开门声响，那道紧闭在周彤心中的门也随之打开。周彤和李毅走进书房里，一股陈旧的气味从书房里蔓延开来，犹如一双温暖的大手，紧紧地抱着她，是如此熟悉，如此温暖。

书房里光线很暗，只有一缕朦胧的阳光从厚绒布窗帘里透进来。李毅按了一下电灯的开关，却没有任何反应，想来又是停电了，于是走到窗前，想要拉开窗帘。

“等一下！”周彤下意识阻止了李毅的举动，她沉思了一会儿说道，“我记得爸爸说过，书房里有很多古旧的书籍和物件，受不得阳光的照射。所以平日里爸爸都不开窗帘的。”说到这里，她脑海中又浮现出那个台灯下的身影。

“这样啊，是我鲁莽了。”李毅不好意思地挠了挠头，摸出随身携带的应急电筒道，“这个应该不碍事吧，咱们将就一下。”

周彤点点头接过了手电，然后就着灯光朝四周看去，这里虽然很久没人来了，却没有沾上多少灰尘，书桌、书架上的东西摆放得井然有序，和记忆中的一模一样，就好像从未移动过一般。

这里的每一样东西，看似古旧无用，但对于周彤来说都装载着一份记忆，就好像周彤现在触碰到的这个老式相机，虽然早已坏掉不能再用了，但她小时候的那些照片，全是用这个相机拍下来的。周彤还记得那时候缠着爸爸拍照时，爸爸脸上的笑容，耳边还回荡着爸爸的声音：“彤彤长大以后一定像妈妈那么漂亮，说不定比妈妈还漂亮。”

周彤用手一件一件地触摸着，心中既怀念又苦涩，怀念的是多年前快乐的童年，苦涩的是多年未尽的孝道，而自己有生之年再也见不到父亲了。

周彤惆怅地叹了一声，忽见前方的墙面上挂着一个很大的画框，手电照过去才发现，原来是一幅油画，画的正是父亲中年时候的样子。周彤走近几步，用手触摸着画中父亲的脸，那是张棱角分明的脸，表情威严而

沉稳，双眼平视前方，眼神中闪烁着不知名的光芒，周彤一时之间也形容不出那到底是代表孤独，还是寂寞。

画这幅画的画师明显不是一般人，观察相当入微，就连父亲脸上有几条明显的皱纹也画了出来，却并不显苍老，反而有种历经人事的沧桑感。画中的父亲就这么坐在那里，腰板挺得很直，双手搭在椅臂上，看起来如一头雄狮，虽然年老却没有人敢冒犯他的威严。

指肚间传来油画独有的粗糙感，就好像真正触摸到了父亲的皮肤那般。这么多年以来，因为母亲的缘故，周彤从来没有给过父亲一次好脸色，而童年时那只有力的大手，更是再也没有牵过。曾几何时，她也在梦中梦见过父亲，也像小时候那般坐在他的肩头，牵着他的手嬉戏笑闹，但当她梦醒过后，想到的并不是父亲的爱，而是自责，她责备自己为什么还对这个男人抱有怀念。

她欺骗自己，对这个叫做父亲的男人只有厌恶，只有失去母亲后的恨，但并不知道，那些回忆才是她真正需要的。而多年过后，当她再次回到这间书房，父亲却已经化成了一堆白骨，那个威严而慈爱的声音再也听不到了。现在的她只能触摸着父亲的画像，用这种方式怀念他，并且为自己找到一丝慰藉。

不知道什么时候，周彤感觉右手手指上传来一阵湿滑感，似乎沾到了某种液体，用拇指与食指捻了捻感觉异常黏稠，而空气中也弥漫着一股怪异的气味。她下意识地抽了抽鼻子，然后把手电往自己的右手上一照，却惊骇地发现，自己的手上不知道什么时候竟然沾满了暗红色的液体。

“是血！”一个念头从周彤脑海中马上升了起来，她立刻抬头往父亲的画像上看去，然后整个人都呆住了。原来，油画中的父亲居然在流泪，而他流出的泪水全是血！

看着满面血泪的父亲，周彤的心中猛地一揪，与此同时一个熟悉的女声突兀地在耳边响起：“看见了吗？你的手上沾满了你爸爸的泪水，他等了你那么多年，眼泪其实早就流干了……而你现在才假惺惺地怀念他。”

“不，我没有假惺惺，我是真的想爸爸。”周彤无声地辩驳道。

那女声呵呵一笑，笑声之中充满了讥讽：“是吗？那为什么这么多年来，你爸爸尚在人世，而你不来看他一眼；等到他去世了，你才回来流泪。现在你不管做什么他都看不到了，而你的眼泪只不过是流给自己看的。”

“不是这样的……”周彤连忙摇头道。

“哼，你是个自私的人！你自私是因为你把母亲去世的责任全归咎到你父亲的身上，你只想着自己失去母亲的悲，却没有考虑到你父亲失去妻子的痛，这不是自私是什么？那么多年以来，你连正眼都没有看过你父亲，到他死了，你反而巴巴地跑回来，为的不过是争夺你父亲留下的遗产罢了。”

“我……我只是想保护爸爸留下的一切，不想被别人夺取。”

“呵呵，原来你不只自私，还虚伪。你这句话说出来别人相信吗？或许连你自己都不会相信吧。看看你手上，那不只是你父亲的泪，还是寒心的血。他已经对你寒心了，你口口声声说想你父亲，爱你父亲，我问你，为什么之前连一炷香也没有给他上过？”

“我……我不知道，你别说了！”周彤捂住耳朵，不想再听那个声音，那些字字诛心的话语，令周彤心痛之余又无法辩驳。她听得清楚，那些话都是从自己心里发出来的，而说话的那个人，正是周彤自己！

从开始到现在她就一直在逃避，就连昨天她还想着快些办完遗产的事好快些回澳洲，因为在她的意识里，只有澳洲那个家才是自己的家，而周家大宅在她看来就是一道伤疤，不肯也不愿意去揭开。而父亲就是一切痛苦的制造者，所以她不愿更不屑去理解他，就连一炷香也不愿意为他上。

而现在，就连她的内心也背叛了她，对她说出了长久以来都不敢去面对的话，令她不得不面对一直逃避的事实。心中的声音还在继续，每个字都像尖刀一样刺进心里，周彤就算捂住双耳也逃不掉那些梦魇般的话语，只觉得心中无比疼痛。而她那脆弱的神经，也在这无情的挤压下濒临崩溃。

而就在周彤感觉自己快疯掉的时候，暗地里忽然传来一声幽幽的叹息，那叹息声中饱含着颓然与无奈。周彤浑身一颤，下意识地抬头，见画中的父亲双目已经不再流泪，而是注视着自己，眼神中闪烁着关爱与痛惜。

紧接着，父亲的嘴角扬起一个笑容，对周彤摇了摇头，那神态令她回忆起小时候做错事被责骂之后，父亲安慰她时的样子。而每当父亲做这个动作的时候，就表示他的心里已经原谅周彤了。

画中的父亲朝周彤摆摆手，然后起身长长地看了女儿一眼，便转身离开了，留给周彤的只有一个佝偻的背影和那声长久不息的叹息。

“爸爸不要走！”周彤忽然急了，想要朝父亲离开的背影追去，可是刚踏出一步，就感觉一双有力的手搭在她的肩膀上，与此同时耳边传来李毅的声音：“彤彤，你怎么了？”

周彤回过头看了李毅一阵，眼神空洞，盯得李毅寒毛直竖，刚要开口问话，周彤却转过头看着父亲那张画像，那画像如刚才见到的那般，并没有任何改变，只是没了先前那般鲜活，好像画中人已经离去了一般。周彤喃喃地说：“爸爸走了，再也不会回来了……他不要彤彤了……”说到这里，周彤已经泣不成声了。

李毅心痛地环抱着周彤，他并不知道周彤刚才看见了什么听见了什么。只知道刚才周彤见到父亲的画像以后，便有些失神，然后嘴里自言自语地嘀咕着什么。李毅本以为她是回忆起父亲正在伤心，所以不想打扰她。在这样的情况下，李毅也有感而发地联想到自己的身世，心中也是无限悲伤。直到周彤魔怔似的叫喊着“爸爸”，朝那幅画冲去，李毅这才不得不出手把周彤拉了回来。

李毅轻拍着周彤的后背，见她情绪好转了许多，这才安慰道：“放心，伯父没有走。只要我们都还记得他，他就永远活着。”

“真的吗？”周彤将信将疑地问。

“当然是真的。”李毅笃定地说道，“一个人活在世上经历过那么多事，接触过那么多人，只要其中有人记得他，想念他，那么他便会永远活在这个人的心中。就算生命是有限的，而记忆是永远不会磨灭的。现在你的心在为你父亲而痛，也就是说，你的心记得他。”李毅说着，用手指点了点周彤心口的位置。

李毅那温柔而浪漫的话语让周彤心中一暖，关于父亲的伤痛仿佛也没那么明显了，于是问道：“如果我的心不痛了，是不是不记得父亲了，那么他不是活在我的心中？”

“傻瓜。”李毅笑着敲了敲周彤的脑袋，“记忆是用脑子的，心不痛了你不是还有脑袋么？难道……你真像那些人说的胸大无脑？”

“讨厌，我爸爸还看着呢！”周彤红着脸，狠狠地拧了他一下。

李毅哈哈一笑，然后朝周雄启的画像摇了摇手道：“伯父，不好意思啊……您放心，我会好好照顾彤彤，不会让她再流泪，一生一世！”

周彤看李毅说话的时候眼中无比真挚，自然是无比感动。他这句话比任何花言巧语更能打动人心，于是也像李毅那般，朝父亲的画像鞠躬道：“爸爸，请原谅女儿的任性，我以后会好好生活，会守护你留下的一切，并且不会再让爱我的人伤心……这个男人，是女儿的未婚夫，我相信他会伴我走完后面的路，有他在，女儿不会悲伤，你就放心吧……”说到后面，周彤的话音越来越小声，满脸通红地埋下头，心中无比幸福。

待两人把话说完，李毅笑道：“我们这算不算见家长了？嗯，岳父还真是个好说话的人。”

“去死，得了便宜还卖乖。”周彤用手肘顶了李毅一下，然后唬着脸说，“你今天在我爸爸面前说的话可不许食言，他在天上看着你的。否则，你一辈子都别想好过！”经李毅这么一闹，心中的伤痛倒是被化解得无影无踪了，而刚才她自己对父亲说的那些话，也解开了心中的遗憾，毕竟内心的真诚比形式更重要。

李毅连忙举起双手，装作很害怕的样子道："你知道我最胆小了，可别用这种话来吓我。不过嘛，岳父要是想找我商量彩礼，倒是可以托梦给我的……"

周彤见他越说越没边，连忙捂住了他的嘴巴。这时候，周彤发现李毅的手上灰扑扑的，沾了不少的尘土，于是没好气地打了他一下，继而掏出纸巾为他擦手道："这么大人了，还像个小孩子一样，手上那么脏。"

李毅嘿嘿笑着，看了一眼自己的手，忽然想起了什么，于是拉着周彤道："你不说我还差点忘记了，你猜我刚才发现了什么？"

周彤皱着眉拍开了他的手，就这么一抓，自己的手背上出现了五条黑指印。而这时，李毅跑到了窗台边向周彤招手道："我刚才见你那么投入，就在这儿站了一会儿，没想到居然有发现。你把手电打过来，我指给你看。"

周彤见他不像开玩笑，于是凑上前去，把手电的灯光照射到李毅指的地方，看到的却是墙壁上的壁纸，只不过要比周围干净许多。想来上面的灰尘应该是李毅刚才蹭掉的，没好气地说道："这就是你的发现？"

李毅神秘地说道："你不觉得这块墙纸比较新么？"

"你这是什么意思？"周彤不解。

"帮我找块橡皮来，待会儿让你看场好戏。"

周彤还想问下去，但李毅却是一副神神秘秘的样子，也就随了他。从抽屉里翻出一块橡皮递到了李毅的手中，李毅用橡皮在墙上擦了一阵，然后对周彤说道："你再看看。"

这一次，周彤终于看出了问题所在，经李毅擦拭过的墙纸居然如新的一般，用手摸了摸，触感相当光滑，感觉并不是那么古旧。

"嘿嘿，看出奇怪了吧。"李毅笑着，用力一拉窗帘，阳光从外面照射进来，晃得周彤眼前一片白色，她用手挡在眼睛上，气急败坏地说："我不是说过吗？这里的东西不能够让阳光照射的。"

“安啦安啦，这样你会看得更清楚。”李毅拍了拍周彤的肩膀，从他的语气中感觉他似乎知道某些事情。

待周彤适应了眼前的光亮之后，再一次看向书房中的事物，感觉整个书房似乎和记忆中有些不同，虽然很多东西的摆放还是那样，但明显少了几分古朴的韵味，而且好像少了很多东西。

李毅在书房里摆弄了一阵，这才回过头对周彤说道：“你先前说过，周家大宅有上百年的历史，可是自从我到了这里之后，看过了很多东西，都给我一种很古怪的感觉——这里很新。虽然从外表看起来，这里很古旧的样子，但给我的感觉，就好像进入了一个仿古式的房屋，不管做得多像，却没有那种古旧的韵味。”

经李毅这么一说，周彤也反应了过来，自己从踏入周家大宅之后，就有种陌生感，她原本以为是自己很久没回来了不适应的缘故，但现在回想一下，周家大宅之内确实有很多地方和自己记忆中的不一样了。而李毅说的这番话，她并不是无理由地相信，因为李毅在国外留学的时候，有一门专修的课程就是古典建筑艺术。

但问题是到底为什么会不同呢？周彤沉思了片刻说：“或许是重新装修了一番吧，毕竟这是老房子。”

“你这话有道理，但问题是，翻修的话，有必要把所有家具都换掉，然后又做成很古旧的样子？这不是画蛇添足么？”李毅说着伸出了一根手指，“这是其一。我就当是原有的家具都坏掉了，所以全换掉。然后又找来同样的家具做成原有的样子。但是，你忽略了一个细节，就是这间书房。”

周彤瞪大眼道：“这间书房有什么问题？”

“问题就在于，你对我讲过这间书房除了你父亲是不许别人进入的，而这里的东西虽然并不珍贵，但对于你父亲来说，每一样都代表一件记忆。那么我就要问了，为什么你父亲会把书房也重新装修一番，并且连这里的东西也换掉，做成很古旧的样子？难道记忆也可以替换吗？”

“什么！你说，这里的东西都是假的？”周彤吃惊地叫道。

李毅点点头，拿起周彤曾触摸过的那个相机递给她说道："你再看看，是不是以前那个？"

周彤慌忙把相机接了过来，然后用手指在相机内部摸索了一阵之后，突然脸色惨白地说道："真的不是以前那个，我记得小时候有一次调皮，把这里面抠破了，怕爸爸骂，一直不敢说，而那道痕迹从外面是看不到的，只能用手去摸……难道……"

"不只是你那个相机，还有这里的很多东西，有些是原本就古旧的，而有些是刻意做旧的，就好像这本书。"李毅说着拿起先前翻过的一本书递到周彤面前，周彤随意一翻，从里面掉落了一张纸条，原来是收款的单据，在那上面清楚标明了购买日期，居然是两年多以前，而这本书明明很古旧的样子。

李毅摸着光滑的下巴推敲道："看来事情很是蹊跷啊，你父亲为什么会这样做，是想掩盖什么，还是想保留什么？"

"说不定是叶安，他趁爸爸生病换掉了这里的东西！"周彤咬牙切齿地说。

"傻瓜，"李毅拍了拍周彤的脑袋，"这屋里的东西对你和你父亲而言是无价的宝贝，但对叶安来说却一文不值。那么他为什么要劳神费力换掉这里的东西，是你你会做这种吃力不讨好的事吗？"

"那除了他还有谁会怎么做？"

"不知道啊，"李毅压了压太阳穴有些疲惫地说，"我实在想不出谁会有这样的理由，看墙纸的新旧程度，想来应该是近两年才换上的。我倒想撕下来看看，但这里毕竟是你爸爸的书房，咱们不能搞破坏对吧。"

"当然不能……等等，你说近两年！有没有具体的时间？"周彤脸色一变，忽然想到了什么。

李毅两手一摊，无奈地说："你当我是神啊，看一眼就能判断出年月来，那我直接去考古得了。说不定还能混一个考古奇才、明日之星的名头。"

"我不是这个意思。"周彤摇头道，"我的意思是你确定这里的变化不超过三年？”

“不太确定，不过也差不了多少。你别忘了，有一回暑假我为了凑钱给你买套裙子做生日礼物，给一帮洋鬼子装修队打了近两个月的工，这一点眼力我还是有的……你这样问，是不是知道些什么？”

周彤沉思了半晌说：“我也是不太确定，只是今天和蓝叔叔聊天的时候他说过，三年前周家发生了什么事，然后我爸就病倒了。可惜我还没问清楚，就被蓝染给打断了，后来蓝叔叔吃了药就睡着了，便没有再问下去。”

“那就是和这个蓝染有关系了，过会儿严刑拷打一番。”李毅半开玩笑地说。

周彤白了他一眼，继续说道：“确实和蓝染有关系，因为我听镇上的人说，蓝染的脸也是三年前毁容的。我当时问他到底发生了什么事，他却一直缄口不言，或许是他不想回忆起伤心事吧。我们就别为难他了。”

“这样啊……”李毅思索了一阵，然后两手一拍道，“既然镇上的人都知道，那么这件事一定闹得很大，要不我们各自去找以前的朋友问问，或许他们能提供有用的消息。你看怎样？”

“蓝染不会说，而叶安这群人更别指望，现在也只能这样了。”周彤无奈道。

“那就这么决定了，明天我去镇上问问我那些哥们，你也去朋友那里打听一下，咱们分头行动，总能问出点什么。咱们这就回去吧，今天你累了一天，反正还要待很长一段时间的，不急在这一刻。”

周彤点点头，拉着李毅的手走出了书房，在房门关闭的那一刹那，她回头长长地看了书房一眼，心中琢磨着，到底三年前发生了什么事？

第十章　欺骗

因为纠结于三年前的那件事，周彤整夜都没有睡好，也不知道折腾了多久才沉沉睡去。等她醒来的时候天已经大亮了，阳光从窗外照射进来，光线很足，透过光还能看见空气中的悬浮微尘，偶尔有风吹过把白纱窗帘微微荡起，很有偶像剧场景的感觉。

周彤见李毅坐在阳台上，便踮着脚悄悄走到他身后，想要吓他一下，却不想还未出声，就听见李毅说道："醒了？怎么不多睡一会儿？别躲了，都看见你了。"

周彤恼怒地跺了跺脚，把双手环在李毅的脖子上："你就不能装作没看见我吗？让我吓一次也好吧。"

李毅无奈地一笑："好吧，那我装作看不见你，你重新来一次。"

"不好，都没意思了。"周彤拧了一下李毅的肩膀，转身离开，却不想被李毅一把拉了回来。周彤"呀"地惊呼一声，已经被李毅拥进了怀里，她白了李毅一眼说："讨厌，我还没洗漱呢。"

"没关系，我又不做什么。"李毅说着，把周彤的脑袋扶到自己肩膀上，"你看这阳光多好，我们就这么坐一会儿。"

周彤"嗯"了一声，整个人如小猫一般蜷缩在李毅的怀里，呼吸间都能嗅到李毅那熟悉的气息，这让她联想起了大学的时候，两人也是这样的姿势，或是在海边，或是在学校的长椅上，周彤很喜欢李毅这样抱着她，这会让她感觉到充实与安全感。

回忆起甜蜜的往昔，周彤的嘴角不由自主地扬起一丝幸福的弧度，她微微抬起头，看着李毅的侧脸道：“傻瓜，还记得你当时对我表白的时候说过什么吗？”

“说过什么？我对你说了那么多话，我怎么记得。”李毅装模作样地沉思了一番。

“讨厌，就是你第一次对我表白时说的话，你别告诉我你忘了……”周彤脸一沉，掐着李毅腰间的嫩肉道，“难道你真的忘了！”

李毅呼痛了一声，连忙求饶：“哎呀，很痛的。我只是开玩笑，我怎么会不记得……我是水嘛。”

“哼，饶了你。”周彤得意地放开手，终于憋不住捂嘴笑了起来，想起李毅当时笨拙又真诚的表白，心中暖暖的。记得那天的阳光也像现在这般灿烂，不过地点换成了大学校园里的一个露天咖啡厅，当时周彤正和室友兼闺蜜Nami享受着早晨的阳光，这时候李毅不知道从哪里走了出来，站到周彤的面前。

自从之前同乡会以后，两人就走得很近，她愿意和李毅待在一起，听他说乡音，然后在彼此的身上找到家乡的影子。两人相处久了虽不说无话不说，但也是很好的朋友，于是周彤笑着朝李毅挥手道：“李毅，你也来喝咖啡啊，来，咱们坐一桌吧。”

李毅没有动，深吸了一口气，看着周彤有些结巴地说：“I……I’m water！”

周彤一愣，却没听清他说的到底是water还是waiter，只能猜测地问：“你说你是这里的服务生？”

“呃……”李毅的表情有些哭笑不得，本以为用英文表白会显得更浪漫，却没想到会闹出这样的误会，于是干咳了两声，说，“我还是用中文说吧，我是水！”

周彤又是一愣，不解道：“那又怎样？”

“我想说的是，没有比水更坚强的东西了，你能用刀割开水吗？”

周彤回答道：“把它冻上不就可以了吗？要知道，冻上后会变硬的

冰块是可以砸碎的。”

李毅上前一步道：“没错，但冰终究会融化成水。”

这时候，旁边Nami听懂了两人的对话，虽说是中文，但在周彤的影响下，Nami也成了半个中国通，于是用夹生的中文回应李毅道：“帅哥你别忘了，水受热之后是会蒸发掉的。”

“但是它会变成雨落下来。”李毅说着，用手做了一个下雨的动作。

周彤和Nami对视了一眼，发现彼此的眼中都有说不尽的疑惑。周彤感觉到李毅这段话似乎有更深层次的含义，听过他这段话以后，只觉得心中有种莫名的感觉在涌动着，但一时之间却猜不透其中的意思。

连周彤都想不通Nami就更不懂了，不过出于女人的直觉，她似乎猜到了些什么，也不说话，只是笑眯眯地看着李毅。

一时间气氛有些沉默，周彤终于忍不住好奇地问：“好吧，你对我说这番话到底想要表达什么意思？”

李毅心中暗喜，他要等的就是周彤这句话。于是定了定神沉声道：“我是水，是这世界上最坚强的，没有任何人可以打倒我。周彤，我喜欢你，做我的女朋友吧，让我保护你，给你安全感！”

这突如其来的表白令周彤愣在了当场，嘴张成了“O”形，双眼发直地看着李毅。其实通过这段时间的相处，周彤对李毅也颇有好感。两人经常待在一起，也成为了卧室里众姐妹的话题，大家都问她是不是正在和那个高大帅气的中国男生交往。每一次周彤都是笑着摇头，她嘴上虽然不承认，但心里面偶尔也会幻想，幻想两人这样下去会不会发展成男女朋友。

但问题是两人之间的那张纸还没有捅破，而周彤自己也没有做好准备，所以不敢对李毅表露太多。哪想到李毅的表白却来得那么突然，只好指了指桌上的半满杯子说道：“我……我这杯咖啡都还没喝完呢。”

李毅听得一愣，原本以为答案只有两个——答应或者不答应，却没想到周彤居然会说出这句不着调的话。这就像一枚硬币投掷到半空，落下来居然不正不反，而是中间！眼看着气氛就要冷却下来，李毅把心一横，拿起周彤桌上的杯子一口饮下里面的咖啡，然后一抹嘴说道：“这下可以做我的女朋友了吧。”

如果换做别的男生有这样轻薄的举动，周彤早就发怒了，可是现在这个人是李毅，周彤一时之间也不知道该怎么应对。她瞄了一眼杯沿上自己先前留下的粉色唇印，正好和李毅刚才嘴唇的位置重合，心里猛地一动，脸上刷一下就红了，她埋着头，把手放在胸口，只觉得自己心跳得好快，快要从嗓子眼里蹦出来一般。

这时候李毅也发现了杯沿上的秘密，挠了挠后脑勺尴尬地笑着，他心里明白，这个时候绝对不能说话，否则只有两个结果，要么周彤跑掉，要么周彤扇他一耳光再跑掉。自然，这两个结果都不是他想要的，只能偷偷地朝Nami递眼色，希望她能帮自己一把。

这两人的笨拙表现全落在了Nami的眼里，本想当观众再看看的，却发现李毅在朝自己猛递眼色，她笑着用眼神回应了他一下，也不知道两人在眼神交流中达成了什么协议，最终Nami满意地点点头，起身鼓掌道：“Surprise！Let us blessing the young lovers，and……Kiss!Kiss！（大惊喜！让我们祝福这对恋人，然后嘛……接吻，接吻！）”

这个时间段能来这里喝咖啡晒太阳的都是没有课程的闲人，周彤这一桌两个美女本就是众人的焦点，自从李毅来了之后，便有更多人加入了围观，大家都猜到了什么，不过还没到答案揭晓的时刻，所以大家都没有去打扰。待Nami说过这段话之后，原本就被八卦之火烧得外焦里嫩的家伙们立马起哄了起来，他们这一喊，李毅倒是信心大增，虽然不敢像人们吼的那样直接亲上去，却也前进了一步，抓住周彤的手道：“你看，大家都在祝福我们呢。你这个女朋友绝对跑不掉了。”

周彤现在心里是又羞又喜。羞的是李毅居然当着这么多人的面跑来向自己告白，毕竟中国人的传统观念不像外国那么开放，这种话再怎么也该在花前月下四处无人的时候说吧；喜的是，其实她对李毅也是颇有好感的，而正在纠结对方是否有意思的时候，却没想到居然是他先开了口。

而当李毅牵住她的手时，她整个人如触电一般颤了一下，那种幸福扑面而来的感觉无法用言语来形容。就想这么拉着李毅的手一直下去，但外表却还要故作矜持，于是甩开他的手，心虚地瞪了他一眼道："你都没诚意的，连玫瑰都不准备。"

周彤这样说就意味着她基本上答应李毅了，只是有些抹不开脸面而已。求爱送花这本是无可厚非的，并不算什么刁难，但李毅两手空空哪来的玫瑰花送？这时候，Nami又在一旁拍手起哄道："Rose！rose……（玫瑰！玫瑰……）"而那些围观者也学着Nami喊起来。

趁这个时间，Nami朝李毅递了个眼色，指了指旁边的花坛，然后比画了个加一的手势，意思是："傻瓜，快去摘一朵给周彤。当然，我那么好心提醒你，报酬要加一倍。"

李毅读懂了Nami的意思，只是笑了笑，不知从哪里抽出一根小纸棒来，在周彤眼前晃了晃道："看看这是什么？"趁着周彤抬头那一瞬间，李毅用打火机一点……

周彤只看见眼前彩光一闪，然后一朵鲜艳的玫瑰就出现在自己的眼前，她捂住嘴，惊喜地看着眼前那朵玫瑰，没想到自己随口一问，居然成了真。心头涌起难以言语的感动，整个人也恍惚了起来，李毅后面还说了些什么，她不记得了，只知道自己傻傻地点头，把一切的主导权都放到了他的身上。而周围人的掌声与祝贺声也安静了下来，只觉得时间就停顿在了这一秒上。

"我说，后来你一定被Nami敲了个大竹杠吧？"想起那一段幸福，周彤的脸上满是掩盖不住的笑意。

李毅苦着脸道："何止是Nami，你们寝室的其他几位听说我要请吃大餐答谢，都来凑热闹，那么多人我的钱包可是大出血啊，尤其是那个胖妞Sara，她一人要吃三人份的！嘿嘿，不过我也不笨，我对我同寝室的哥们儿说搞联谊，钱自然就不用我一个人出咯。哎，可怜了坐Sara对面那俄罗斯小子……”

“你真坏，哪有这样的？”周彤用手肘顶了一下李毅的肚子，忍俊不禁道。

李毅不以为然道：“这叫智慧，否则我非得洗一学期的盘子才行。”

他的话让周彤下意识想到他勤工俭学时的辛苦样，心中没来由地一痛，把手放在李毅的掌心，细细摩挲道：“一切都过去了，再也不会那样了。现在我们不是生活得很好吗？别想太多了。”

李毅微微摇头道：“这些都是生活的磨练，是金钱也换不来的。谁会想到一个被人遗弃的孤儿能够出国留学，谁会想到我长大了会变得这么帅，并且拥有这么美丽的未婚妻。”

“讨厌，你就得意吧！”周彤小小地啐了他一口，然后把头埋进李毅的怀里。是啊，谁会想到呢？在异国他乡也能遇到自己的伴侣，这就叫缘分天定吧，如果自己当年没有去国外，还能遇见李毅吗？

一定会的！不过是换个时间换个地点而已。

周彤无比坚信。

二楼阳台上，周彤和李毅正享受着这一刻灿烂阳光，而与此同时，小院里传来一阵细微的响动，周彤把头探出去一看，原来是蓝染正在清扫着小院里的落叶。他的动作很轻很慢，并且时不时地朝二楼的阳台看一眼，似乎不想发出太大的动静打扰到阳台上缠绵的两人。

但实际上，周彤已经注意到他了，在他有意无意朝这边看来的时候，周彤敏锐地捕捉到了他的眼神，蓝染此刻的眼神深邃，仿佛把心情埋进了很深的谷底，不希望别人看出他的心境。但周彤却感觉得到，他的眼神比前几天见他的时候还要沉郁很多，心情应该很不好吧。

“小染这是怎么了？”周彤这样想着，突然意识到了什么，脸上闪过一丝怜惜，“或许是我和李毅这甜蜜温馨的场景刺激到了他。”

从上一次的谈话中，周彤猜测到蓝染之前应该是有女朋友的，但看他痛苦的表情，再联系到他的脸，想来是因为这个原因，那女人把蓝染抛弃了。怪不得现在蓝染看见她和李毅甜蜜的样子会显得这样难过。

虽说情爱这种事别人是帮不了的，但见到蓝染这个样子，周彤也没了继续打情骂俏的心思，于是找了个借口对李毅说："我还是去洗漱了，你去帮我冲杯牛奶好吗？"

李毅并不知道周彤想了这么多，他点点头放开了周彤："我下去烧水，很快就能喝了，还要不要吃点什么？"

"你做决定吧。"周彤随口答道。

李毅"哦"了一声，拿着玻璃杯下楼了，周彤看着他的背影，开口做了个对不起的口型。其实她也想和李毅多待一会儿，但这里毕竟不是他们的二人世界，所以或多或少也要顾及一下别人的感受。

就在周彤转身去洗手间的时候，她的手机忽然响了，拿起来一看，原来是施雨打来的，心想这丫头办事挺利索的。刚按下接听键，那边就传来施雨疲惫的声音："喂，亲爱的彤彤，我快要完蛋了。"

"怎么了，不会是被人劫了财没劫色吧？"周彤笑道。

那一头施雨冷哼道："哼，你就损我吧。要是哪个不长眼敢来劫我，小心本小姐逆袭！"

周彤单手叉腰，做了个茶壶状笑道："哈，施雨姐好威武啊！老实交代，我问的事你查得怎样？"

"还能怎样，"说到这一岔，施雨的声音又变得无力起来，"你托我办的事，什么时候没给你办好的？可怜我啊，先是去找那些买菜的长舌妇聊了一下午，又熬了一个通宵翻查三年前的报纸，结合起来才找到了有用的消息。一个通宵啊大姐，我的大好年华就这么耽误在你手里了，我现在感觉我的脸干得像砂纸一样，你要赔我！"

"好嘛好嘛，我赔你。下次见面给你几张顶级面膜还有护肤霜，一般人我都不和她分享的。好了，现在该告诉我你查到了些什么吧？"

"三年前周家确实发生了些事，不过……哎呀，在电话里说不清楚啦，咱们还是约个时间出来说吧，我手上整理的一些资料也好给你看看。”

周彤也觉得这种事在电话里说不清楚，也就随了施雨的意思：“好吧，那你约个时间。”

“那就今天下午三点吧，就在咱们上次见面的那间咖啡厅。记得带上你说的顶级面膜和护肤霜哟。”

“下午三点……”周彤看了一眼墙上的时间，“你刚熬了一个通宵不多睡一会儿？要不换个时间吧？”

“没事的，做我们这一行熬通宵是家常便饭，毛毛雨啦。”

周彤鼻子一歪，骂道：“那你刚才还说得那么严重，原来是想骗我的面膜和护肤霜！”

电话那头的施雨嘿嘿一笑，就算看不到样子，周彤也能联想到这丫头一定是一副奸计得逞的模样，还想骂她几句，施雨说了句“拜拜，不见不散”之后便挂了电话，直叫周彤有力找不出地方使。

待李毅小心地端着牛奶和早餐回来的时候，周彤已经洗漱好了，她拿过杯子，一边吹着热气一边对李毅说：“我好姐妹那边查到了一些消息，约我下午详谈，你有空吗？”

李毅沉思了片刻说：“碰巧我也约了朋友，我就不和你去了。就按之前说的，咱们分头行动，这样或许能找到更多更详细的消息。”

周彤觉得他说得挺对，也就答应了下来。但心里还是有些遗憾，毕竟施雨是她最好的姐妹，上次说过带李毅去见她，看来这次又不行了。不过大家都是为了正事，来日方长，以后大家总有时间见面的。

下午两点，周彤就早早出了门，其实周家离咖啡厅的步行距离也就二十多分钟，不过鉴于老板上咖啡的速度，她还是觉得应该早一些去的，并且那间咖啡厅的烤麦饼确实很诱人，至少闻起来是这样。

出门的时候周彤见叶玉婷坐在客厅里，看起来挺正常的样子，她见

周彤下楼，转过头来笑了一下，周彤想起之前蓝染说过的话，对叶玉婷也没了先前的那番敌意，微微点了点头，礼貌性地打过招呼后，便出了门。

不到半小时工夫，周彤就远远地看见了那家咖啡厅的招牌，虽说没有名字，反而显得比较独特。透过明亮的玻璃窗，周彤在靠窗那个位置看见了施雨，原来她也早到了半小时，周彤心里还有些愧疚，毕竟施雨为了她的事忙了一个晚上，一定没睡好吧。可是，当她发现施雨的对面还坐着一个男人时，周彤突然呆住了，那个男人居然是李毅！

“李毅不是说去见朋友么，怎么会出现在这里？”周彤停住了脚步，认真观察着店里面的情景，见李毅和施雨谈得很开心的样子，就好像认识了很久一样。

周彤的心里升出一丝疑惑，不由自主地退了几步，退到一个不容易被人发现的角落，心中这才安定了许多。

“我这是怎么了？”周彤奇怪地想着，她被自己下意识的行动搞糊涂了，好像自己很心虚的样子，于是自我安慰地想，“或许是李毅见完了朋友，在这里刚巧遇到了施雨吧。”

不过，这个解释明显没有什么说服力，她藏在角落里，两眼直勾勾地看着店里的情况。而下一秒周彤呆住了，她看见，施雨居然伸手握住了李毅的手，而李毅并没有拒绝，脸上还露出很自然的表情，似乎本该如此。

“她怎么可以这样！”周彤的脑子里轰地炸开了，自己的好朋友和爱人有如此亲密的举动，换谁见了，心里面都不会好受的。感觉鼻子一酸，就要冲进咖啡厅里，可是刚踏出一步，又硬生生止住了，毕竟这两个人都是她生命里最重要的人，她不希望因为自己的一时冲动闹出什么误会。

周彤掏出手机打给李毅，她想要证实一下到底是怎么回事。没等多久，电话通了，那头传来李毅的声音：“喂，你出门了？”

“没，约好的时间是三点，不过也快了。你呢？”周彤撒了个谎。

“正和朋友聊着，得到了很多有用的消息，回来我们详谈。你也早些出门吧，别让人家等太久。”

难道他口中的朋友就是施雨？周彤猜测着，但心中的不安倒是放下了许多，但怒火又蹿了上来，哪有朋友这么亲密的！于是又试探着说：“要不你见完了朋友就来我这边吧，上次我对施雨提起过你，她说她很想见见我的未婚夫。没问题吧？”

这一次李毅那边沉默了很久，才回答道：“我这边短时间走不开，要不等下次吧，下次我请客当做赔罪了。就这样，咱们回家再说。”

“好吧，那回家见。”周彤木然地挂掉电话，然后瞪大了双眼往咖啡厅里看去，她想要看清楚，那个人到底是不是李毅，但现实却让她无话可说。然后她突兀地想起上次对李毅谈起施雨时，他脸上闪过的古怪表情。

“对了，你猜我今早在咖啡厅见到谁了？”

“施雨？”

“我好像没有对你提起过施雨吧。”

“怎么没有，你对我说过，她是你最好的朋友，难道你忘了吗？”

撒谎，他在撒谎！

他明明认识施雨，为什么说不认识，他到底在隐瞒什么？

他为什么要单独和施雨见面，难道上次在疗养院和施雨一起的男人也是李毅！

脑子里涌出无数个荒诞的念头，周彤捂着头整个人蜷缩在角落里，她不敢想下去，她害怕事实真如她所想的那样，如果是真的话，那自己该怎么办？而以后该怎样面对那个快要成为自己丈夫的人？

与此同时在咖啡厅里，李毅合上电话之后对施雨说道：“我该走了，谢谢你给我的消息，辛苦了。”

“不多坐一会儿么？”施雨的手指在杯沿上来回滑动着，“我猜，

刚才那个电话一定是彤彤打来的。”

李毅点点头。

“那不正好，反正我该说的都给你说了，我可不想再复述一次。”

“这个……”李毅的脸上露出尴尬的表情，“我想我还是离开的好，彤彤还不知道我和你以前的事。”说着，李毅起身准备离开。

施雨眉头皱了皱，也跟着起身顺手挽住了李毅的胳膊，笑靥如花道：“哦，我知道了，你是怕彤彤吃醋，我这个姐妹啊，什么都好就是醋劲挺大的，呵呵。”

李毅白了她一眼，不着痕迹地抽开胳膊：“小雨别胡闹，要是我们现在这样子被彤彤看见，我就算跳进黄河也洗不清了。”他哪里知道，周彤一直就在外面看着他们。

施雨撇了撇嘴，幽怨地看着李毅说：“那你先前怎么不对她说起我们的事，甚至连和她交往的事也不给我说。要不是她寄过你们的照片给我，我还不知道原来我好姐妹的男朋友居然是你。”

那要我敢说啊！李毅苦恼地想着，周彤的性格他清楚得很，哪里敢在她面前提起别的女人。况且他和施雨之间微妙得很，说白了就像周彤和蓝染那样，这种情况该怎么对周彤解释？难道对周彤说：巧得很啊，你好姐妹其实是我的青梅竹马？那以后这两个女人该怎么相处？

所以李毅决定瞒着周彤，并且在有周彤的情况下尽量不和施雨见面。一是不想让大家都尴尬，二是免得施雨心里难受。毕竟施雨对他怎样，他心里明白得很。

见李毅不说话，施雨表情有些苦涩：“你是不是怨我明明约了她，又来约你见面？”

“哪儿的话，如果怨你我就不会来了。真的感谢你给了我这么多三年前的信息，其实我是不想大家见面以后太尴尬。”李毅安慰道。

施雨沉吟了半晌笑道：“好吧，这次就饶了你。快走吧，如果我们这样被彤彤见到的话，不知道她会怎么想。对了，这些资料你要不要先带回去？”

“算了，你还是直接给彤彤吧。”李毅说完径直走到吧台，掏出钱包为自己结了账。刚一转身，见施雨出现在他身后，还未等他说什么，施雨猛地把脸凑了过来，他只觉得一阵香风扑面而来，耳边响起施雨轻柔的声音：“我感觉你现在就像个在外面偷情之后，赶着回家的丈夫。”

李毅愣了愣，发觉两人这个姿势太暧昧了，外人看来就像是在吻别一样，连忙后退几步，而施雨却朝他调皮地眨了眨眼睛，然后坐回了原来的位置。李毅苦笑着摇了摇头，推开大门走了出去。

周彤一直看着咖啡厅里的二人，透过那明亮的玻璃，能看到他们的每一个细微的动作，直到李毅离开后很久，她依旧保持着那个姿势，而心中似乎有某样东西在一层层剥离开来，那些都是关于李毅的，正是因为他的存在，一直保护着她，支撑着她，让她还有勇气面对将来的一切。

而现在，保护壳没有了，只剩下那颗布满伤口的心脏在缓慢地挣扎着，滴着血，鲜红而妖艳。

心中忽然升起一股怒气，脑子里轰地一炸，接下来周彤做了些什么，她自己都不知道了，心中只有一个念头，就是找施雨问清楚，她和李毅到底是什么关系，为什么要背叛自己！

而等她清醒过来时，发现自己正推开了咖啡厅的大门，咖啡厅里的冷气往外一涌，把她惊醒了过来。李毅都离开了，现在又能质问出什么呢？为什么刚才自己不进来，而是选择逃避，难道是害怕证实那个结果，怕李毅就此离开自己？

这时候，施雨看见周彤推门进来，挥着手朝她打招呼，周彤深吸了一口气，来到施雨对面坐下。施雨打量着周彤略显阴沉的脸，担心地问道：“你脸色不太好，还是睡不着吗？”

周彤的脸更加阴沉了，因为失眠是她的死穴，不想别人提起，于是很干脆地回答道：“没有，我睡得很好。”

“那怎么……”施雨还想说点什么，却被周彤打断了，她指了指摆在自己面前的半杯咖啡问道："刚才有人来过？"

施雨脸色微变，李毅走后他喝过的咖啡杯忘了叫服务生拿走，没想到周彤一进来就问起这个问题，于是神色有些古怪地说："是，刚才有个朋友来过……你来得真早，我们不是约好三点吗？"

没你来得早。周彤的心中冷笑了一声，脸上却装作很八卦的样子笑道："死丫头，老实交代，刚才坐你对面的是个男人吧？"

施雨的笑容一僵，诧异地问："你都看见了？"

"没有。"周彤不想那么早把话说僵。

"那你怎么知道？"

"我猜的，"她指指桌上的两个杯子道，"我这杯的杯沿上没有唇印，所以随便猜了一下。嘿嘿，我现在证实了，刚才和你喝咖啡的一定是男人。你不会也学别人搞地下情吧？"

"哪有！"施雨听着周彤的分析，暗自松了口气，脸上的表情也自然了许多。她红着脸羞怯地说，"其实……其实是碰到了一个很久没见的人，他是我的初恋。"

他是我的初恋！

施雨的话仿佛一阵惊雷，猛地打在了周彤的头顶。她万万没有想到，自己最好的姐妹居然是她未婚夫的初恋情人！怪不得每次提起施雨，李毅的表情都那么奇怪，原来他一直瞒着我。怪不得这几天他的行踪总那么飘忽，什么兄弟，什么好友，原来他这几天都和施雨偷偷在一起！

施雨见周彤不说话，脸色阴沉吓人，开口询问道："彤彤，你没事吧？"

"没事，只是想到了一些其他的事。"周彤摆摆手，脸色恢复如常。她压抑着心中的怒火，眯着眼打趣道，"说说，你和那初恋是怎么回事，我怎么一直没有听你提起过。"

"这个……不太好吧，人家现在有女朋友了。"

哼，你还知道他现在有女朋友啊！周彤心中冷哼，依旧蛊惑说：

“没事没事，这里就我们俩，不碍事的。我猜你那个初恋一定很帅吧，和汪东城比起来怎样？”

提起李毅，施雨的脸又红了几分，眼神也开始迷茫起来，似乎是想起了很甜蜜的往事，她喃喃道：“其实，我和他很久以前就认识了……”

第十一章　暗战

“其实，我和他很久以前就认识了……”施雨喃喃地说着，第一次见到李毅是什么时候，其实连她自己也不记得了，现在想起来只是依稀记得那个古朴的小镇。

记忆已经很模糊了，她努力地回想，才能在脑海中找到依稀的片段。

摇曳在脑海中的碎片逐渐拼凑成完整的画面，破碎陈旧的记忆也在眼前渐渐清晰起来，记起小时候生活的地方，一种奇怪而透明的感觉将她整个人包围起来，她的嘴角不由得浮起浅浅的笑容……

古老的房屋沿河而建，河岸一排都是随风摇曳的柳枝。

每当夕阳挂在柳梢的时候，青石板铺成的街道就会被镀上一层金色的光晕，半条河都会被染成金黄；灰色的房檐上会有燕子一掠而出，斜斜贴着河面飞过，翅膀尖儿掠过河水，顿时击碎那片绚丽的金色；波光粼粼的河面映着天边的晚霞，绚丽的色彩被时间磨得渐渐淡去。现在想起来，映入脑海的画面如同一幅轻描淡写的水墨画。

记得那条河上还架着一座青石板桥，柳枝摇曳着从桥头垂进河水。

那时候，她还很小，总是从那座桥上蹦蹦跳跳地迈着小步奔向河的对面。她记得那时候的风很清爽，碧绿的河水中甚至能看清楚摇着尾巴欢快游泳的鱼儿。

桥的对面是一排古旧的房屋，屋前空地的细绳上晾着刚洗好的橘色床单，被风吹得高高扬起，发出“猎猎”的声响。

周围的空地绿草如茵，在阳光下显得充满生机。

大风中的太阳照在身上并不毒辣，光芒却明晃晃的耀眼。在太阳的照耀下，周围的一切都显得有些模糊……

“哈哈，毅哥哥，该你了，快点扔，你可别想耍赖！”

“我才不会耍赖，你别催。”

她和小李毅蹲在草坪上玩着自制的骰子，李毅小时候看起来特别瘦小，可是小脸却是周围的小孩子中最清秀干净的。他蹲在地上，手中拿着一个很大的骰子，紧张地屏住呼吸，捧着手心的骰子用力摇晃，久久不肯扔下去。一张小脸被阳光映得晶莹剔透，看上去白皙水嫩，亮晶晶的眼睛黑白分明，一眼看上去比旁边河里的水还要清澈干净。

那时候的她还不知道什么是英俊，什么是喜欢，可是每次看着李毅清秀的小脸，她的脑海中总是会联想到大人们讲的故事里的王子。她觉得，李毅就像那些故事中的王子一样好看，他跟别人是不一样的，每次看着他，都会有些移不开视线。她总喜欢跟在他身边，喜欢他对她笑，喜欢他跟她玩。

她就像一只小小的跟屁虫，总是跟在李毅的身边，不管他到哪里，她都会跟着。看到别的小女生来找他玩，她就会很生气，也会悄悄地使坏把那些女孩儿赶走。可是她不想让李毅知道她做的这些事，她怕他会因此觉得她是很坏心的小孩，会讨厌她。

“快呀快呀！”她咧着嘴巴笑得比天边的太阳还要灿烂，缺了门牙的小牙齿露出来，亮晶晶的像河水中洁白的小石子。

她一边笑，一边用胖嘟嘟的小手抓着小李毅的肩膀不停地摇晃，水汪汪的大眼睛紧紧地盯着他晃动的小手，时不时发出清脆的笑声。

“好啦，我就要扔了！”小李毅吸了口气，将手中的大骰子扔出去，骰子在地上飞快地打转儿，两个人屏住呼吸盯着骰子，眼睛一眨不眨，白色的骰子在空地上骨碌碌滚了几转在两个人的视线中停了下来！

朝上的一面是亲吻的图形。

小李毅看到这个画面，顿时显得无措，抬头看了她一眼，一张小脸变得通红，清亮的眼睛闪烁着避开她的视线……

直到现在，她都还记得那时候的心情，一想到可以亲吻他，就觉得比任何时候都要开心。看着小李毅红扑扑的脸蛋，心里比吃了蜜糖还要高兴，捂着嘴巴笑得花枝乱颤。

施雨闭上了眼睛，脑海中再一次清晰地浮现出幼时的画面。

记得那一刻，周围的一切都像在梦中一样不真实，现在回忆起来，已经泛黄褪色的记忆竟然慢慢镀上色彩，一切都重新变得鲜艳清晰。

古镇的河水那么清澈。

草地那么翠绿。

大大的太阳偏到了桥头的另一边，草地柔柔地镀上了一层金黄的光晕，细绳上的橘色被单高高飘起来，小女孩柔软的发丝被风吹得飘到了额前。凝视着面前的小男孩，女孩儿脸上的笑容慢慢淡去，眼神渐渐变得温柔而虔诚，嘟起小嘴，小心翼翼地靠近小李毅的小脸。

小李毅漆黑纤长的睫毛紧张地颤动，眼珠闪烁不安，显得不知所措，呆呆地感觉小施雨越来越接近的呼吸……

"小毅，快回家吃饭！"

眼看她的嘴唇就要碰到小李毅小小的脸蛋，远处传来的大喊让他像得到救赎一样迅速地后退了一步，紧跟着，那边又传来一声碗落在地上打碎的声音。

"来啦！"小李毅慌张地回头向那边看了一眼，大声回道，然后回头盯着她犹豫了几秒钟，红着小脸快步往桥边的小屋跑去。风中传来小李毅急切的声音："我得走了，晚了的话阿姨会骂的。"

她从没像那一刻那么讨厌那个阿姨！那个呼唤小李毅的人，明明对他很不好，但为什么小李毅会对她言听计从——直到很久以后，她才明白，小李毅是孤儿，如果不听话，会没饭吃的……

看着李毅跑远的小身影，她的心里顿时有些无奈，甚至有几分难过的感觉，就像马上就要实现的梦想突然摔碎了。

曾有很多次她都想亲他，可是都没有机会。可是刚刚，她差一点就亲到了，就像妈妈总是爱亲她一样，妈妈说，只有在很喜欢很喜欢一个人的时候，才会想亲他，难道李毅不知道吗？刚才他的样子，看起来似乎一点都不期待那个亲吻。

而且，那么急切地想要离开，一声招呼都没跟她打……

她垂下头，眼底的亮光渐渐淡去，她沉默地站在那里使劲扭着衣角，咬着小嘴无奈地看他离开，小小的她第一次感觉到前所未有的失落。

“施雨。”

忽然，李毅停住了脚步，回头看着她，清亮的眼睛里闪烁着光芒，他犹豫了一下，冲她挥了挥手，喊道：“明天见！”

像被突然点燃了希望，刚刚失落的心情重新变得兴奋起来，她眯起眼睛对他露出大大的笑容，举起手冲他大力地摇，露出一口洁白的小牙齿。

心中的阴郁似乎被阳光一瞬间冲淡了，说不出的快慰萦绕在心头。原来他还是有些在乎她的，最起码，他是喜欢跟她在一起玩的，他也期待明天继续和她见面，和她一起玩，这是不是说明，他也有一点点喜欢她呢？

她捂着小嘴偷偷地笑，突然期待快一点到明天。

橘色的太阳将小李毅的背影映得模糊而透明，金色的光芒让一切都看起来那么梦幻，桥头的柳枝摇摆不定，河水发出淙淙的流水声，他快步朝前跑着，单薄的衣裳被风吹得呼啦啦地鼓起，一切都美丽得像一幅画一样……

施雨朦胧而温柔的视线渐渐变得有些忧伤，一转眼，这么多年已经过去了。

可是现在，她再记起来最后那一瞬间的画面，回响在耳旁的，却是伴随在他阿姨喊声里的那一声摔破碗的碎裂声。那个幼时的梦，似乎也如同一个透明的水晶球，“咔嚓”一声落在地上，被摔得粉碎。

地上的碎片四分五裂，而小李毅飞速奔跑的身影，正朝着那一地碎片越来越接近，有谁能想到，他正跑向一个充满危机的未来……

李毅走了，就好像从来没有出现过一样，听别人说他是随着那个阿姨到了一个很远的地方，可能再也不会回来。

那时候，施雨以为她再也见不着李毅了，思念过也心痛过，但久而久之也就忘记了，之后偶尔回忆起小时候，想起那个跑在她前面的身影，心中说不出的遗憾。

然而，这人世间的缘分就是那么奇妙，当她已经把那个身影淡忘的时候，他却又一次出现在自己的面前。那是高中开学的日子，施雨一个人来到这个离自己家乡很遥远的学校。看着这陌生的环境，身边走过的全是陌生的面孔，她的心里说不出的孤独，好像被放逐了一般。

而就在这时，似乎有一道光照在了她的身上，耳边传来一个既陌生又熟悉的声音：“小雨？”

施雨抬起头，朝那人看去……

那是一张既熟悉又有些陌生的脸，可是她一眼就认出来那人是谁。因为他的眼神，那双深邃明亮的眼眸，曾有多少个失眠的夜晚，在她脑海里萦绕不去。还记得那段时间，她为他难过，为他失落，为他茶饭不思，也曾因为他的一个笑容，就快乐得可以忘却一切烦恼。

她怔怔地看着他，只觉得一颗心像要从喉咙里跳出来，眼眶不知不觉就红了，她张了张嘴，半晌才吐出他的名字——

“毅哥哥？”

面前的男生停在树荫下的阳光里，骑着脚踏车，单脚撑在地上，穿着牛仔裤的腿看起来修长有力。金色的阳光下，他看起来依旧是那么清秀俊朗，清瘦的身材更彰显他的英伟不凡，他的眼底闪烁着光芒，惊喜的笑容让他整个人像被点燃了一样，浑身都在放光。

“真的是你？你是小雨！”他从脚踏车上下来，将车子停靠在路旁的树上，然后快步走到她面前，笑道，“远远地看到你，我还以为认错人了。也不敢叫，追上来确认了是你才敢跟你打招呼，这么久没见，我都快认不出来了。”

他左右打量着她，现在施雨出落得亭亭玉立，可是眉眼间依稀还有小时候的影子。小时候那双古灵精怪的大眼睛依然水灵，只是少了几分顽皮，多了几分恬静，鼻子依然是皱皱的，涂着淡淡唇彩的嘴唇抿着一丝微笑，让他想起她小时候总爱嘟起的小嘴，圆乎乎的小脸变成了尖尖的瓜子脸，看起来颇有几分风情。

施雨被他看得有些不好意思，问道：“毅哥哥，你怎么会在这里？”

“我在这儿上学，你呢，怎么会跑到这里来？”李毅被她一叫，忙收回打量的视线，不由得为刚才自己的失态感到有些不好意思，挠挠后脑勺冲她笑起来。

“你在这所学校上学？真的吗！”她高兴地一拍巴掌，快步走到他面前，兴奋地告诉他，“我也考到这所高中了，今天就是开学的日子呢，太好了，那我们以后不是又可以天天在一起了吗？”

刚说完，她就发觉到自己的话太过暧昧，顿时羞红了脸，结结巴巴解释道：“我的意思是，以后我们又可以像小时候一样天天一起玩，一起吃饭……”

说完偷偷抬头看了李毅一眼。

见他摸着后脑勺，也不知道在想什么，傻乎乎地站在那儿笑。

“是啊，以后又可以天天在一起了。”他应了一句，看着她手里提的行李箱子，问道，“你的宿舍在哪边？我有脚踏车，带你过去好了。”

她没想到到高中的第一天竟然会再次遇到他，她本来以为自己已经忘记他了，可是再见到的时候才发现，原来一切都没有被遗忘，只不过深藏在记忆的角落里，被灰尘掩盖，直到再次翻出，依然能感觉到当初的怦然心动……

李毅把她的箱子卡到车子前面，然后喊施雨坐上来，根据她指的方向骑过去。

从那之后，只要一有空，施雨就会跑到李毅的班级，下课的时候，两个人会一起去吃饭。放学之后，她总会早早地拿着便当盒坐在学校的食堂等他，坐在那里发呆的时候，脑海中不知不觉就浮现出他的样子，想着想着就入了迷。

“哈！给我看看你做了什么好吃的！”

面前的饭盒一把被人抢走，她吓得差点跳起来，这才看到李毅抢了她的便当，刚打开盒盖，就眼馋地盯着里面的红烧肉。

“喂！李毅，你自己有便当，干吗抢我的，还给我！”她生气地跳起来，隔着一张桌子想抢回来，可是李毅个子又高，只是将手里的便当盒举起来，任她怎么踮着脚尖都够不着。

李毅却一下子将便当盒收回来，举到两人之间，凑过来笑眯眯地对她说：“小雨，看起来味道蛮不错的嘛，你什么时候做爱心便当给我吃？”

明知道他只是一句开玩笑的话，可是施雨听了，整张脸都红了，甚至不敢抬头看他，站在座位前嗫嚅着：“你……你喜欢的话，拿去吃好了，这个……这个是我自己做的呢。”

说完，她红着脸，不顾李毅一脸惊愕怔愣，快步跑出了餐厅。

每天放学，他们总会一起骑着脚踏车出去玩。那时候，她总会将车子骑得飞快，李毅就在后面发力地追，等超过她了，就会得意地冲她做鬼脸。她总是不服输，狠命地踩着脚踏板想追上去，李毅总会故意放慢了速度让她超过他。

他们将脚踏车放倒在中心广场的草坪上，两个人像小孩子一样嬉笑追打，跑得累了，她就会静静地坐在草坪上，看他一个人高兴地大叫，每当那时候，施雨的眼神就会变得特别温柔，看着李毅甜甜地笑。

还记得有一次，李毅从别的女生那里得到一盒巧克力。她知道那是喜欢李毅的一个女生送的，不知道为什么，知道他收下那盒巧克力的那一刻，她突然觉得很害怕，心里也隐隐地难过，一整天都没有去找他。

傍晚的时候，李毅拿着那盒包装精美的巧克力来找她，不但没有问她为什么不开心，甚至将那盒漂亮的巧克力举到她面前耀武扬威。

忍了一天的气终于爆发出来，她一把从他手里抢过巧克力。

李毅急得大叫，扑过来想抢回来："喂喂，施雨，那是我的巧克力！"

施雨灵巧的身子一边躲着李毅的袭击，一边飞快地撕开包装彩纸。

"是你的又怎么样，谁让你拿到我面前炫耀，见者有份！"说完，打开精致的盒子，那么大的盒子里面，竟然只装着小小的一块心形巧克力，她看了一眼，拿出来在李毅面前晃了晃，然后在他惊恐悲惨的眼神中，一把塞进了自己的嘴巴里。

"我的巧克力……"

李毅抚着头，仰头惨叫！

施雨笑着冲他舔舔嘴巴，得意地冲他笑："哇，味道真的很不错哦！"

想到这里，她的笑容就像当时一样从唇角溢出来，当时那种甜蜜的感觉，竟然会那么深那么深地印在脑海里……

"够了！"周彤猛地一拍桌子，整个人也站了起来，她不愿意再听下去，施雨所说的每一句话对她来说都是一份折磨，没人愿意听见别人在自己的面前说起她和自己的爱人以前有多甜蜜，更别说周彤了。

一直以来周彤把李毅视作自己的全部，她爱李毅，同时害怕李毅会离开她，所以才会对他身边出现的其他女人那么敌视。而现在坐在自己对面这个女人是她最好的姐妹，可以说除李毅之外，施雨是周彤最在乎的

人。可是，当这些话从她的嘴里说出来时，周彤感觉自己的心异常疼痛，她后悔了，不该问起施雨和李毅的往事。

“彤彤，你怎么了？是不是我说了什么惹得你不高兴了？”施雨不知所措地看着周彤，现在的周彤就像一只发怒的母豹子，让人心生恐惧。

周彤居高临下地看了施雨一眼，见她很害怕的样子，火气这才小了很多：“没事，刚才那些以后不要再说了。”

施雨小心地看了周彤一阵，这才拍了拍胸脯道：“哎，你刚才吓死我了。不好意思啊，我只顾着自己说话了，还是说说你吧。对了，你的未婚夫怎么没和你一起来？你上次答应我带他来让我把把关的。”

你刚刚不是才见过吗？周彤心中讥讽道，但嘴上还是很轻松地说：“他今天有点事，来不了。”

“真遗憾，不过来日方长，下一次你一定要带他来哦。”

“没有下次了。”周彤淡淡地说。

施雨一愣：“什么意思？”

周彤看了她一眼，冷笑着说：“我和他很快就回澳洲了，以后再也不回来了。”

“以后再也不回来……”施雨默默复述着周彤这句话，脸上浮现出失落的表情，周彤看在眼里，乐在心中。

施雨沉默了很久，试探地问：“彤彤，我问你一句话，你别不高兴。”

“你说。”周彤把背靠在椅子上，下颚微微向上扬起，很有优越感地看着施雨。初恋情人又怎样，爱火重燃又怎样？李毅现在是我的，只要我和他一回澳洲，你就没戏了。

施雨看着周彤，小心地问：“其实……其实是不是你的未婚夫不想见我？为什么他不肯见你的朋友，爱一个人就应该接受她的一切。彤彤，他真的……真的爱你吗？”

“没有的事，我和他很好，他爱我我也爱他！”周彤的情绪又开始激动起来。她伸出手，亮出手指上的戒指对施雨说道，“你看，我和他的订婚戒指，是他亲手为我戴上的，我们很快就会结婚了！”

“可是，你那枚戒指似乎不太合手啊。”施雨的表情很古怪，七分调笑三分讽刺。

周彤被她说得一愣，下意识往自己的手指上看去这才发现，不知道什么时候，手上的那枚订婚戒指似乎变大一圈，不，不是戒指变大了，而是自己的手指变细了——这几个月的失眠与厌食，周彤整个人瘦了一圈，就连她那白皙饱满的手指，也变得干枯粗糙起来，原本合适的戒指，现在也显得松散了许多。

似乎被施雨这句话打击到了，周彤狠狠瞪了她一眼，而后者正好在梳理着鬓角的发丝，那只饱满白皙的手异常显眼，似乎在对周彤说：“你看，那枚戒指戴在我手上刚好合适。”

周彤的鼻子一酸，心里如刀绞一般疼痛，现在再说什么已经没意思了，她只想尽快逃离这里。

施雨见周彤有要走的意思，连忙拉住她：“我们还有正事没说呢，难道你不想知道三年前你家到底出了什么事吗？”

“不必了。”周彤从牙缝里挤出这三个字，便拍开施雨的手，转身离开。

施雨起身做了个挽留的姿势，但看样子似乎并没有多大的诚意。她缓缓坐下身，拿起咖啡杯放在嘴边，而目光却一直跟随着周彤，嘴角忽然扬起一丝弧度，似嘲讽，亦或是得意。

可是，当她看见周彤身后不远处的一个人影时，脸上的笑容忽然凝固了……

周彤失魂落魄地走在大街上，用手狠狠地掐着手指上的戒指，那枚戒指被她挤压得变了形状，然后紧紧箍住了她的手指，镶进了皮肉之中。她满意地看着红肿的手指，心中异常畅快——你看，现在不是合手了么？

可是，这时候眼泪又一次涌了出来，温润的液体滑过面颊，滋润着

干裂的脸，周彤快速抹掉眼泪，她不想让别人看见她的失态，不想变成别人口中的话题：“看，又是个被抛弃的女人。”

被抛弃，是的。周彤感觉自己在同一天被抛弃了两次，一个是她今生最爱视为全部的男人，而另一个是她最好的姐妹，最懂她的女人。对于李毅，他先前开导她并和她回到这里到底是有什么目的？真的是想保护她，和她一起面对眼前的困难吗？还是，一心想着回到这里，见到施雨然后旧梦重温……周彤不知道，她现在已经分不出李毅说的话里面到底哪句是真，哪句是假。

而施雨，周彤认为她是故意的，故意在自己的面前提起她和李毅的往事，并且想要夺走自己的一切。这一点周彤无比确定，因为周彤听懂了她话语中的讽刺和敌意。

那么，现在我该怎么办？周彤无力地想着。

这时候喧哗声从耳边响起，周围人群的密度陡然间高了许多，周彤裹了裹着身上的外套，双眼木然地注视着来往的行人。她能感觉得到，在这些人看她的眼神里都流露着嘲弄与不屑，像她这样一个被抛弃的女人，无疑是最卑微的。

周彤跟随着人流往前移动，她不知道自己走到了哪里，也不知道该去何处，只是恍惚地走着，走到累了自然会停下。一个陌生人擦肩而过，周彤被他一挤摔倒在地上。她抬头怒视了肇事人一眼，后者只是还周彤一个看似抱歉的笑容，但他的笑显得如此僵硬而诡异，好像是在他背后伸出一双无形的手生生扯出来似的。那一刻周彤仿佛看到了他的内心，他的心分明在说：“一个被抛弃的女人，有什么资格发怒！”

是啊，一个被抛弃的女人，有什么资格发怒？

“小姐，小姐你没事吧……”有一双柔软的手挽住了周彤的胳膊，然后把她从地上扶了起来，周彤下意识朝那人看去，是个陌生的女人。这个陌生的女人嘴巴一动一动的似乎在对自己说这什么。周彤用力甩了甩头，这才听清了她的话，用力挤出一个比哭还难看的笑容回应道："我没事，谢谢。"

周彤在说话的时候打量着面前的这个女人。这是个很年轻的女人，从外表来看最多二十来岁，圆脸，眼睛很大，看着周彤时闪烁着好奇的光，她穿着一身黑色的工作服，身后是一个玻璃柜台，柜台上摆满了各式的化妆品。周彤这才醒悟，原来自己不知不觉走到了一间化妆品专卖店里。

周彤环视了四周，店里只有几个顾客，都是男女结伴，看着他们亲密的样子，周彤的心中愈发苦闷，刚要转身离开，先前扶起她的女人忽然拉住了她的胳膊，对她说道："小姐，我看你情况不太好，要不要坐下歇歇，或者试试我们这里这里的化妆品……"

周彤回头看了她一眼，摇头道："谢谢，不用了。"

"我觉得你应该需要。"年轻女人说着，拿起柜台上的试妆镜递到周彤的面前。周彤往镜子里一看，镜中的自己不知几时变成了大花脸，想来是泪水浸湿了眼线，用手擦掉之后造成的。周彤这才明白，面前这个女人为什么会对她说那番话，并不是推销产品，而是很含蓄地指出，你现在很失态。

就在周彤愣神之时，这个年轻女人已经把她拉到了柜台边坐下，然后用卸妆纸轻柔地擦拭着她的脸。周彤张了张嘴，却把到嘴边的话咽了下去，任由这个陌生的女人摆弄自己。

"放心，很快就好了。"陌生女人似乎读懂了周彤的表情，安慰道。然后又在后面加了一句，"我这里有很多试用品，不用花钱的。"

周彤无奈一笑，她并不是担心钱，而是不太习惯让一个陌生的女人为她化妆。沉默一阵之后，周彤见她化妆时的眼神很专注，嘴巴里面喃喃念着什么，有些好奇地问："你在说什么？"

"哦，没有。只是在念化妆的口诀。入行时师傅教的，这样就不会忘了步骤，现在习惯了，化妆时都会不自觉地念。"

"呵呵，你这人真有意思。我该怎么称呼你？"

年轻女人抿嘴一笑："叫我小曾吧。看得出来你的皮肤很好，不过最近似乎没怎么保养，这可不行。"

周彤叹了口气，这段时间经历了那么多事，她被折腾得够呛，哪还有闲心来保养。小曾见她表情有些沉郁，开口道："姐姐，你刚才是不是和男朋友吵架了？"

"啊？"周彤想要辩解，但对方却给她一个我明白的眼神，于是也不想说什么了，现在她虽然没有和李毅正面冲突，但也是迟早的事，也就懒得辩驳了。

两人随意聊了一会儿，小曾终于完成了最后一步，然后把试妆镜递到了周彤的面前道："好了，看看效果怎么样。"

周彤见镜中的自己又恢复了往日的神采，也松了口气。人在这个时候最需要的就是别人的关怀，虽然只是几句不着边的话语，却让周彤的心情好了许多。

小曾拍了拍周彤的肩膀鼓励道："姐姐加油，一定把你男朋友抢回来！"

周彤苦笑，还是被这小丫头看出来了。而就在这时，周彤在镜子里发现了一个熟悉的身影，好像是蓝染。她猛地一回头，往店门外看去，只看见来来往往一张张陌生的面孔，根本没有她想要找的人。

难道是我看错了？周彤疑惑地想。

咖啡厅里，施雨慵懒地喝着手中的咖啡，好像在享受着这一刻的胜利一般。可是一个声音打破了沉静："你不该这么对她。"

听到这个声音施雨的脸一沉，回头怒视身后的男人，这个人竟然是蓝染。

"你回我这里，就不怕她有什么危险？毕竟这个时候的女人心态都不是很好，很容易做出什么傻事哦。"施雨冷冷地笑道。

"不必了，她现在很好。"蓝染指的"她"自然是周彤。原来周彤并没有看错，镜子里那个身影确实是蓝染。

施雨的眼中闪过一丝失落，她上前两步伸出手在蓝染脸上的伤疤上摩挲着，无比怜惜地说：“你这样做值得吗？”

蓝染没说话，自是后退了两步，躲开了施雨。

施雨看着自己僵直在半空的手，脸色愈发阴沉：“你守了周家三年，得到了什么？下人，花匠。现在你又要守着她，你为她做了这么多，她知道吗？你别忘了她快要结婚了！”

“你也知道他快要结婚了。”蓝染冷笑道。

“所以我要把他争取回来，李毅是我的，从一开始就属于我。”

蓝染摇了摇头，他看施雨的眼神充满了怜悯，就像是看着一个失败者一般：“别忘了你曾经答应过我什么。还有，我会想办法尽全力阻止你，你是不会成功的。”

“阻止我？哈哈，难道你想的办法就是把你喜欢的女人，推到另一个男人的怀里？别急着辩解，你敢说你从来就没有喜欢过周彤？”

蓝染又一次沉默了，施雨的话让他无法辩驳。

“你现在无话可说吧。”施雨的嘴角扬起胜利的微笑，她把手贴在蓝染的胸口上蛊惑地说，“我知道你不忍心她受伤害，但我这么做也是为了你啊，难道你就不想和她在一起？帮我，我们各取所需。”

“不可能。”蓝染拍开了施雨的手。

“为什么？我们可是一类人。”

“但我和你立场不同。”

“可笑，难道你的立场就是一辈子守着周家，守着她？看看你现在是什么样子！”施雨指着蓝染脸上的伤痕道，“难道你还想另一边脸也成这样？”

“你可以试试。”蓝染丢下这句话便转身离开，施雨看着他的背影，眼中闪烁着幽怨与怨恨……

第十二章　崩溃

周彤在街上寻了一阵，终究还是没有找到蓝染。想来自己应该是看错了，于是径直回了家，毕竟有些事还是要面对的。刚踏进大厅，第一眼就看见叶玉婷依旧保持着原来的姿势坐在那里，似乎从来没有移动过的样子。

周彤朝叶玉婷点点头，后者看了她一眼，忽然长叹一声说了句莫名其妙的话：“每个女人都希望身边的男人是最后一个，每个男人身边的女人却都不是最后一个，这就是男人和女人的分别。”

周彤听得一愣：“我不懂你在说什么。”

“你应该明白。”叶玉婷高深莫测地笑着。

周彤心中一气，质问道：“你是在嘲笑我吗？”

“没有，只是很多事，很多人，都是难以下断言的。”

“你应该吃药了。”周彤冷冷地丢下这句话直接上了楼，她实在分辨不出叶玉婷现在是怎样的精神状态，也懒得和她废话。而叶玉婷看着周彤的背影，意犹未尽地小声说道：“我和你一样，但不同的是我能分辨什么是虚幻，什么是现实。而你不行……”

经叶玉婷这么一搅合，周彤的心情愈发烦躁，气冲冲地回到卧室，见李毅正坐在沙发上看书，不由自主地想起刚才在咖啡店外看见的一切，深吸了口气勉强冷静下来问道：“你不是说还有事吗？怎么这么快就回来了。还有，你和你朋友是在哪里见面的？”

李毅见她表情有点不对，把书放到了一边说："正事聊完就回来了，还是在上次的地方见面的。"

"上次的地方，镇上的咖啡厅吗？你朋友是男是女？"周彤忍不住问道。

李毅一怔，脸上的表情有些不太自然，却立刻掩饰回答道："男的，我们在小河边的茶馆里谈的。"

周彤心中一痛，没想到李毅还在骗她。她心中还有些不甘，又给了李毅一次机会，问道："那我今天给你打电话的时候你在哪里？"

"茶馆里。"这一次李毅回答得相当干脆。而就是因为他的干脆，周彤的心中愈发酸楚，其实在回来的路上周彤早已考虑好了，如果李毅和她坦白的话，她还可以当做什么也没发生过，毕竟爱一个人就要接受他的过去，可是现在……

周彤低声叹了口气，伤感地坐在一边，她知道不能再问，再问下去的话连她自己都觉得自己讨厌了。两人相对无言，一时间气氛沉默得可怕，李毅继续看着书，但周彤感觉得到他是回避她的目光。

许久之后，李毅才把书放在一边，其实他现在根本没心思看书，他听得出周彤的话里还有其他的意思，他根本不知道周彤看见了些什么，也不知道施雨对她说过些什么。只是单纯地不想再欺骗周彤，因为谎言会像雪球一样越滚越大，所以用这样的方式来让大家都冷静一下，不要在刚才的话题上纠缠下去。

他来到周彤身边坐下，揉了揉她的肩膀，正准备说点什么，却突然发现周彤戴戒指的那根手指红肿得吓人，而戒指的边缘还有凝固了的血液，连忙捧起她的手急切地问："你的手怎么了？"

"戒指，戒指不合手，现在好了。"周彤举起手在李毅眼前晃了晃。

李毅心痛地捧着周彤的手，责备道："戒指不合手就再买，哪有你这么胡来的！手指弄坏了就麻烦了。你忍着，我帮你取下来。"说完，小

心地挪动起戒指。

“咝……”周彤痛得吸了口气，刚才手指在戒指的紧箍下早已麻木了，现在被李毅一动，立马上来一阵疼痛感。

“痛吧。”

“嗯。”周彤委屈地点点头。

“看你以后还敢做这样的傻事！”李毅抓住她的手，不让她缩回去，费了好长时间才把那枚变形了的戒指取了下来，而这时周彤已经痛得满头大汗了。见鲜血又涌了出来，李毅连忙为她止住血，然后匆忙找来消毒药水均匀地涂在伤口上面。看着李毅专注的样子，周彤心中一暖，感觉那颗满是伤痕的心又被某种东西层层保护了起来，原本的不快不知不觉烟消云散。

李毅忙过之后，瞪了周彤一眼说：“傻瓜，下次不许再这这样了！”说完，拿起那枚变形了的戒指看了看，然后作势要扔掉。

“不要！”周彤连忙抢回了戒指，护在胸口。

“不是不合手吗？”

“这可是我们的订婚戒指！”

李毅皱了皱眉头说：“都弄坏了，以后重新买一个呗。”

“那爱情还能买回来吗？”周彤争辩道。

“这个……”这下李毅也说不出什么了，暗叹女人的心思真是浩瀚不可琢磨，只好点头道，“好吧，你先收着，等手上的事忙完了找个金店修好。哦，对了，差点把正事忘了，我今天在朋友那里打听到了很多有用的消息，其实周家在三年前……”

“别说了，我不听！三年前的事再和我没关系了！”周彤捂着耳朵打断了李毅的话，因为李毅口中所说的有用消息肯定是从施雨那里得来的，周彤的心情才刚好一点，不想把他和施雨再联系到一起，所以不管李毅所说的有多么重要，也不想去听。

李毅没想到周彤会有这种反应，感觉有些莫名其妙，但周彤既然不想提，那么他也不再说下去，而且这其中还有很多问题，唯有他自己去查证了，谁叫他是周彤的未婚夫呢。

一想起施雨，周彤的心情又变得烦闷起来，虽说李毅对她呵护备至的模样让她感动了一下，但她还没有完全释怀——至少在李毅没有和她开诚布公之前，她是不会彻底原谅他的。

“我去院子里转转，你不许跟来！”周彤心里烦闷得很，又怕会再和李毅发生什么口角，所以对李毅说了这句话之后，便自己一个人出了卧室。

至于李毅，抓破了头也想不出自己到底哪里得罪了周彤。想了半天，还特意翻了一阵日历，最后很苦恼地自语道：“我记得不是这几天啊……”

周彤在花园里散了一会儿步，心情终于平静了许多，当她停下脚步时，却发现自己站在一间小屋前，原来自己不自觉地走到了蓝染的房门口。

“现在也只有小染能够听我的倾诉了。”周彤暗叹了一声，既然决定不再为了施雨的事和李毅纠缠下去，所以有些事也不想再提起，可是那些苦楚闷在心里又觉得难受，很想要找一个人来倾诉。在她看来整个周家大宅里面，也只有蓝染不会背叛她欺骗她了，所以无意识中，来到了蓝染这里。

“小染应该不介意做我的垃圾桶吧。”周彤沉思了片刻，终于下定了决心。她见蓝染的房门虚掩着，想来应该在房间里，于是走到门前轻敲了几声，问道：“小染在里面吗？我是彤姐姐。”

没有回应，似乎房间里没有人。但周彤想起自己上次来这里也是这样的情况，而蓝染却躲在一旁，不出来见她，心中一气，暗想你不见我，我就等到你出现，于是推开那扇虚掩的门走了进去。

蓝染的房间很暗，就如同它的主人一样，沉郁而孤僻。即使现在是白天，周彤从外面走进来之后，也只觉得眼前陡然一黑，像走入了电影院里一般，看不清周遭的事物。

待周彤的眼睛适应了这间昏暗的房间之后，这才观察起房间里的一切。这间小屋不大，家具也不多，除了书桌和衣柜之外，就只有一张单人床贴着墙摆放着，而屋里的色调十分单一，就连窗帘和床单也是单色的。房间里的所有东西都齐整有序，虽说这样看起来简单而整洁，让人觉得房间的主人是个有规律的人，但在周彤看来却没有家的感觉。

“这个小染，真不知道怎么说他。”周彤摇着头，伸手摸了摸桌面，竟然是一尘不染，干净得令人咋舌，简直不像是男人住的房间。想想自己在澳洲的家，平时都是周彤在打理，如果让李毅一个人待上一周的话，还不知道会乱成什么样子。

周彤在房间里转了好几圈，有些索然无味，这里没有一样能够满足她好奇心的东西，像蓝染这个年纪的男生所喜欢的东西在这里一件都找不到，就连他枕边放的书也是大学课本，枯燥乏味。周彤感觉自己的耐心快要被磨光了，而蓝染却迟迟不归，或许是躲在某个角落等着自己离开吧。想到这里，周彤又耐住性子找了根板凳坐下，双手捧着脸，对着墙壁发呆。

坐了好一阵之后，周彤突然有种奇怪的感觉，似乎自己面对的那面墙壁和其他三面有些不同。而到底是哪里不同，一时之间她也说不清楚，只是一种直觉。她对比着其余三面墙壁，那种怪异感愈发明显，沉思了一阵之后终于想到，这面墙给她的感觉很突兀，好像和整个屋子都不是一体的。

周彤走上前去好奇地摸了摸，发现墙纸并不是紧贴在墙面上的，触摸之下感觉后面还有许多块状的凸起，似乎在墙纸后面还夹着一层东西。

“这里面到底有什么？”周彤想着，在好奇心的促使下，她开始仔细寻找起来，终于在墙角找到了一处接缝口，用手轻轻一揭，整张墙纸就掉落了下来，而当周彤看清墙上的东西时，整个人突然呆住了。

周彤捂着嘴，瞪大了双眼不可思议地看着眼前的一切，面前的那面墙上贴满了她的照片，近照、远照，各个角度都有，而背景也各不相同，拍照片的人很显然是从她回来以后就一直跟着她，然后在她去过的不同地方偷拍的。

看着墙上密密麻麻的照片，周彤的心跳得很快，一种恐惧感慢慢浮上来，她终于明白为什么自己总有被人跟踪的感觉，而她现在所见到的一切已经解释了这种感觉，那个跟踪她的人就是蓝染！但问题是为什么蓝染会跟踪她，然后偷拍下这么多自己的照片？

难道说，蓝染对自己有什么企图？

“不会的，小染不会害我的。”周彤猛地摇了摇头，如果是在别人的房间里看见这样的场景，周彤一定会觉得这间房的主人是个不折不扣的变态。但问题是，现在跟踪她并且偷拍她的人居然是蓝染，令她一时之间难以接受，她不相信蓝染会害自己。

就在这时，周彤听见了一阵脚步声。难道是蓝染回来了？她猛地转过头往房门方向看去，幸好在她进屋的时候顺手带上了门，所以从外面看不到屋子里的情况。她心中有些忐忑，不知道在这样的场合下见到蓝染之后该怎么应对，难道对他说：嗨，我觉得这两张拍得不错，可惜背景不行……

周彤第一时间想要躲，可是这简陋的小屋里根本没有她的藏身之处。脚步声越来越近，周彤的心也加速跳动起来，她有些后悔了，后悔为什么不让李毅跟着自己，至少出了什么事还有李毅在她的身边。

在这紧要关头，一个声音从外面传来：“你回来了，我一直在等你。”

周彤觉得这个声音很耳熟，然后马上想起了叶安那张扑克脸。

屋外，蓝染回过头看了一眼不远处的叶安道：“找我有什么事？如果是闲聊的话就算了，我现在心情不太好。”

“心情不太好，是因为周彤的关系？”

蓝染没说话，似乎是默认了叶安的猜测。

叶安叹了口气：“看来我不该让你去跟踪周彤的，这样会让你越陷越深，从明天起你去盯着李毅，周彤那边我来处理。”

听到这里，周彤心中一紧，原来蓝染跟踪自己是叶安的意思，为什么他要帮着叶安？难道我在他的眼里，连叶安的一句命令也不比上？年少

时的感情就被他这样轻易割舍掉了?

周彤心中有气，却没有第一时间冲出去，她倒要听听这两人接下来有什么话要讲。

蓝染深思了许久，这才回应道："李毅和我没有半点关系，我没有兴趣去盯他。"

"我这是为你好，要知道你和她永远没有将来的。周家欠你的太多了，我不希望她伤害你，虽然是无心的。"

"这些都是我自愿的，周家并没有欠我什么，反倒是我们父子欠周家。不过你放心，我不会让她发现我的心思。爱一个人不一定要占有，只要她过得幸福……况且，在我看来就这么远远地看着她也挺好的。如果她没有太大的危险，我是不会出现的。"蓝染坦然一笑，眼中闪烁着无限的温柔。

叶安摇摇头，那张亘古不变的扑克脸上终于闪过无奈的表情："你这样不值得，三年前那场火灾你为了周家伤了好好的一张脸，而现在你又要为她伤心吗?我看还是算了吧，你明天就回学校去，周彤不需要保护，因为没有人会伤害她。"

蓝染倔犟地回答道："可她已经被伤害了，她现在需要我的保护!"

她需要我的保护!周彤一怔，全身不由自主地颤抖起来，原本略显冰凉的心里升出了一股暖意。先前对蓝染所有的猜疑，在这一刻全部烟消云散了。她本想质问蓝染，问他为什么要和叶安勾结到一起，先前对自己的承诺难道是谎言吗?可是现在看来蓝染跟踪自己的原因，只是单纯地想要第一时间保护她。而她一直寻觅的三年前发生的事，也在叶安的话里得到了答案。

三年前……火灾……毁容……把这些关键词联系到一起，只要稍微一推敲就能联想到当年究竟发生了怎样的事，也难怪周家会和记忆中有所不同。蓝染啊蓝染，我欠你的实在太多了。周彤不是傻瓜，自然感觉得出蓝染对自己的情意，只是因为在记忆中她一直把蓝染当做是自己的弟弟，谁想到多年之后两人再次相遇时，会转变成另一种感情？只能怪她忽略了最重要的一点——大家都长大了。

接下来，蓝染和叶安又说了很多话，但周彤一个字也没有听进去，心中只有一副场景在眼前闪现着——那个浪漫的早晨，她和李毅在阳台上甜蜜地拥在一起，而蓝染在远处看着，眼中闪着失落与伤痛，阳光倾斜，从阳台那个角度照射过来，刺得他睁不开眼，好像在嘲笑着这个卑微的人。然后他默默地退进一处阴影之中，好像从来没有出现过似的……

那时候他应该很难受吧。周彤这样想着，心中愈发酸楚。

可是，我又能给你什么？

当周彤从失神中转醒过来，外面的对话已经结束了，屋门也随之而打开，一个身影伴着阳光从外面走进这处昏暗的房间里。下一刻，当他看见房中的周彤后，整个人突然愣住了，紧接着，拿在手中的东西也掉落在地面上。

周彤看着散落在地上的照片，总共有好几十张，她俯下身一张张捡起来，感觉照片上还残留着温度，想必是刚洗出来的。她仔细地翻看着，这些照片不只能看出周彤的状况，也能很好反映出拍摄者当时的心情：当周彤在咖啡店外偷看时，用了很多不同角度来拍摄，似乎想照出她最美的一面；而拍到周彤和施雨在咖啡店里发生争执时，照片略显模糊，当时蓝染应该很担心吧，所以他的手颤抖得很厉害；到她离开咖啡店，恍惚地走在街上时，照片里的场景变换得很快，或许是他着急跟随周彤的缘故；等到周彤在化妆店里补妆时，画面又平静了下来，似乎松了口气一般……

末了，周彤抬起头看着蓝染的眼睛问道：“你当时为什么不出现？”

“什么？”蓝染一愣。

“我是问你，当时为什么不出现，难道你看不出我有多么伤心？”

“我……”蓝染张了张嘴，却不知道该怎么回答，当时出现了又怎样，难道要他趁虚而入？所以他选择了沉默。

周彤见蓝染不说话，也不想在这个问题上纠缠下去，她指了指墙上的照片笑着说："要不是我好奇揭开了那张墙纸，还不知道你跟了我那么久。刚才可把我吓坏了，我还以为你想绑架我呢，呵呵，好多电视里都有这样的情节。"

"对……对不起。"蓝染说着，就要去揭下墙上的照片，却被周彤猛地拉住，她摇了摇头，苦涩地说："你没有对不起我。我反而要谢谢你，因为你一直在我身边从未离开过，先前我还以为你和叶安是一伙的，但现在我可以肯定，你还是那个小染，从未改变过。"

蓝染无奈地一笑，既然事情全都被她发现了，也不想辩解什么，而一直积压在他心中的苦闷，倒是消解了几分。长久之后，才小声地说："我只是想保护你而已。"

周彤看着蓝染真挚的眼神，心中格外感动，又想起刚才叶安和蓝染对话中，蓝染对自己想爱又不敢爱的话语，只能通过这样的方式默默看着她，守护她，一时之间不知道该说些什么。反倒是蓝染故意做出一副"你不需要报答我"的样子，更让周彤感动。

于是乎，两人就这么沉默了下来。

气氛有些尴尬，周彤正考虑说些什么来缓解一下，却听见屋外传来沈璐的声音："叶安，原来你在这儿，我找了你好久。"

"刚才和蓝染聊点事，现在谈完了。"

"蓝染可靠吗？"沈璐明显有些怀疑。

叶安看了一眼蓝染的房间："你放心，他做事比谁都强。"他并不担心自己和沈璐的对话被蓝染听见，反正也没有什么秘密可言。

"我就奇怪，你为什么对一个园丁这样好。"

叶安沉吟了片刻，说："这件事我本不想提的，在周家也是个不大不小的忌讳。不过既然你问起了，我也就不瞒你了，你应该知道周家三年前那场大火吧。当时正好赶上春节，蓝染放假回来探望他爸……"

"你说是蓝叔叔？"

“嗯，当时的火势很猛，整个周家大宅一下子就烧了起来，幸好我们都没睡，所以及时逃了出来。谁知道刚冲到门口，周老爷突然想起了什么，又跑回了火场，紧接着蓝染也跟着冲了进去。而他们前脚刚进大厅，门口就被火势堵住了……”说起当时的情况，叶安到现在还有些心有余悸。

沈璐连忙追问道：“那他们为什么要跑回去？”

“为了抢回一些东西。”

“什么东西，很值钱吗？”

叶安摇了摇头：“对我们来说并不值钱，而对周老爷和蓝染来说却无比重要。”

“你就别卖关子了，到底是什么？”

“是周彤的照片和她小时候的玩具。”

“什么！”沈璐吃惊地瞪大了双眼，“就为了这些东西，周老爷和蓝染就这么冲进了火场？你没骗我吧！”

叶安轻叹一声，感慨地说：“你不明白的，自从周彤出国以后，她留下的所有东西都被周老爷视作珍宝一样珍藏着，想她的时候就拿出来看。或许是想从这些东西里面找到女儿的影子，他不能眼睁睁地看着这些东西毁在大火里面，所以周老爷才会这么奋不顾身地冲回去，为的就是抢回对女儿的回忆。”

沈璐继续追问道：“那蓝染呢？他又是怎么回事，后来他们是怎么逃出来的？”

“当时的情况很混乱，而大门又被大火挡住，我和我姐都很着急，不知道该怎么办。村里很多人都来帮着救火，泼了好多水进去，火势也不见减弱，大家都以为他们活不成了。幸好蓝叔叔够镇定，想到大宅还有后门，等我们寻到后院时，发现蓝染倒在地上满脸是血，而周老爷瘫坐在不远处，一副失魂落魄的样子。

“后来经周老爷回忆我们才知道，当时他冲进书房没多久，就被浓烟熏昏了头。好在这时候蓝染冲了进来，背起周老爷就往外逃，却被倒下的柜子砸了一下，好好的一张脸也毁了……所以才会有现在这副模样。”

说完这段话，叶安长长地吐了口气，平复着因回忆而动荡的心情。

“他好可怜，难怪你会供他念大学，还付了蓝叔叔的医药费。”

“这是我们欠他的……”

屋外两人的对话一字不漏地传到了周彤的耳朵里，她从未想到三年前的火灾里居然发生了这样的故事，而自己视作负累的东西，在父亲的眼中却比性命还要宝贵，以至于父亲奋不顾身地冲进火场，也要夺回它们。而蓝染，他脸上的伤痕就是最好的证明，正如叶安所言，周家欠他的太多了，他不只救回了父亲，也救回了周彤留在周家的残存回忆。可是自己又能报答他什么？

想到这里，周彤心中一动，走近几步伸出手轻柔地抚摸着蓝染脸上的伤痕，感觉指肚上传来一阵冰凉，似乎应对着他的心境——冷漠而孤僻。

这些年来他应该过得很苦吧，周彤凄苦地想着。回忆起上次和蓝染同行时，大街上那些不屑与嘲弄的眼神，还有如苍蝇般的窃窃私语，如尖刀一般狠狠地绞着她的心脏。连周彤都那么难受，而作为当事人的蓝染，又会有怎样的心情？或许，正是因为受了这些影响，才使得蓝染变得愈发孤僻，只想躲在阴影之中，躲避别人的目光。

“还疼吗？”周彤哽咽地问，她问的并不是他的脸，而是他的心。

在周彤的手指接触到自己面颊的时候，蓝染下意识想要躲开，可是脚下却像生根了一样。其实这些年来他早已习惯了别人的目光，也习惯了别人的议论，他习惯躲藏在阴影之中，是不想成为别人的焦点。

他并不认为自己是英雄，也并不觉得周家对他有什么亏欠，回想冲进火场的情景，当时只觉得心中有股热血一涌而上，便义无反顾地冲了进去，没有别的念头。如果一定要找出一个原因的话，或许是心中那份执著推动着他，而他当时并不知道这份执著属于周彤。

在那之后，他也没有想过要什么回报，只是默默守在周家，希望等一切风平浪静以后再悄然离去。可是，周彤回来了，她的出现点燃了蓝染心中那一丝微弱的奢望。他明知道没有结果，还是忍不住远远地跟随着她，看着她——就像现在这样。

在外人看来蓝染只是个卑微的爱慕者，但事实并不是这么简单。他的心里埋藏着很多秘密，这些秘密从不为外人所知，他很清楚，因为周彤的出现，周家的平静将会被打破，而周彤也会有危险，因为有一双眼睛早就牢牢锁定了她。所以，蓝染不得不站出来，他要用自己的力量保护周彤，不让她受伤害，就像他三年前冲进火场那般。

可是，这些又有谁会知道？

蓝染眯着眼，微微把头往周彤的手指方向靠去，想要离她的手心近一些，极力享受这一刻的温存。他心里明白，周彤这么做只是一时动情而已，当她清醒过来之后，一切又会恢复到原来的样子。然后各自收拾起心情，装作什么事都没有发生一样。

其实这样也不错，至少不会让彼此难堪。蓝染安心地想着。

小屋里，周彤痛心地抚摸着蓝染的脸，两人虽然没有更近一步，只是像雕塑一般立在原地，但四周的气氛却变得有些暧昧起来。这时候，屋外又传来沈璐的声音：“照你这么说，周家欠了蓝染这么多，那他没必要如下人一样听你使唤吧。”

叶安轻笑了一声：“这你就猜错了，有件事或许连你也不知道吧。当年周老爷的药是蓝染换的。”

“原来是他……”沈璐的表情有些古怪，“你别说了，一想起这事我心里就不安稳。”

什么换药？

难道说爸爸不是病死，而是……另有内情？周彤心中大惊，她收回手后退几步，戒备地盯着蓝染，房间里的气氛也变得凝重起来。

这时候，屋外的两人已经换了一个话题，却是沈璐先问起的：“那

么，房子的事进行得怎么样了？”

“我已经和聂律师沟通好了，他答应我在产权手续流程方面为我们多拖延一段时间，不过最多不能超过十天。”

“才十天啊。”沈璐有些遗憾，“这么短的时间能做什么。”

叶安很自信地说：“放心，十天时间足够我做很多事了。”

“那……蓝染知不知道？”

“他是知道的，而且会配合我的行动。”

沈璐双手合十很高兴的样子，似乎已经看见这套房子的产权归于叶安的名下了：“那我就放心了，要不要我帮忙？”

“你啊……多做多错，还是别掺合了。也不许把我的计划说给别人知道。”

“放心，我已经很久没和那人联系了。”

“好吧，我相信你。起风了，咱们回屋里再说。”叶安说完这句话之后，门外传来一阵脚步声，想来两人已经离开了。

小屋里周彤深深地看着蓝染，似乎想透过他的眼睛看进他的心里，她突然感觉眼前这个男人好深沉，深沉得看不清他的真实想法。叶安的话已经很明白了，蓝染还是选择和他站到同一阵线，而父亲的死也和眼前这个男人有着莫大的关联。

“你忘了我们的约定吗？”周彤的心中充满了绝望，她突然好后悔，后悔自己刚才那番轻率的举动，她原本以为蓝染很可怜需要自己的安慰，到现在看来自己在他的眼中不过是一个笑话罢了。

蓝染见周彤的表情有所转变，心中明白她一定是误会了什么，慌忙辩解道：“你别误会，其实……”

“啪！”蓝染还未说完，周彤便狠狠地扇了他一个耳光，耳光声异常响亮，抽在他脸上，也抽进了他的心里。蓝染愣愣地看着周彤，心中满是委屈，而周彤却没有因为这个耳光发泄完心中的怒火，冷笑道：“你还想狡辩什么，叶安的话里说得很清楚，你不只帮他，还和他一起谋害我爸爸！”

“我没有……”蓝染还想解释，他不想这个误会被无限放大，可是怒火中烧的周彤哪里容他解释，她狠狠地瞪着蓝染，咬牙切齿道：“蓝染，我恨你！”

周彤说完，便冲出了小屋。

蓝染根本没有料到事情会发展成这样的情况，刚想伸手拉住周彤，最后还是放弃了，只能默默地看着她的背影，无奈地叹了一声。看来这次周彤是真的恨上了自己，而如果让这个误会继续下去的话，不只是自己还有周家的其他人也会受到牵连，那么他苦苦维持的平静将再一次被打破。

一时间，蓝染忽然回忆起多年前，那个躲在阴影中瑟瑟发抖的身影。

不行，不能让这个误会发展下去，否则事情会变得更糟，一定要解释清楚!

想到这里，蓝染的心中生出一股勇气，朝着周彤的方向追了上去。

周彤一路跑回了大厅，正好看见叶安、沈璐和叶玉婷在商量着什么。他们看见周彤进来之后，立刻闭上了嘴，然后整齐地朝周彤这边看过来，似乎这三人的谈话中有什么不想让周彤知道的秘密。

周彤深吸了口气，毫不胆怯地迎上了他们的目光，指着叶安的鼻子骂道：“叶安，你到底要在背后做多少小动作才肯罢休！”

叶安被周彤这么莫名其妙的一骂，愣了一下没有立刻回话，倒是沈璐首先站了出来，护在叶安的面前对周彤说道：“周彤，注意你说话的语气，叶安怎么说也是你的长辈。”

“长辈，他配吗？”周彤冷笑了一声，“别以为我不知道你偷偷摸摸做了些什么，我现在就去找聂律师，你不是和他达成了十天的协议吗？我倒要亲自去问问他，是不是当真要不顾一切地帮你。”

听周彤这么一说，沈璐酝酿好的气势立马泄气了，她想不通周彤为什么知道叶安和聂律师的私下约定，只好求助地看了叶安一眼。

叶安的心里也很意外，但表情依旧平静，很坦然地说："既然你已经知道了，我也不瞒你。这房子是周老爷留下来的，况且地皮已经炒到了天价，我想没几个人不动心吧。我不希望你就这么随意地处置，所以请聂律师多给你几天考虑的时间。"

"就是，叶安这么做是为了你好，别不识好人心！"沈璐立刻帮腔道。

周彤怒极反笑："呵，这样说来，我倒是该感谢你们了……叶安，你争取这段时间想用来干什么我明白得很，不就是为了房子吗？而且你也说了，这地皮已经炒到了天价，没几个人不动心，我猜，你也是其中一个吧……不过，我在这里奉劝你，别妄想了，我相信法律是站在我这边的，所以你做多少事都没用！"

叶安叹了口气道："不是你想的这样，我们其实很简单……"

"为了钱，不是吗？说白了，就算这房子卖到钱，也不会分给你们！"大厅里这一番争吵惊动了楼上的李毅，他见周彤被三人围攻，立马站到了她的一边抢白道。

周彤看了李毅一眼，感觉他的话里有些古怪，难道连他也赞成把这房子卖出去？那么，叶安口中说的，动心了的人，会不会也包括李毅？想到这里，周彤心中愈发苦涩，沉声说道："我是绝对不会把房子卖出去的！"

眼见着大厅里的气氛变得剑拔弩张，叶玉婷也不得不说点什么，只好劝解道："你们都冷静冷静，坐下来好好谈不行吗？"

周彤"哼"了一声，指着叶玉婷说："别装好人了，我之前以为你是一个可怜的女人，不想为难你，但今天我是看明白了，你和他们原本就是一伙的。哼，蛇鼠一窝！"

"彤彤，你说什么！你可以不尊重我，但不能不尊重你父亲，我再怎么说也是你父亲的合法妻子，是你的继母！"叶玉婷也有些恼火了。

"你还敢提我爸，就是你们害死了我爸爸！"说到这里，周彤悲从心起，眼泪也随之掉落下来。

“什么！”叶玉婷三人互相看了一眼，面色说不出的古怪，最后还是叶玉婷先醒悟了过来厉声道：“彤彤，话不能乱说，我什么时候害死了你爸！”

“你们……”周彤指着对面的三人，一字一句说道，“你，是我爸爸的妻子；你，是我爸爸的特护；还有你，掌管着我们周家的一切。你们太狠毒了，不只想谋夺周家的家产还害死了我爸爸——你们换了他的药，让他的病情得不到医治，可惜爸爸知道你们的阴谋，把遗产都留给了我。所以你们等他死后才通知我，先来个死无对证，然后再转过头来对付我。怎样，你们的阴谋被我发现了，是不是无话可说了？”

叶玉婷三人现在确实是无话可说了，都半张着嘴互相看着，发现彼此的脸上都是一副莫名其妙的表情。李毅也被周彤这一番话吓到了，没想到准岳父的死居然还有这样的内情，他愣了半晌，这才揉着周彤的肩膀问：“彤彤，你这些话都是真的？”

周彤转头看了李毅一眼，想起他和施雨的那些龌龊事，眼神变得怨怒起来，猛地把李毅推到了一边，咬牙切齿道：“你也不是好东西！”说完只感觉这里的所有人愈发令人厌恶，扭身冲出了大门。

“彤彤！”李毅唤了周彤一声，紧跟着追出去，他跑到门口的时候，突然转过身，怒视着屋子里的三人，用手挨个指了一番，然后转身追出门去。虽然在这过程中他没有说一句话，但意思很明确——要是彤彤有事，你们也没好日子过！

蓝染站在门口，无奈地摇了摇头。刚才他进门时正好和周彤撞了个趔趄，刚伸手去拉她，却被周彤瞪了一眼，那凌厉的眼神令他一惊，整个人也愣了几秒。待他回过神后，周彤已经跑了出去，想要追，却被李毅抢先了一步，只好生生地止住脚。

蓝染回过头往屋内望了一眼，见叶安也在看他，两人在眼神中交流了一番之后，蓝染朝叶安点了点头，这才紧跟了出去。

只留下大厅里的三人还面面相觑着。

第十三章　古刹

周彤在大街上疾奔着，眼泪已经不再流了，听到蓝染的背叛，她彻底绝望了。哀莫大于心死，连心都死了，还有什么好流泪的？只觉得这个世界好陌生，似乎一觉醒来周围的所有人和事都变了，变得狰狞而狡诈。这让周彤有种错觉，好像置身于不属于自己的那个世界里。

上次是什么时候？周彤的意识有些恍惚，现在的情况似乎和一年前的那个夜晚一样，那时她也是这样的心境，疾奔在澳洲的海滩上，当她跑累了，停住脚看着对面的大海，当时的心情也是这般，感觉自己身处在一个陌生的世界，她想要离开，回到原来的世界中去，所以她想到了死……

海风吹过，带着一丝腥咸，海中的灯塔一明一暗地闪烁着，似乎在对她指引着什么。周彤一步步朝海中走去，冰凉的海水漫过了她的脚踝、膝盖，直到腹部。而这个时候，有一个声音突兀地响了起来："彤彤，你干什么！"

周彤一愣，转过头看向李毅，见他正朝自己的方向跑来，便对李毅厉声叫道："站住！"

李毅连忙停住了脚步。

"你什么都不用说，别再跟着我了。"周彤咬咬嘴唇说道。

李毅睁大眼，忽然手脚齐用地比画起来。

"你在干吗？"

李毅笑了笑，然后指着自己的嘴，意思很明确：是你不让我说话的。

周彤无奈地摇了摇头：“五年了，你身边总是围着女生，我的忍耐已到了极限，我们……”说到这里，她的话忽然止住了，她本想说分手，却又舍不得，所以就算自己寻死，也不想对李毅说那两个字。

“可以不恼我吗？”李毅试探地走近几步，见周彤没有反对，连忙冲到她身边拉起她的手。握到了实处，李毅心里暗松了口气，他刚才可是看得真切，周彤明显有轻生的意思。

周彤长长地看着李毅，嘴角忽然一扬笑道：“你就不怕我拉着你一起淹死？这样至少我能独享你。”

“你忘了，我是水，怎么会被淹死？”李毅说着做了个健美的姿势，但心里还有些暗自惊心，抬眼看了看海面，庆幸今天没什么大浪，但如果周彤执意寻死的话，恐怕要花很大功夫，于是暗自拟定起救援计划。

周彤不知道他在想些什么，却被他的姿势逗乐了，但表面上忍住不笑依旧板着脸。不过她这点小动作却被李毅看了个正着，眼珠一转说：“让我们一起穿着潜水衣吧！”

“什么？”周彤没听明白。

“那样的话就能远离所有人，一起去深海寻找只属于我们俩的美丽世界。”

周彤听得有些神往，但嘴上依旧不依不饶，一语双关地说：“潜水衣穿在身上很束缚，你受得了吗？”

“可是很温暖。”李毅温柔地一笑。

周彤叹了口气，知道自己总说不过他。这时候，李毅突然把她拉进自己的怀里，周彤象征性地挣扎了几下，最终还是服软靠在他的怀中。感受着他结实的胸口和强健的心跳，周彤整个人都松软了下来，小声道：“躺在你的怀里，感觉很安全，就像小鸟回巢一样……要是没有了这个巢，我便没有栖身之所。”

“放心吧！这个巢永远等着你回来，永永远远。”李毅的眼中透露着无比的真诚，他紧紧地搂着周彤，然后在她耳边柔声道，“我们结婚吧！”

我们结婚吧……当时就是这句话，点燃了周彤心中的希望，但现在还有谁能再次点燃她的希望呢？难道要指望那些欺骗过自己的人？

如果当时多走几步的话，现在应该不用这么痛苦吧。一个念头突兀地在脑海中升起，周彤下意识点点头，好像在肯定这个想法。等她抬起头时，眼前的场景突然变了，变成一年前的那个夜晚，海风吹过，冰凉的海水拍打着她的胸腹，似乎一切都回到了原点，回到了重新选择的那一刻。

好熟悉的感觉。周彤眯着眼，嘴角扬起解脱般的笑容，耳畔似乎还盘旋着其他的声音，人声？还是车声？她懒得去管，就这么向前走去……

这时候，一阵梵音远远传来，如当头泼下的一瓢冷水，搅乱了周彤的思绪。当她惊醒之时，周围的场景也猛地一变，还未等她看个明白，一道黑影急速地从眼前闪过，伴随着刺耳的刹车声涌进耳中。周彤这才发现自己竟然站在马路的中央，而一辆大货车正好从眼前飞驰而过。

急速的风吹散了她的头发，刮得她面颊生疼，周彤这才猛然惊觉，就在刚才，自己离死亡只有一步之遥，如果自己真的往前一步，肯定被大货车撞得四分五裂。回忆起前阵子那个噩梦，周彤的心“扑通扑通”地狂跳起来，冷汗浸湿了她的衬衣，当死亡真正来临的时候，她怕了。连忙后退几步，直到踏上坚实的人行道，心中这才安定许多。

风中传来货车司机的谩骂声，而周围的人们都对她报以古怪的眼神。周彤下意识揉了揉额头，她记得在那里有一个类似轮胎花纹的红印，虽然早已消失了，却还能让她联想起那个噩梦给她带来的恐惧。

“如果不是那阵梵音，我现在肯定被撞死了。”周彤这样想着，侧耳倾听起来，在这嘈杂的街道上，那声音远远地传来，很快就被淹没在人声车声之中，听不那么真切。这让周彤有些疑惑，为什么先前那一刻会如此清晰？

周彤想不通，但也没有纠结在这个问题上，她环视着四周，终于在远处的建筑间看见古刹的一角，青烟缭绕有种置身于云雾中的感觉。她点了点头，心中做了个决定，然后朝古刹的方向走去。

人群中，李毅长长地舒了口气，就在刚才他看见周彤快被撞到的那一瞬间，只觉得自己的心也停止了跳动。他原本是想远远地跟着周彤，等她情绪稳定一些再上去安慰她，谁想到她竟然直直走到了马路中间！

货车飞驰而来，但周彤却没有停步的意图。李毅忽然想起一年前的那个夜晚，周彤踏入海中，那一幕和眼前的情景重合到了一起，他脑袋里轰地一炸，口中大喊着她的名字，然后朝周彤的方向猛冲过去。

可惜，两人的距离实在太远，而下一秒周彤就会和货车撞到一起。眼睁睁看着自己的爱人即将葬身车轮之下，李毅的心中说不出的疼痛，他恨自己为什么不跟近一点，就算周彤骂他，怨他，也比失去她要强上百倍！

庆幸的是，周彤在最后一秒停住了，然后机警地退了回来。李毅这才放下心，紧走几步想上去看看她有没有受伤，而这时，周彤正好朝这边看过来，她好像在寻找什么，目光在李毅身上没有半点停留，就这么一扫而过不带半分情感，犹如看一个陌生人那样。

李毅的心中没来由地一痛，刚迈出的脚步又撤了回来。待周彤选定目标之后，他才紧跟了上去，这一次离得很近，只隔了一只手的距离。

但是，周彤始终没有看他一眼……

周彤仰起头打量着这间古朴而庄严的建筑，只觉得分外眼熟，或许每间寺庙都一样，亦或许小时候曾来过这里，谁知道呢？既然佛家讲求一个缘字，而自己能寻到这里，也是种缘分吧。想到了这里，周彤也不再做停顿，直接走了进去。

今天不是庙会的日子，寺庙里面的香客并不多，只有几个吃斋念佛惯了的老太太在里面。周彤并不信佛，仅有几次来寺庙的经历，也只是观光旅游。在她看来人们之所以求神问佛，祈求指点迷津，不过是想早点知道命运的结果。路本在前面，不管答案如何，路只有一条，当你选择之后，即便走错了，要怨也只能怨自己，即使有满天神佛，也只是无能为力的旁观者。

而这一次亦是如此，只是因为那梵音的吸引，想找个安静的地方平复心情罢了。可是，当她踏进正殿，看着五米多高的佛像时，心中还是升出一种忍不住膜拜的念头。周彤并没有抵触，于是闭上眼，俯身跪拜了下去，而心中似乎真的平静了许多。

大殿外的李毅见周彤的情绪终于安定了下来，便想过去安慰她一下，毕竟女人是需要哄的。可是，他刚踏出一步，就有一只手搭在了他的肩膀上，他回头一看，居然是蓝染。蓝染朝李毅摇了摇头，又指指周彤说："让她一个人安静一会儿，她不能再受刺激了。"

因为周彤的缘故，李毅对蓝染倒是没多大敌意，当然也没多少好感。他一侧身，避过蓝染的手，说："正是因为她这样，我才要去安慰她，她现在很需要我。"

"不，如果让她见到你的话，情况会更糟。"蓝染顿了顿继续说道，"因为伤害她最深的人就是你。"

李毅脸色一沉："你这话什么意思？"

"没什么意思，可能你不知道，今天你和施雨在咖啡厅见面的时候，周彤也在外面。你和施雨的那些事，她看得清清楚楚。"

"什么！"李毅脸色一变，说话的声音也放大了几分，他扭头心虚地看了周彤一眼，见她还是刚才那个模样，这才压低声音追问道，"你怎么知道？"

蓝染冷笑了一声："因为当时我也在现场……要不要我复述一遍？"

"算了。"李毅摇摇头，眉头紧锁。蓝染的口气十分笃定，那么真有可能亲临过现场，那么周彤回家时间的那一番话也就很合理了。回忆起咖啡厅里面的事，李毅有些自责，为什么自己明明知道施雨要和周彤见面，但接到施雨的电话之后还是去赴了约。而周彤质问自己时，为什么第一时间说了谎话，难道还是放不下？

对于爱情，男人和女人不同。当女人不喜欢一个男人的话，不管你做多少事都没用，或许在她的心里会有你的一席之地，但是你永远不是她那杯茶——就好比周彤和蓝染。而男人不同，就算他不喜欢这个女人，但也有可能因为这女人做的一些事而感动——正如李毅和施雨。

李毅心里明白，施雨喜欢他，在高中再次相遇的那一刻，从她看自己的眼神，从她的态度，就清楚感觉到了。而这次回来，当两人又一次碰面，施雨对自己的感情依旧像多年前那般，甚至愈发浓烈。但问题是李毅一直把施雨当做妹妹看待，没有其他的想法。

然而正因为施雨对自己的爱慕，令他不忍心伤害她，虽然施雨知道李毅和周彤的关系，但耳朵听到的和亲眼见到根本不是一个概念。

一直以来，李毅极力避免三人在同一场合碰面。他害怕在某一个时间，自己挽着周彤在街上散步时，正好和施雨碰个正着，那时候自己该怎么办？如陌生人一样装作不认识，还是坦白地说："嗨，施雨，这是我未婚妻周彤，也是你多年的好姐妹。彤彤，这位美女你应该熟悉吧，她可是我的青梅竹马哦，而且爱慕我很多年了，不过我根本不爱她……"如果真是这样的话，周彤和施雨该怎么相处？毕竟她们俩是十多年的好姐妹啊。

因此，李毅一次次答应与施雨单独见面，或许是想通过这样的方式来补偿她，而施雨对自己在言语和动作上的亲近，只要是不太过分，他也没有太过拒绝，就当成和自己的亲妹妹在一起那般。

李毅本以为这样做对大家都好，但他万万没有想到，正因为自己想得太多，顾忌得太多，却无意间伤害了周彤。

看来真如周彤所言，我就像根骨头一样，喜欢丢在地上给狗抢，似乎女人争着来爱，就很享受似的。李毅长叹了一声，虽然是个误会，但现在这种情况下他还能对周彤说什么？周彤又能听进去多少？

"等过段时间周彤的心情平复以后，再和她解释清楚你和施雨的关

系吧。”这时候蓝染出言点醒了李毅。并不是为了帮助李毅，只是不愿意见到周彤这副伤心的模样。

看来只好这样了。李毅点点头，感激地拍了拍蓝染的肩膀。突然，他心中升起一丝疑惑，试探地问道：“你怎么知道施雨？你……和她有什么关系？”

蓝染没想到李毅会有这么一问，整个人愣了半秒，然后侧过脸说：“这个问题，你最好去问施雨。”

李毅虽然没有看见蓝染的脸上是什么表情，但在他的话语中却听到了另一层含义。“似乎这个蓝染和施雨的关系很不一般啊……”李毅暗想着，但没有继续追问下去，毕竟周家还有一大摊子的事要处理，而蓝染似乎是一个很好的助力。通过多方调查，李毅知道周家三年前的那场大火，也知道蓝染为周家付出了很多，再加上周彤在蓝染心中的地位，这些线索联系到一起，他确定蓝染是绝对会站在自己这一边的。

虽然和情敌站在同一阵线，心中或多或少有些古怪，但李毅相信周彤爱的人只有自己，绝对不会做出对不起他的事。至于蓝染，虽说有那么一点不舒服，但李毅还是佩服他的执著，毕竟爱一个人并不是错。

“彤彤，你先休息几天，等你回来的时候，我已经处理好一切等着你！”李毅回过头，长长看了周彤一阵，这才对蓝染说道：“就让彤彤安静几天吧，如果你真的想她好的话，先诚实地告诉我，换药的事到底是怎么一回事。”

“好吧，这只是一场误会……”蓝染无奈地摇摇头，说起了事情的经过……

是夜，周家大厅里。除了周彤之外，其他五人都齐聚到一起。叶安、叶玉婷和沈璐坐在一起，在三人的对面是李毅，他就这么大剌剌地坐着，直直盯着叶安三人，双方的目光碰撞在一起，迸出激烈的火花。至于蓝染则背靠着墙壁站在不远处，好像随时都要隐没在阴影之中，这是他的性格使然，他不习惯和那么多人待在一块儿，更不想成为别人的焦点。

“好吧，让我们开诚布公地谈一次。”沉默了许久，李毅厌烦了眼神交战，率先发话道。

叶安点点头：“这个提议不错，但我认为在此之前，你应该开诚布公地把你和施雨的关系交代清楚。”

李毅被戳中了痛处，脸色沉了下来：“你这话什么意思？”

“没什么意思，”叶安两手一摊，一副很无辜的样子说，“毕竟我们是周彤的娘家人，不希望她选错人。”

“是吗，你们真把彤彤当成一家人？”李毅嘲讽地一笑，但他并不想和他们继续打嘴仗，所以指了指蓝染一语双关道，“我和施雨是什么关系，你应该比较明白吧？”这话里的意思很明显，你蓝染和周彤什么关系，我和施雨就是什么关系。

蓝染无奈地叹了口气，他搞不明白自己为什么会待在这里，如果让他选的话，他更愿意远远地看着周彤，而不是掺和进他们的争端中。不过，既然问起他了，也就如实回答道：“李毅自从回来以后和施雨见了三次，第一次是到家的头天早晨，晨跑时偶遇的；第二次是在疗养院，应该是探望施雨的亲人；第三次是今天下午，在咖啡厅里。嗯，有过亲密的动作，大多是施雨主动……”说到这里，蓝染看了李毅一眼，“但他也没拒绝。”

“这家伙，第一天就盯上我了。”李毅心里暗自提防着，不过蓝染说的倒是事实，也不想争辩，于是两手一摊，学着刚才叶安那副无辜的样子道：“听清楚了，我和施雨的关系并不是你们想的那么龌龊！”

这时候，沈璐插口道：“不主动不拒绝，好一个情场浪子啊……”

“叶安，管好你的女人！”李毅狠狠瞪了沈璐一眼，呵斥道。

“咳咳，这个……”叶安干咳了两声，拍了拍沈璐的膝盖，示意她不要多嘴，然后对李毅说道，“她的话是难听了一点，但道理是对的，我们该怎么相信你？”

李毅冷哼道：“哼，这里不是公审大会，你信也好，不信也罢。反正我把诚意拿出来了，倒是你们，口口声声说换药事件是个误会，那我问你，为什么周老爷不把遗产留给你们这些最近的人，反倒要托付给远在千里之外的彤彤？”

“这个问题我没必要告诉你。毕竟，你还不是周彤的合法丈夫。”叶安淡淡地说。

“很快就是了。”李毅说着，扬了扬手上的订婚戒指。

沈璐冷不丁地冒了一句：“但现在还不是。”

李毅看了她一眼，懒得和这女人胡搅蛮缠：“你们如此为难彤彤，说穿了还不是为了她手中的继承权，你们还敢说没有想要谋夺这份家产？我猜周老爷临死之前一定是看出了什么端倪，所以才把遗产留给了彤彤，而不是你们！”

“想谋夺家产的不是我们，而是你！况且，这房子本来就该属于我们叶安的！”沈璐的声音提高了好几个分贝。

“哼，你还真会倒打一耙。”李毅朝她摇了摇小手指作讽刺状。

沈璐见状好似受了极大的屈辱一般，心中的怒火腾一下就窜了上来，指着李毅的鼻子骂道：“你还想狡辩吗？刚一回来就急着和施雨见面。偶遇？鬼才相信！你和她见了那么多次面，也不知道商量些什么鬼点子。你们一个里应一个外合，还拿换药的事来威胁……”说到这里，沈璐突然顿住了，连忙捂住嘴，从她的表情来看似乎透露了天大的秘密。

“原来是施雨……”叶安很受启发地点点头，应该是想通了什么。

“你们别把话扯到无辜的人身上，”李毅见他们一唱一和，转眼间这盆脏水就淋到了自己和施雨的身上，怎能让他不生愤怒？紧拽的拳头捏得关节“咯咯”作响，怒极反笑道，“你们心中有鬼，反倒来陷害我，看来没必要谈下去了！”

叶安淡淡地说：“事实本是如此。我先前说过，这地皮已经炒到了天价，没有几个人不动心……”他说完，很有深意地看了李毅一眼。

“你是指我？”李毅指着自己的鼻子说，然后猛地站起来。心中既愤怒又屈辱。他原本听蓝染劝说，这一切都是误会，所以回来和他们当面对质，想把事情弄个明白。谁知道在施雨的问题上落了口实，反倒被他们倒打一耙，变成了想要谋夺的坏人。

“事实正是如此。”与此同时叶安也站了起来，横在李毅的面前。两个男人迎面而立，李毅怒目横视，那张刚毅的脸棱角显得更加分明，而叶安依旧是那副云淡风轻的样子，似乎并不把怒火中烧的李毅放在眼里。

“我让你再说！”看着叶安那淡漠的表情，李毅的心中愈发来气，一把扭住叶安的领子，拳头朝他的脸上挥了过去。

“叶安小心……”

“够了！”沈璐和叶玉婷同时出声，不过叶玉婷的声音把沈璐的惊呼压了下去。她见二人还是那副剑拔弩张的气势，拿起茶几上的杯子狠狠敲了几下，随即大声呵斥道：“都给我住手！”

李毅的拳头离叶安的脸很近，他并不是一个崇尚暴力的人，但是如果有人惹了他，也不介意自己的拳头和对方的脸做一个亲密的接触。待叶玉婷出声喝止，他稳住了势头，扭住叶安领子的手向前一推，把叶安推了个趔趄，这才收回了拳头。他现在倒想听听，一直没有发言的叶玉婷有什么话要说。

叶玉婷见两人松开，这才长长地喘了口气，和颜悦色地对李毅道：“李毅，你先坐下。”然后又望向叶安这边：“你们俩也坐下。”

沈璐扶着叶安，焦急地查看了一番，心痛地问：“叶安，你没事吧？”

叶安从开始到现在一直都很淡定，似乎料到了李毅的拳头不会落下，他整了整凌乱的衣服，朝沈璐摇摇头，示意自己没事，两人这才坐了下来。不过沈璐在看李毅的时候，眼神更加厌恶了，还小声嘀咕了一句：“野蛮人。”不过李毅当没听到。

叶玉婷见三人都冷静了下来，这才慢悠悠地说：“叶安，我看试探就到此为止吧。”

试探？李毅听不懂叶玉婷话里的意思，和他一样莫名其妙的还有沈璐，她推了推叶安的胳膊，小声问道：“试探什么？不是摊牌吗？”

叶安那张扑克脸上终于有了一丝笑容，他宠爱地揉了揉沈璐的脑袋笑道："傻丫头。"

这一次，还是叶玉婷出言解开了李毅的疑惑："李毅你消消气，叶安刚才并不是刻意要针对你，而是我们先前商量过，想要试探你一番。"

"什么，你们试探我？"李毅只觉得刚刚熄灭的怒火又燃烧起来。

叶玉婷见李毅这个样子反倒笑了起来："年轻人别太激动。要不试探你一下，怎么知道你对彤彤是真心的？呵呵，我活了那么大年纪，看人的眼色还是有几分的。我看得出来，你刚才很愤怒，心里也很委屈，对吧？"

李毅撇撇嘴，不做评价，但心里还是不舒服——有这么试探人的吗？刚才那架势分明是合伙诬陷！

"我知道你不乐意，就当第一次见丈母娘被刁难吧，这种事不是常有吗？不过，从你刚才的表情我能看出，你对彤彤是真心的，在我们说你联合外人谋夺家产的时候，你觉得受到了侮辱，也很愤怒。这是一个人受污蔑后最正常的表现，心中有鬼的人绝不会这样，我说得对吧？"

李毅心中暗自信服，其实被丈母娘刁难也不是什么大事，但嘴上还是不依不饶道："那也不能把无辜的人扯进去。"

叶玉婷摇摇头，没有在这个话题上和他争论，继续说道："给你个忠告，你以后处理男女感情的事，应该懂得分寸，不要给别人有太多幻想，毕竟爱是自私的。另外你应该感谢叶安，正因为这次试探，让我看出了你的真心，你并不是那种图谋不轨的人，这样我才能放心地把彤彤托付给你。而且，我们从这次试探中，似乎还有了不小的收获……"叶玉婷说着，意味深长地看了沈璐一眼，后者惊得脖子一缩。

"然后呢？"李毅觉得叶玉婷还有话要说。

叶玉婷赞赏地看了他一眼道："然后自然是老爷遗嘱的问题，你通过了我的考验，也该是让你知道老爷遗嘱里真正含义的时候了。叶安，去把东西拿下来。"叶安"嗯"了一声，上楼去了。在这个时间里，李毅仔细揣摩着叶玉婷话中的意思，他先前就感觉遗嘱很是古怪，而现在看来这未来岳父的遗嘱并不是那么简单啊。

叶安上楼没多久，便拿着一个卷轴回来，直接递到李毅的面前。李毅看了叶玉婷一眼，目光中满是征询的意思，后者点点头说：“打开看看，你是聪明人，应该明白其中的含义。”

李毅把卷轴缓缓打开，见里面是一幅书法，虽然他对于古董字画没有什么研究，但看得出纸张很新，不是古物。纸张上那四个大字，字体厚重而韵味十足，与他所写的内容完美结合在一起，很明显作者在书法上的造诣颇深。待他看到落款上“周雄启”三个字时，瞳孔一收，他没想到这幅书法居然是周彤的父亲写的。

难道说，这几个字里还包含着什么特别的意义？

他抬头看了叶玉婷一眼，见她也正在微笑着注视自己，却并不出言解答。随即又把目光放回到宣纸上，看着上面那四个意味深长的大字，思索间似乎想到了什么……

周彤感觉自己这一整天都处于一种恍惚的状态之中，今天发生了什么事，她已经记得不太真切了，只是依稀知道自己和人吵了架，觉得很伤心便冲出了家门，然后差点被车撞死。但仔细回忆起来，到底和谁吵架，为什么而吵，却根本记不起来。然后，她想起自己走到了一间寺庙，听着庙里的诵经声，心绪也随之安宁了下来。那么接下来发生了什么？周彤就完全不知道了，脑子里一片空白，好像记忆里那一段被删除了似的。

而现在，出现在眼前的是一幢双层的欧式洋房，在月光下泛出紫色的光幕，就好像童话世界中的紫水晶城堡一般。周彤歪着头打量着这幢建筑，感觉很眼熟，只是脑子里还有些混乱，想不出个所以然来。她顿足了片刻，这才反应过来，自己在不自觉间竟然回到了周家老宅。

“我不是从这里逃出来了吗？”周彤这样想着，心中有种莫名的感觉，似乎在这间老宅里有一个声音在召唤着自己，虽然听不见，却能感觉到。

周彤决定进去看看到底是谁在召唤自己，刚推开大门，心中那个声音更加清晰起来，还带着一丝欢快，似乎是等了很久的样子。周彤拂了拂胸口，安定着心中的情绪，顺便四下张望了一番，见大厅里空荡荡的，只有月光从窗外泻下，夹带着一抹紫色，在这昏沉的房间里格外醒目。

周彤抬头向楼梯上看去，她感觉得到那个声音就是从二楼的某个房间里传来的，便不再停留径直上了楼梯。而就在她踏上二楼楼道的那一刻，一团雾气从四周席卷而来，把她整个人包裹在里面。周彤只觉得眼前忽然一暗，眼前一片模糊后就什么也看不真切，这暂时的失明令周彤的心中有些惊恐，但心中那个声音却愈发清楚，她定了定神，按着那个召唤声的指引往那个方向寻去。

也不知道走了多久，周彤看见不远处有一道烛光，烛光摇曳倒映出一个人的身影。周彤脚步一顿，她心里清楚召唤自己的应该就是这个人，却没有第一时间走过去。

那人影微微一动，虽然看不清他的脸，但周彤感觉得到，有一道目光朝自己这个方向看来。然后，黑暗中响起一个威严而慈爱的声音："你来了，我等你好久了。"

这人的声音好熟悉，熟悉得令周彤的心猛地一酸，然后不由自主地唤道："爸爸！"

"好，好……"这笑声中带着说不出的激动，那人影朝周彤招了招手，示意她过去。周彤不疑有他，快步奔到近前，蹲下身把头放在他的膝盖上，后者伸出手轻轻抚着周彤的脑袋。记得小时候，周彤受了委屈之后，便会像现在这般把头放在爸爸的膝盖上，享受着他的宠爱，这是周彤的特权，也是父女之间一种特殊的交流方式。

烛光中，父亲那张威严而不失慈爱的脸比记忆中苍老了很多，但从五官和轮廓之间还是能看出他年轻时候的样子，应该相当英俊，肯定吸引过不少女子的青睐。想到这里周彤自责起来，要不是因为自己的迁怒与任性，他们父女俩也不会分别那么多年，想想这些年的经历，在自己受委屈的时候，有没有偶尔想起过父亲？如果父亲出现在自己面前，还会不会像小时候那般，把头放在他的膝盖上，接受他的安抚？

周彤原以为自己再也享受不到这份特权了，因为等她再次回来的时候，父亲已经悄然离世，再也回不来了。但哪里想到，当她感觉被遗弃，满心伤痛与委屈的时候，父亲又出现在自己的面前……等等，爸爸不是逝世了吗？

周彤一惊，猛地醒悟了过来。原本混乱的思绪也清明了起来，脑海中那些被删除的记忆又回来了，紧接着，她嗅到了一股烧焦的气味，一个疑问也在脑海中盘旋开来：什么味道？到底怎么回事，这个人是谁？周彤感觉到心中没来由地涌起了一丝恐惧，她抬起头看向父亲，但似乎并没有什么问题。

可是，等她多看了几眼之后，突然惊异地发现，他的脸上竟然出现了一丝裂痕——就像被热水烫坏的玻璃杯那般。慢慢地，裂痕在他的脸上扩大开来，而且能隐隐看见缝隙里闪动的红光。

周彤有种不好的预感，她连忙退后了几步，戒备地看着这个“父亲”，而后者下意识伸手做了个拉她的动作，却因为动作太大的缘故，他的整张脸终于散落开来，显出里面那张如煤炭般焦黑的脸……不，那已经不能称之为脸了，应该是一颗烧焦了的头颅！而弥漫在四周的那股臭味也愈发浓烈起来。

紧接着在那焦黑之下有红光一闪，如火星溅进了汽油之中，父亲整个人“呼”地燃了起来，可是父亲似乎并没有什么痛苦，反而上前几步——那情况就像恶灵骑士中的尼古拉斯凯奇一般。虽说电影里面看起来很酷，但如果这个人活生生地站在你面前，亲眼目睹之后才发觉这并不酷，反而相当恐怖！

周彤被吓得尖叫了一声，她第一时间想到跑，慌乱中打量过四周的环境才发现自己身在父亲的书房之中，于是俯身躲过父亲的手，朝房门的方向跑去。当她逃到门口的时候，本以为逃掉了，因为她偷瞄了一眼身后

的父亲，见他没有追来的意思。可是，她的手刚接触到门把的那一瞬间，一股灼热感扑面而来，她果断地缩回手，而下一秒，整扇门就这么燃烧了起来，火势很大，就好像有人事先在上面泼过汽油一般。

进退维谷间，周彤慌不择路地躲避着，但奇怪的是，不管她躲到哪里，触碰到的一切东西都会在下一秒燃烧起来，这让人有种错觉，似乎是周彤把它们点燃的。不多时，书房里已经变成了一片火海，周彤再也找不到躲藏的地方，整个人也绝望了。

而就在这时，耳边响起一个熟悉的声音："彤彤别怕，爸爸只是想最后看你一眼……"周彤听过之后，心中没来由一痛，有种要离别的感觉。她转过头朝父亲的方向看去，见他身上的火焰正在慢慢熄灭，一种恐惧感涌上心头，却不是因为害怕的缘故，而是担心，担心什么？她自己也不太清楚。

当火焰终于熄灭的时候，周彤明白了，这是父亲离开的信号。可是，父亲的身体已经变成一座黑色的雕像，再也没有了气息。眼泪不由自主地流了下来，她哭喊着朝父亲扑过去，而她的手刚触碰到父亲时，那座雕像突然散落开来，她匆忙扬起手，却只有一抹灰烬从她指间滑过……

书房里，大火还在燃烧着，不时发出"噼啪"的声响。在这个烈火铸成的牢笼之中，周彤瘫坐在地上，流着泪，用手把父亲消失后那散落一地的灰烬合拢到一起，似乎这样父亲就会回来。这时候，她听见了一阵怪异的响动，似乎是剪刀划破丝绸的声响，她侧耳一听突然惊觉，那声音——竟然是从自己的身上发出来的！

周彤猛地低头一看，发现自己的手臂上也如父亲刚才那般显出了一道裂纹，如夏天被阳光暴晒后干裂的大地。然后，裂纹慢慢放大，如蜘蛛网一般布满了整条手臂，而那缝隙中的红光，也愈发醒目起来。

我也会像父亲那样吗？周彤的眼中闪过一丝惊恐，她很害怕，怕得全身都微微颤抖起来，但她马上止住了，因为她怕自己的动作太大，加快了裂纹的扩散速度……当第一块碎片从手臂脱落下来时，周彤整个人已经绝望了，她能够想象得到自己在火中挣扎的样子。

不要，我不要受这样的折磨！就算要死，也要我自己选择！

周彤的心中不甘地大叫着，既然死亡无法避免，那么我的命也得由我自己来操控。她一咬牙，拔出头上的发簪，把尖端对着自己，闭上眼，然后猛地朝自己的脖子上刺去……

“铛……”一声厚重而绵长的钟声由远及近地传来，整个世界似乎被无形的波纹过滤了一遍。此时正值紧要关头，下一秒尖利的发簪就会刺进周彤的脖子，而这钟声却响得恰到好处，生生敲碎了周彤心中的魔怔。她睁开眼，发觉自己动不了了，看了看四周，好似整个世界都停止了，就连那燃烧中不停变换形态的火焰，也停止了跳动。

“铛……”又是一声钟响，周彤发现空气中产生了一丝扭曲，然后，整个世界碎裂开来，变成一片混沌的旋涡，而周彤就瘫坐在这旋涡的中心，她忽然发现，自己手上的裂纹也渐渐合拢了。

“铛……”待第三声响起，周彤猛地睁开眼，从梦魇中惊醒了过来。她醒来的第一眼就看见自己手握发簪，尖端的那头对着脖子，只要稍微一用力，就会刺进皮肤，划破脖子上的大动脉。

周彤惊呼了一声，连忙扔开了发簪。她喘着气心中忐忑不安，没想到自己在梦中的举动居然会延伸到现实之中，如果当时没有那声钟响，自己恐怕已经被自己杀死了。想到这里，她有些后怕，又有些侥幸。

回想起那声救命的钟响，她走到窗台边，打开窗朝不远处的寺庙看去，这时候天刚亮，四周雾蒙蒙的，整座寺庙如置身于云雾之中。

晨风轻拂，吹走了噩梦中的惊骇，也吹散了原本盘旋在房间里那阵焦臭的气息……

第十四章　释疑

这几日，周彤一直待在寺庙中，生活简单而又平静。她喜欢独坐在大殿外的一棵老树下，看着往来的香客，听着大殿内传来的诵经声，一坐就是一天。

像这样的情节，如果在电影电视里面的话，这时候应该出现一个得道高僧，然后对周彤说一段“风动、旗动、心动”或者“心满、水溢”之类的话，借此来点化周彤。但这里是现实，寺庙里倒是有几个老和尚，但常年都坐在大殿中，一日三课咏颂着不知名的经文，虽然周彤一个字也没有听懂，但听习惯之后却能让她的心感到安宁。

在这里没有人会打扰她，她也不会去打扰别人，就算坐上一天，也不会与任何人有什么交集，除了那棵一直陪伴在她身边的老树。周彤每次抬头朝老树看去，古木参天，愈发觉得自己渺小。听人说起，这棵银杏有着千年的历史。千年？一千年是什么概念。以前总在电视电影里面看别人渲染着什么千年之恋、什么海枯石烂，但又有谁能够真正做到？有些人，甚至看不到下一刻会发生什么。

周彤感觉自己想得太远了，和天地的悠悠岁月比起来，人类的生命实在是太短暂了。

这寺庙里是不能住人的，这几天周彤都住在离寺庙不远的一处旅馆里。这里的装潢并不华丽，却胜在干净整洁，像她这样心境的人，正好入住。这里应该是寺庙的俗世产业，当日知客僧引她到这里入住时，曾说过是一个男人为周彤预付好了食宿费用，让她安心在这里休息几天。

至于知客僧口中那个男人的身份，周彤并没有追问，想来应该是李毅，自己离家出走，如果他不追来的话，这个未婚夫也太不称职了。而周彤也没有拒绝他的好意，毕竟人活在世上是要吃饭睡觉的，她从家里跑出来的时候，身上没有带一分钱，难道要她睡大街或者灰溜溜地回去？

冷静下来之后，周彤觉得还是应该再给李毅一个机会，毕竟两人并没有闹到不可开交的地步，冷战归冷战，要说到分手的话，她心里还是舍不得。首先，她知道其实自己还是爱李毅的；其次，不能给施雨趁虚而入的机会，否则就真便宜她了。至于给李毅的机会，还是等等再说，至少先晾他几天，不能让他以为自己是好欺骗的。

周彤发了一会儿呆，转醒了过来。这几日她都是这样的状况，就像一座雕塑。她揉了揉发酸的肩膀，长吐了一口浊气，又向周围的香客们看去。这古镇本就是江南的一处旅游景区，虽然现在不是旅游旺季，但还是不乏游客光临，所以周彤见到了很多陌生的面孔，也听到了不少天南地北的各地方言。

来到这里自然要点上香，朝佛像拜上三拜——这是最起码的。至于求签问途或者点灯祈福的人也不少。他们大多求财、求福、求姻缘，而周彤求的是安宁，心灵上的安宁。其实，在本质上大家都一样，当人遇到困难的时候便会求神，希望得到神灵的庇佑，但他们所求的是否灵验，没人知道。说白了只是借这种方式来寻求心灵的安慰，寻找继续上路的力量。有句话叫“宗教让人疯狂，但没有宗教人们会更疯狂”。想来确实是这个道理。

人群里忽然嘈杂了许多，似乎有人抽到了一个好签，正在向朋友炫耀，周彤远远看去，看着他们脸上的表情，听着他们的话语，心中突兀地生出一丝领悟，感觉自己好像身在其外又置身其中。这感觉说起来比较绕口，却很容易理解，如果自己还像这样远远坐着，不去打扰他们，便是身在其外；反之，如果上去参与他们的话题里，自然是置身其中。

一时间，周彤有些疑惑了，现在的这种情况下，关于周家，她到底是身在其外，还是置身其中？

想想这些年来，自己一直在逃避，逃出了自己的家乡，逃出了自己的祖国，逃到了海的那一边去。而当她累了，停下脚步想要休息的时候，却发现眼前依旧是那一幢紫色的大宅，念念不忘的还是那几张面孔……

逃了这么久，最终还是回到了原点。

很讽刺吧？但人生就是这样，就像这棵古树，树叶从枝头落下，掉在地面融进土壤之中，用它的养分滋养着古树的根部，待第二年春天，树枝上又会生出嫩芽……如此，便是一个轮回。相同的，人不管走了多远，最后还是要回到原来的位置。

还是逃不掉啊……周彤叹了一口气。

这时候，一阵手机铃音突兀地响起，搅乱了她的思绪，摸出手机一看，原来是聂律师打来的，周彤沉思了一阵之后，终究还是按下了接听键：“聂律师，找我有什么事？”

电话那一头传来聂律师的声音：“周小姐，我打电话来就是想通知你一下，遗产方面的手续已经处理得差不多了，还剩一些细节方面的问题，还需要你的意见。”

“细节方面还是你帮我拿主意吧，你是专业的律师，这方面你比我在行。不过我有一个原则，周家祖屋我是绝对不会卖的，我爸爸留下那些东西，也不能有任何损失，这个是我的底线。我希望聂律师不要受叶安的影响，毕竟我才是遗产的合法继承人。”周彤虽然不愿意再管周家那些烦事，但这些都是爸爸留下的，不能让居心叵测的人得了去。她知道聂律师和叶安私下有过交流，所以借这句话点醒聂律师，不要妄图改变什么，法律站在她这边。

聂律师明显是听懂了周彤话里的意思，回话道：“周小姐你放心，这房子该怎么处理自然是你拿主意。不过，你误会我的意思了，我说的细节问题是因为我们从周雄启先生的遗产里面找到了一些东西，想请你过来看看，决定该怎么处理。”

周彤皱了皱眉，她不知道聂律师到底找到了什么，随口问道：“你们找到了什么，一定要我来决定吗？”

“呵呵，在法律程序上面，只有你才能拿主意。”

看来清净的日子要到头了。周彤暗叹了一声，答应了聂律师的要求，两人约好见面的时间之后，周彤挂上了电话。

她回过头，深深地看了一眼大殿与古树，便头也不回地走出门去。

下午两点的时候，周彤出现在了聂律师的办公室，聂律师端了杯水给周彤笑道：“周小姐很守时啊，我原以为还要等一会儿。”

周彤耸耸肩说：“既然聂律师在电话里说得那么急，我怎么可能让你久等。况且我也想看看你们在我父亲的遗物里找到了什么。”

既然周彤已经把话说开了，也就是不想和聂律师闲聊，后者明白她话里的意思，于是直奔主题道：“我们在周老爷的遗物里面找到了一幅书法，奇怪的是，和其他藏品不同，它并不是什么名家的手笔，而是周雄启先生的墨宝。我们看过之后，觉得周雄启先生想通过它对你传达一些意思，于是想请你来看看。”

聂律师说完，拿出一个卷轴递给周彤，如果李毅在场的话会发现，这个卷轴正好是前几天叶安给他看过的那幅。周彤小心地把卷轴展开，见宣纸上写着四个大字——落叶归根。

周彤从小就喜欢缠着父亲，所以她在书法方面的认知要比李毅高很多。以至于，当她第一眼看见这四个字的时候，她忽然想起了那棵千年银杏，还有自己在银杏树下“一叶一轮回”的感悟。

然后，她感觉到父亲想通过这四个字对她表达某种意图，而脑子里似乎也摸索到了一丝线索。“爸爸到底想对我说什么？”周彤喃喃地说着，下意识地咬着无名指指甲——这是她深思时的习惯。可惜她想了很久都想不通透，就好像有一层隔膜在中间，阻挡着她的感悟。渐渐地，周彤的眉头深锁起来，一滴汗水从鬓角滑落……

“你父亲是想你留下。”这时候一个声音从身后响起，周彤回过头，见办公室里多出了三个男人，竟然是李毅、叶安和蓝染，而刚才说话的人正是李毅。

“你们是约好的吗？”周彤看了三人一眼，然后对聂律师说道。

聂律师尴尬地笑了笑，招呼大家道：“你们坐下来慢慢聊，我还有些文件要处理。”说完便出了门，他明白这是周家的家事所以不好掺合进去。

叶安点点头，坐到周彤斜对面的沙发上；而蓝染后退了两步靠在墙上，他这个位置离门很近，似乎打着随时夺门而逃的主意。至于李毅，自然是坐到了周彤的身边，可是他一坐下，周彤就朝旁边让了让，在两人之间隔了不大不小的空隙，不过李毅似乎并没有在意周彤的举动，朝她这边挪了挪，依旧保持着紧贴她的姿势。

周彤连躲了好几次，直到自己被挤到沙发的扶手边，再也挪不动了，她扭过头白了李毅一眼道：“挤那么紧干吗，你没长骨头吗？”

李毅讨好地笑道：“挨着你舒服些。”周彤心中有气，用手肘顶了一下他的腰间，李毅呼了声痛，表情也很痛苦的样子，好像真的被顶了个实在。见他这副模样，周彤的心立马软了下来，虽然表面上还是不依不饶的样子，却没有再和他斗气。

李毅心中暗喜，知道周彤不再和他计较了。其实周彤刚才那一下并不太重，但这个时候必须要表现出很疼的样子；反之，当她打你很重的时候，反倒要显得无所谓，这样才能让她高兴，高兴了以后才有机会把误会解释清楚。

见气氛终于缓和了下来，李毅开口说道：“其实你爸爸留下这幅书法的意思很明显，就是想你回来以后不要再离开。难道，你没看出来？”

“看出来又怎样？”周彤反驳了一句。但她心中明白，其实自己在第一眼就应该明白父亲想表达的意思。小时候她的性格和父亲很相近，父亲总是知道她在想什么，她喜欢什么，似乎父女之间有着一种说不清道不明的默契，而这也是她最亲近父亲的缘故。

可是，因为母亲的早逝，父亲的续弦，周彤开始怨恨父亲，而两人之间的那一丝默契也被她有意识地从脑子里排除掉，这种意识，就像是一道看不见的隔膜，隔在她和父亲之间。现在，她虽然不再恨父亲，但惯性的思维还是让她忽略掉了父亲在书法中所表达的含义。

想到这里，周彤的心中很是自责，不过表面上却装作很不屑的样子说："留下来干吗，这里还有什么东西值得我留恋的？"

"不是还有我吗？你到哪里我都会陪着你。"李毅连忙接口道。

周彤摇了摇头，表情有些悲凄："当初劝我回来的人是你，现在要我留下的也是你。李毅，你知不知道，现在的你让我感觉很陌生，我已经分不清你的话哪句是真，哪句是假……现在你要我留下，到底是真心为我好，还是有别的目的？"

"瞧你这话说得……我自然是真心为了你好。"

"是吗？"周彤冷笑了一声，"你留在这里，难道不是为了施雨？"

"这和她有什么关系？"

"她不是你的初恋吗？"周彤说着，双眼直直地盯着李毅，见他的表情变得古怪起来，心中断定他一定有事瞒着自己。

好在这个时候，叶安干咳两声插嘴道："严格地说，应该是单恋。"

李毅赧然一笑，朝叶安投以一个感激的眼神。叶安的意思很明显，自然是施雨单恋李毅。而两人的这一番交流被周彤看在眼里，心中升起一丝疑惑，开口问道："你们俩什么时候搞到一起了？"

叶安的脸色微变，似乎被周彤这个"搞"字搞得很不舒服，但立刻又扳回了那张扑克脸说："因为我们之间有一个协议，你可以看看。"他说完，从包里拿出一份文件，递到了周彤的面前。周彤接过之后立刻打开一看，虽然里面的条款很多，也写得很细，但意思却很简单，就是周彤所接受的周家所有遗产，不纳入两人的婚后共同财产，李毅可以协助管理，但没有权利出售，并且不能在几年之内由周彤转赠给李毅等等——有点像婚前财产公证。

周彤看完之后，把文件往茶几上一扔，质问叶安道："你这是什么意思？"

"没什么意思，我姐相信他，但我不完全相信他，所以签份协议比较保险一点。"叶安推了推眼镜，很坦白地说。

"你就这样轻易让他分化我们俩？"这一次，周彤是对李毅说的。

李毅咧嘴一笑，也掏出一份文件来，学着叶安的口气说："我相信他姐，但不完全相信他，所以也签了一份保险的协议……你要不要也看看？"

周彤翻了个白眼，只觉得这两人都疯了，她才懒得看李毅这份，因为内容肯定是制衡叶安的，也难怪这两人会突然站在同一阵线上。不过，现在并不是纠结在这个问题上的时候，于是转头质问叶安道："你把李毅拉下水是什么意思？想让他和你们同流合污吗？"

叶安摇摇头："没有人逼迫他，是他自愿帮助我们，为的是完成你爸爸的遗愿。"

"他说的是真的？"周彤回头问李毅，后者点点头认真地说："是的，我不想你再躲下去，人终究是要回家的，这里是我们的家乡，有我们熟悉的一切，为什么我们不留下来？彤彤相信我，这不只是我的希望，也是你父亲的遗愿。"

"相信你？你对我说过那么多谎话，现在让我怎么相信？是啊，这里不只有我们熟悉的一切，还有施雨，你是想留在这里和她重温旧梦吗？"周彤越说越激动，猛地从沙发上站了起来，指着叶安和蓝染说道，"还有他们，这两人一个掌控着周家的一切，另外一个和我爸的死有关，你口口声声说爱我，为了我好。而现在你却和他们联合到一起，难道你忘了当初回来的时候，他们是怎么逼迫我们的？难道……难道你也想跟他们一样？"说到这里，周彤的声音哽咽起来。

李毅见周彤的情绪又开始不稳定起来，连忙柔声安慰道：“彤彤你别激动，你听我说，我们今天来这里就是想把误会解释清楚的，事实并不是你想的那样。”

“那事实是怎样？”

“你得先坐下来，我才好给你解释啊。”李毅撅着嘴，显出一副受了很大委屈的样子。周彤无奈只好坐下，她环视了三人一眼，见他们都是一副受气宝宝的模样，心中涌出一种说不出的畅快，似乎这段时间的委屈和抑郁终于得到了发泄，于是用手大力敲了敲茶几训斥道：“那好，我就听听你们有什么好解释的。先是你，李毅！你说，你和施雨到底是什么关系，你还有多少秘密瞒着我？”

“我不知道小雨……呃，是施雨，我不知道她和你说了些什么，但是事实并不是你想的那么糟糕，我和她的关系其实很简单，也很纯洁。”

“很纯洁的男女关系？”周彤冷笑了一声。

“这……好吧，我承认我和施雨很小就认识，那也只是童年的玩伴而已，虽然后来又重逢过一次，但我一直就把她当做自己的亲妹妹看待，就像……”李毅没有再说下去，只是看了一眼蓝染，意思很明确，他和施雨之间的感情，就像周彤和蓝染那般。但他不想把话说得太直白，因为这样会有可能伤到蓝染，虽说两人是情敌，但现在毕竟是处在同一阵线上。

周彤看了蓝染一眼，亦明白李毅话中的含义，心中有些松动，却还是不太相信，嘴上不依不饶地说：“你说我就信了，你骗我还少吗？”

李毅叹了口气，他知道没那么容易就能说服周彤，于是继续说道：“你也知道，我是个孤儿，从小就是吃百家饭长大的，镇上的很多人帮助过我，把我当自家孩子看待，我也把他们当做自己的亲人……”

“施雨家也帮助过你？”

“嗯，施雨的妈妈对我很好，我一直把她当做亲生母亲一样的尊敬。而施雨就是我的妹妹。你说，我会对亲妹妹有什么想法？”

周彤撇嘴道：“但施雨并不是这么想。”

“我知道，但我能怎么办？”李毅很是苦恼地说，“正因为这个原因，所以我没有在你面前提起过她，也极力避免我们三个人见面。是因为我不想伤害她，亦不想连累到你，毕竟你和她是那么好的姐妹。”

周彤点点头，算是肯定了李毅的想法，随即回忆起自己在咖啡厅外所见到的，心中很是不忿：“既然把她看做亲妹妹，也应该顾忌一下吧，那为什么你们会有那么亲密的举动？你知不知道，我当时有多心痛！”

李毅连忙两手举过头顶说道：“我敢保证，每次都是她主动的。”

“那你就不拒绝了？”

“呃……好吧，是我错了。你说得对，我就是根骨头，喜欢丢在地上给狗抢。我悔过，以后再也不敢了，我这根坏骨头从今往后都属于你一个人。”

“那你是说我也是狗了？”

“不不不，”李毅连忙摆手道，“你是锅，不管把我这根骨头炖得多烂，我也愿意！”

“这还差不多。”周彤嘴角一扬，看来是原谅李毅了。也对，哪个女人不希望被爱人疼，被爱人哄，这一点李毅算是做得恰到好处。周彤和李毅的这番对话，倒把另外两人逗乐了。蓝染把头转向一边，发出轻微的笑声。至于叶安，虽然笑出声来，但脸上的表情却异常精彩。周彤冷哼了一声，猛地一拍茶几道：“笑什么笑！”

两人被她这么一喝，立马收了声，一副噤若寒蝉的样子，周彤看在眼里只觉得心里异常舒畅，转头问李毅道：“那你以后如果再见施雨的话，会怎么办，还像现在这样亲密？”

李毅摇摇头，有些歉歉地说：“我猜，要是能和她再见的话，就不会像以前那般心平气和了……”不得不说，李毅真有当预言家的潜质，而以后发生的事，正如他今天所说的那样。

见周彤没听明白自己话中的意思，李毅叹了口气说：“或许你不知道，三年前周家大宅的那场火灾，外人都以为是过年燃放烟火而引发的意外。但事实上并不是这样，那场火……是有人故意放的。”

“什么！”周彤十分吃惊，她没想到周家那场大火居然是有人刻意放的，“但这和施雨有什么关系，莫非你想对我说，那场火是她放的？”

李毅听得一愣，然后表情古怪地看着周彤：“你怎么知道的？”

“啊？”

“我问，你怎么知道那场火是施雨放的？”

“我怎么……等等，你说那场火居然是施雨放的？她和我无怨无仇，为什么要放火烧我家！”周彤觉得自己快疯了，她没想就这么随口一说，居然还成真了，而自己十多年的好姐妹，居然是纵火犯！她不相信李毅说的是真话，于是双眼直视李毅，想从他的表情里面找到他撒谎的证据。

“那场火确实是施雨放的。”李毅咬咬牙，终于说出了这句话。其实就在几日前大家在周家大厅里开诚布公谈话时，叶安曾对他说过，周家在三年前的那场火灾很有可能是人为，而火灾过后，周家又连续发生了很多事情，一直到换药事件，沈璐败露，叶安这才明白，原来这一切都是有人操控的。

至于那个人的身份，不管怎么查也查不出来。而沈璐，由于受了那人的胁迫，也不敢说出那人的身份。直到她因为激愤说漏了嘴，大家才把视线集中到施雨的身上。

既然是开诚布公，所以叶安把所知的一切都告诉了李毅，但李毅却不相信。在他看来虽然很久没有见面，但施雨给他的感觉和小时候一样，还是那么单纯、温柔，他无法把这样一个女子与满腹阴谋的小人联系到一起。

直到第二天施雨约他见面……

两人见面后，施雨第一句话就问起：“周彤是不是离家出走了？”

当时李毅很惊讶，他不明白施雨怎么会知道这件事，询问起原因，她只是淡淡地一笑道：“这镇子才多大，况且周家以前也是这里的大户人家，自然会有好事者留意。传来传去，就传进我的耳朵里了。”

施雨这个解释，似乎没有什么不妥，李毅也很干脆地承认道：“那

天我们在这里见面的情况，都被彤彤看见了，她误以为我和你……哎，早知道会这样，我就不来见你了。”

“我们又没有做亏心事，”施雨撇撇嘴，似乎很不开心，她摇了摇头道，“她的性格就是这样，疑心病太重。李毅，我说句实话，她太强势了，这样你以后会活得很累，难道你就没有静下心想一想，你和她在一起到底是对是错？”

“我不知道以后会怎样……”李毅埋着头，双手抓扯着头发，很是苦恼的样子，“但我知道我爱她，她也爱我，我们俩谁也离不开谁。可是现在，她误会我背叛她，我想要解释但她什么也不听，我能感觉到这一次她是真的被我伤透了。”

“她有什么好伤心，只是一个误会罢了，我和你明明是清白的！”

“她并不这么想。”

施雨冷哼了一声：“你如此自责，就是因为她误会你不忠……”说到这里，施雨忽然想到了什么，摸出手机翻阅了一阵，然后递到了李毅的面前道，“其实你根本不用自责，在你为误会而苦恼的时候，先看看她曾做了些什么。她不应该这样对你，因为真正不忠的人——是她！”

李毅接过施雨递来的手机，第一眼便看见那上面，居然是周彤和蓝染在天台上拥抱的照片。

果然是她！李毅心中一痛，却并不是为周彤，而是为施雨。其实这张照片他早就看过了，他知道这是有心人想挑拨自己和周彤的关系，所以当时就删掉了。而后来得知的情况也如他猜测的那样——沈璐觉得周彤和李毅二人回来之后会拿走所有的财产，所以对周彤抱有很大的敌意，而正好那天晚上她在天台看见周彤被蛇吓到，然后躲进了蓝染的怀里，于是沈璐拍下了两人的照片传给了李毅，想以此挑拨二人。

这件事，其实在前一晚众人的长谈中已经解释清楚了。却不想这张照片现在竟然出现在施雨的手上，那么她和沈璐之间的关系就值得推敲了。再和得到的线索联系到一起，李毅得出的结果便是，那个在幕后使坏的人，很有可能就是施雨！

可惜施雨并不知情，她刚才说的那些话，就是想让李毅知道，其实周彤并不是真正适合他。而事情的发展似乎比她想象中的还要好，很明显，他的心已经松动了。于是她决定再加把力，这几张照片就像压垮骆驼的稻草，她寄希望以此让两人的误会加深，然后自己就可以趁虚而入，抢回原本就该属于自己的李毅。

但是，她万万没有想到，这招杀手锏却暴露了她自己。李毅确实愤怒了，但他愤怒的原因却不是施雨想象的那样。

接下来，施雨循循善诱想要进一步加深李毅和周彤的误会。这次，李毅终于爆发了，他大声质问施雨三年前的火灾和换药事件是不是她主使，还有对他做的那些亲密动作，是不是刻意做给周彤看的。他这么做是不想施雨继续错下去，虽然他不知道施雨和周家到底有什么矛盾，但他不想看见像施雨这样一个原本善良温柔的女子，变成不择手段的阴谋家，最终害人害己。

可是，事实并不像李毅想象的那么美好，当施雨听完他的质问后，显得很吃惊，但并没有一丝悔过的样子，只是默默收拾好自己的东西，起身离开咖啡厅。再后来，李毅再也没联系上施雨，她就好像人间蒸发了一般。或许，是被看穿了阴谋黯然离去，亦或许，正潜伏在某个角落，等待着下一次机会……

李毅把那天见施雨的经过一字不漏地说了出来，当说起照片时，只是很隐晦地说“天台上的照片”。不过周彤很明白，这是李毅顾及她的颜面，不想让大家太尴尬。想想当时的情景，她和蓝染并没有什么，却被有心人作为诬陷她不忠的借口。想到这里，周彤有些怀疑，或许，当时他和施雨在咖啡厅里发生的事，并不像自己想的那么不堪。

“李毅能够坦然面对我和蓝染的照片，是因为他信任我，而我呢？为什么不多给他一些信任？”想到这里，周彤歉意地看了李毅一眼，见他眉宇间有些疲惫，心想：这几天因为我的事，他一定睡得不好。

到这里，周彤已经大概相信李毅的话了，但其间还有些疑惑，便开口询问道："如果说，施雨是因为你的缘故才恨上我，想要把你抢回去。但她为什么要烧我家房子，我家人和她没什么仇怨啊。"

"那场火灾发生的时候，我又不在现场，所以不能妄下定论，不过有个人是亲眼看见的。"李毅耸了耸肩，然后望向蓝染，好像在说：别看戏了，轮到你说话了。

蓝染无奈地叹息一声，最终还是要与她站到对立面吗？其实他早就应该觉悟了，既然自己出现在这里，也就是说他的心已经做好选择了。一直以来，自己面临的就是二选一的选择题，就像硬币的两面，选择了一边，就注定要背叛另外一边。如果抱着侥幸的心理，认为这枚硬币会直立起来，最终只会伤害到所有人——就像李毅那样。

习惯了把秘密埋藏在心里，要一次说清楚，还真费事。蓝染理了理思路，这才开口说道："是的，我亲眼见到施雨放的火。当日我跟着周老爷冲进火场，我见他进书房拿了几样东西，然后就昏倒了，我也是那个时候受的伤……我扶着周老爷往回跑，跑到半路就发现大门已经被火封锁了，只好从后门走。还好后门那边火势不大，我们冲了出来。第一眼就发现了施雨，她的手里还拿着火把……

"这时候周老爷清醒了过来，也看见了施雨，两人发生了争执。可惜我受伤太重，刚逃出来没多久就昏迷了，听不清他们具体说了些什么——这就是我所知的情况。"

蓝染的叙述虽然很简单，但在场的人都可以从他的话语中，想象到当时的情况有多么危险。周彤沉思了片刻突然问道："那你先前为什么不告诉大家，是施雨故意放火？"

蓝染没说话，把头扭到了一边。

周彤心中一动，好像意识到了什么，立刻追问道："你在维护她，你和施雨到底是什么关系？"

蓝染回头看了她一眼，坦然地说："我和施雨是一对，三年前。"

"你们？"周彤半张着嘴，难以置信地看着蓝染，今天所发生的一切完全颠覆了周彤对过去的认知，周家大火是施雨放的，而施雨居然和蓝染有过情侣关系。这让周彤有种错觉，眼前的三人串通起来想要蒙骗自己，所以才编了这么大的一个谎话。

对于周彤的质疑，蓝染并没有做过多的解释。是啊，任谁也无法相信，他和施雨居然是一对，虽然曾经是一对。想想三年前的初见，那个躲在阴影中瑟瑟发抖的身影。那时候，当他第一眼看见她的时候，就感觉这个女人和自己好像，不是容貌，而是心境。他们同样的孤独，同样的无助。而事实正是如此——他们两人都深爱着一个不爱自己的人，不过施雨背负的比他还要多。

然后，两个被爱遗忘的可怜虫很荒诞地走到了一起，他们拥有的并不多，却能够彼此互相取暖，互相安慰……除了爱情。蓝染知道施雨的心里藏着很多秘密，但他从来没有问起，就像施雨没有问过他一样。但对于蓝染来说，这样也挺好，至少这个世界上还有一个和你心境很像的人，能够听得懂你说的话，了解你的心。

可是，当蓝染从火场冲出来，见到施雨的时候，或许就预示着，这两个人终有一天会成为对立的角色。

那一次他受伤了，而且伤得很严重。当他伤势稍微稳定的时候，他的父亲和周老爷一起来探望他。当着蓝树生的面，周老爷要他保证，永远不要把火灾的真正原因说出去，就当是场意外。蓝染发觉，或许周老爷隐忍的后面还藏着更惊人的秘密，不过他并没有多问，心中反而松了口气，因为那个时候他还在为施雨担心。

然而，就在蓝染失神的片刻，周彤的一句话，却令他心痛欲裂：“那么换药的事呢？是不是施雨让你做的！你为了她，居然向我爸爸下手。是了，我爸爸看见施雨放的火，所以你为了维护她而杀人灭口。蓝染，你还有没有良心！”

蓝染只觉得心中猛地一痛，他想要解释，却无从说起。还好这时叶安插嘴说道：“周彤，你不该怪蓝染，反而应该感谢他……”

“感谢他？感谢他谋害了我爸爸？”周彤指着蓝染大声说道。

“不，蓝染并没有害你父亲，反而是他及时出现才救了你父亲。”说到这里，叶安看了周彤一眼，见她没有要打断的意思，继续说道，“自从那场大火之后，没多久你父亲就病倒了，请了很多医生，吃了很多药都不见好转，医生说他是心病，光靠药物是无法治好的。我猜他的心病和大宅有关，所以我按着原有的规模重新布置周家大宅，而周老爷回家之后病情果真好了许多，于是就一直在家里养病。

“后来，我请了一个特护来照顾周老爷的生活起居，也就是沈璐。当时她才从护理学院毕业，处世未深，轻信了一个学姐的话，说有一种特效药能治好周老爷的病，所以从她学姐那里拿过药之后就准备给周老爷用。幸好这个时候蓝染伤愈回来，发觉周老爷的情况不对，立即阻止我们继续用药。后来我们一查，才知道那并不是什么特效药，而是一种精神类的药物，如果周老爷这样病况的人服下之后外表看似很平静，但精神上会出现问题，眼前会时常出现幻觉，长久之后这个人会被折磨成真正的疯子。

“所以，我说你不该责怪蓝染，反而要感谢他。”叶安说完这些，长长地吐了一口气，似乎还在为当时的情况感到心悸。

周彤的表情有些松动，看蓝染的眼神也柔和了许多。她并不是一个不明事理的人，而且她也曾疑惑过，既然蓝染能为了救她父亲，甘愿只身冲进火场，好好的一张面孔还因此而毁掉，那么就不太可能再加害她父亲。只是当时听到叶安说“换药和蓝染有关”的时候，心情激动，才会那么不理智。

现在听叶安说来似乎另有内情，于是耐住性子继续问道：“那么，沈璐那个学姐你们有没有找到，她为什么要这样害我父亲！”

叶安摇头道：“其实这些年我一直在追问沈璐，但她总是缄口不言。原来，在换药事件败露以后，那个人就一直用这件事作为威胁，所以她不敢说出那个人的身份。再后来，周家一直风平浪静，没有再出什么事。现在看来，这一切是因为有人在守护着周家吧。”叶安说完，看了一眼蓝染。

周彤顺着叶安的目光朝蓝染看去，试探着问：“那个守护着周家的人，是你吗？”

蓝染没有正面回答她的话，而是叹了口气道：“我能做的，只有这些。”其实，他做的并不是只有这些。他太了解施雨了，因为施雨和他一样，都是执著的人。所以她不会轻易善罢甘休。而事实也果然如他所猜测的一样，发生了换药事件。在此之后，他曾见过施雨一面，并没有多说什么，只是淡淡的一句：“我会一直在周家。”

这句话表明了蓝染的心迹，不需要过多的言语，而施雨也明白，只是点点头便转身离开。两人好像在无形中达成了某种约定一般，只要有蓝染在，施雨就不会再对周家出手。

有时候蓝染曾想，施雨的妥协应该是源于内疚，毕竟如果要真正追究的话，蓝染毁容是她造成的。而在此之后，施雨遵守了两人的约定，再没有对周家做过什么，可是他们也再也没有见面，好像断了关系一样。

这时周家的平静，反而像是蓝染用某种东西换来的，是爱吗？应该不是，如果真要用言语来形容的话，或者可以说成两人相互依偎中所积累的人情债。

在此之后，两人虽然没再见面，但蓝染偶尔还是会去看施雨，就像他看周彤那样，远远地看着，从不打扰她。看着她的生活慢慢归于平静，虽然还是那样孤独，却能让蓝染安心许多。或者等时间长了，她便会忘记一切，毕竟仇恨是可以遗忘的。

是的，仇恨可以遗忘，但爱绝对不能遗忘。

周彤的出现犹如朝平静的湖面扔进一块巨石，激起了千层的浪花。蓝染这才发现，原来自己和施雨爱的人，居然即将步入婚姻的礼堂——人世间的缘分还真是讽刺。这一次，为了这两个不爱自己的人，他和施雨又站在了对立面，上一次是暗，这一次是明。不过，现在的情况和以往不同，蓝染再也无法用往日的情分来羁绊施雨，因为她也是为了自己爱的人。

看着惊疑不定的周彤，蓝染叹了口气道：“你要小心了，她不是那么容易放弃的人。这一次，连我也阻止不了她。”

周彤点点头，她并不是傻瓜，其实从她回来见到施雨以后，除去第一次见面，从第二次的谈话中，她能够感觉得到施雨对她的敌意，亦能听得出施雨对李毅的痴恋。正所谓爱得越深恨得越深，如果事实真如他们所说的那样，周彤不难想象，施雨对自己的恨有多么深，而她对李毅的爱，想来不比自己少吧。周彤忽然觉得施雨很可怜，这或许是胜利者对失败者的怜悯吧。

可是施雨，你这样做，让我们以后怎样相处？哎，如果有机会的话，还是找个机会和她好好谈谈，如果能化解她心中的恨意，是最好的结果。

想到这里，周彤终于释然了，不过眼前还有事没有解决，她看了一眼叶安，猛地一拍茶几喝道：“现在该你了，你口口声声说为了完成我父亲的遗愿，那为什么处处针对我和李毅？还有，沈璐对我的敌意也不少吧。”或许是攻守位置互换的原因，周彤现在很享受这种盛气凌人的感觉。

叶安很无奈，按理说来他是周彤的长辈——虽说叶安从未把自己看做周彤的长辈。但也不太习惯周彤现在这样的气场，不过此时并不是追究这问题的时候，只好说道：“其实你不提，我也会说的。我为沈璐向你道歉，希望你能够原谅她，其实从一开始她就不知道我和姐姐的想法，以为你回来继承了遗产之后，我们便没有了容身之处，她为难你，和你争房子，其实是为了我和她的将来……毕竟我快三十六了。”说着，叶安两手一摊。

周彤暗想，沈璐这丫头看来真的爱上叶安了，都已经打算好结婚后的生活问题。这样的情况换做是自己的话，应该也会这样做吧。哎，又是个为爱疯狂的女人……既然叶安这样说了，周彤也懒得在这问题上争论，毕竟对方只是个小丫头，自己再纠缠不休的话，反而显得小气了。

周彤沉思了一阵，而在场的三个男人都很默契地保持着沉默，似乎在等周彤做结论。她抬头环视了他们一眼，用手轻轻敲打着茶几道：“你们说了那么多，但问题是，我该怎么相信你们？”

“这个简单，”叶安回答道，“说穿了我们的矛盾就是遗产而已，你认为我们会谋夺你父亲留下的遗产，而我们担心你得到遗产之后不愿意留下，所以想方设法拖延你们的时间，这才发生这么多事。现在误会都说通了，也就好解决了。或许你不知道，其实在你来之前，聂律师就已经办好了继承遗产的所有手续，只要你签个字，你父亲留给你的东西将正式属于你的名下。不过……”

叶安顿了顿，继续说道：“不过我还是希望你在继承遗产之后，能够依照你父亲的遗愿留下来。因为这才是周老爷把大部分遗产留给你的真正目的。”

周彤暗暗点头，看来叶安这边是真的拿出诚意了，其实早在她了解到父亲那幅书法的含义之后，周彤已经明白为什么父亲会把房子留给自己，并不是不信任叶家姐弟，而是相当信任他们。父亲知道，他们会想尽办法用周家老宅把自己羁绊住，不让她离开这个生她养她的故乡。

现在看来，父亲可谓是用心良苦啊。既然我已经不再怨恨父亲，那么留下来也无妨，毕竟这里是她和李毅的故乡。

这时候，李毅挤了挤周彤，讨好地笑道：“怎样，是不是决定留下来了？”

“看情况再说。”周彤白了他一眼，然后朝窗外看去，阳光倾斜，在玻璃上晃出一道道金芒，驱走了阴霾，似乎一切都在往好的方面发展……

第十五章　复仇

接下来的一段时间里，周彤搬回了周家大宅。而情况也如叶安所说的那样，周家人并没有再为难她，叶玉婷对她的态度很是亲热，反而让她有些适应不了。虽说对于父亲的事，周彤已经释怀，但还是不太习惯这个继母，所以一直叫她阿姨，而叶玉婷也并没有什么不满，好像周彤能留下来，她就很开心了。

至于沈璐，虽说两人之前有很多摩擦，现在解释清楚了，周彤也不会再多纠缠，倒是沈璐有些不好意思，这几天和周彤见面说话的时候，总是小心翼翼的，还连做了好多拿手的江南小菜给大家吃，有点将功补过的意思。

心情好了，失眠厌食的症状也在无形中消除了，现在周彤已经不需要安眠药就能睡得很好，再加上营养搭配得合理，让周彤感觉到自己身体内，正迸发着无限的活力，而每当她在镜子前看见自己容光焕发的样子时，就会不由自主地偷笑起来。

不过，并不是所有事都是好的。正如李毅说的那样，施雨失踪了。不管周彤怎样去寻找，还是找不到她的下落。她的离开，非但没有让周家的三个男人松口气，反而像一块石头那样压在他们的心头，因为他们不知道，施雨会不会再次出现，而当她出现时，又会给周家带来什么的灾祸。

当然，这些都是男人们的心思，周彤并没有太过担心，反而有些遗憾。毕竟施雨是她的好姐妹，是这个世界上最懂她的人，反之，周彤也很明白施雨，她太孤独了，需要一个人来陪伴——其实蓝染是个不错的选择，况且他们俩以前还有过一段。所以，周彤很希望和施雨再见一面，两人好好谈谈，或许能化解她心中的怨恨，如果能再把她和蓝染撮合到一块的话，那绝对是天大的好事。

至于危险，周彤不怕，因为现在有三个男人在保护她，她不信施雨一个女子，还能斗得过三个男人？

周彤想得很美好，但不得不说，她还是不了解自己这个好姐妹，或者说不了解现在的施雨，以至于当事情发生的时候，她还毫无准备……

这天夜里，周彤从睡梦中醒来，她动了动被自己压得发酸的手臂，却发觉身体异常松软，完全使不上力气。就在这个时候，一个声音在漆黑的房间里响起：“你醒了？我还以为你还要睡上一阵。”

周彤愣了愣，只觉得这个声音异常耳熟，一个名字从脑海中浮现，她连忙试探着问道：“施雨，是你吗？”

“是我。”黑暗中走出一个窈窕的身影，在昏暗的床头灯光衬托下显得朦朦胧胧的，好似从梦中走来。等她走近了，周彤终于看见那张熟悉的面孔——果然是施雨。

施雨侧着身坐在床边，用手捏了捏周彤的四肢，摇了摇头说：“这么早就醒来了，这药都还没完全起效呢，真是麻烦……”

周彤心中一惊，她听出了施雨话中的含义，明白这一次见面并不是自己所想的那么友好。她慌忙动了动四肢，只觉得全身乏力，好像身体内的力气被凭空抽离了一般，她双眼怒视着施雨，一边挣扎着想坐起身来，一边质问道：“施雨，你对我做了些什么？”

“不要急，好戏还没开始呢。”施雨轻笑着，双手按住周彤的肩膀，重新把她按回了床上。

“你到底想干什么！李毅呢？你把他弄到哪里去了！”周彤这才发现，李毅并不在自己身边，她记得临睡的时候李毅说要看会儿书再睡，哪

晓得等她醒来的时候，却看不见他的人影。

施雨摇了摇头，伸出手指在周彤的面颊上划过："你看你，这副可怜的样子连我都看得心痛了。李毅去了哪里，难道你还没猜到吗？他不想见你，所以让我来见你，让我帮他说声对不起……不过，我没有觉得他哪里对不起你，他本就是我的，现在回到我的身边，也是理所当然。"

"你骗人！"周彤咬牙切齿地说，"你是想挑拨我们之间的关系，这一招你已经使过了，现在对我不管用了。"

"我没必要骗你。你想想，如果不是李毅帮我的话，我能进到你房间？要知道，这段时间，你可是周家的重点保护对象啊。"

难道，真的是李毅……听她这么一说，周彤的心有些松动了。她立刻摇了摇头，把这个念头抛在脑外。为什么施雨屡次挑拨二人的关系，就是因为知道自己疑心病太重。越是在意，就越害怕失去，总是不想相信人，总是把自己的猜疑当做事实，所以才会发生那么多事。当李毅看到周彤和蓝染的照片时，会选择相信她，并且第一时间删掉，为什么自己却对他心生怀疑呢？

想到这里，周彤决定相信李毅一次。她看向施雨，笑容中带着嘲讽说："我说过，你这一招已经对我没用了。到现在你还想挑拨？告诉你，我相信他，从今天起，我都会无条件地相信他。"

施雨的脸上闪过一丝古怪的表情，却立刻恢复了过来。她还想继续说些什么，却被周彤抢先道："被我发现了。"

"什么？"施雨一愣，没有明白周彤说的是什么意思。

周彤开心地笑道："被我发现了，你刚才在说谎。我说我相信李毅时，你心虚了。我和你从小玩到大，自然知道你每次说谎被识破的时候，脸上都会出现那样的表情。所以我敢确定，李毅并没有和你在一起。"

施雨撩了撩头发，似乎并没有因为周彤看穿了谎言而恼怒，冷笑一声道："看破了又怎样，那你不想知道李毅被我弄到哪儿去了？"

"我不想知道。"周彤转头不想看她，因为周彤知道，施雨肯定会编谎言来骗自己，要的就是让自己难过。

“难道你不担心李毅的安危？”

“我为什么要担心，我知道你是绝对不会害他的。”周彤说这句话的时候，表情很坦然。但老实说，她的心里还是很担心李毅的，但是现在她连动一下都吃力，根本帮不了他。而且在施雨的面前，她不愿意流露出脆弱的一面，因为她知道，施雨说这么多话，就是要让自己惊慌。所以不能让施雨看出一丁点儿端倪。

施雨轻笑了一声：“别说得那么绝对，什么事都有可能发生的。”

“是的，任何事都有可能发生。但你绝对不会伤害李毅，你爱他，你对他的爱比不我少。大家都是女人，我了解你的心理，你爱他胜过了爱自己，又怎会对他下手？所以你可以伤害我，挑拨我们之间的感情，却唯独在他面前还保持着纯真善良的模样。”周彤在赌，赌她对施雨的了解，也赌施雨对李毅的爱意。

这一把周彤赌对了，一时间施雨脸色变得很难看，她张了张嘴，却找不到反驳的话，只好牵强道：“如果你是这么认为的话，我也不想解释太多，只希望到时候你不要太伤心。”

“哼，”周彤冷哼了一声，虽然自己动不了，但在言语上似乎自己占了上风，她看了施雨一眼，轻轻摇了摇头道，“施雨我可怜你。”

“你可怜我？还是先可怜一下自己吧，你现在连动也动不了。”施雨反唇相讥。

周彤摇着头，满脸的担忧：“我现在更可怜你。施雨，你有没有想过，这样做到底值不值得？何必要执著到底呢，李毅他原本就不爱你……”

“别说了！”施雨突然站了起来，双眼瞪着周彤，眼中流露出说不尽的怨恨。李毅的选择一直是她的心病，而现在却被周彤揭开，这让她怎能不愤怒。

“我就要说！”周彤的声音忽然提高了八度，“李毅不爱你，在我看来是最正确的选择，因为你根本不配！爱不是强迫，是互相！如果你爱他，就应该接受他的选择，就算你不认同我，也可以光明正大地和我争——如果是这样，我或许还会佩服你的勇气，但你看看你做了些什么……

“三年前你纵火烧我家房子，换了我爸爸的药，三年后你又挑拨我和李毅的关系，你就这样爱他？还是，只不过打着爱他的借口随心所欲地做坏事？施雨，你为什么总是针对我，我到底哪里惹到你了！”

“你哪里惹我了……”施雨忽然笑了，笑得很开心，好像听到了一个天大的笑话。她捧着腹，笑了好一阵，这才上气不接下气地说，“你以为，我烧你家房子，换你爸的药，就是因为怨恨你和李毅在一起？”

“难道不是吗？”周彤感觉，这其中似乎还有什么自己不知道的秘密。

施雨叹了口气，坐到周彤的身边：“有件事我不说，或许你一辈子都不会明白。想知道，为什么我放火烧了你家之后还能安然无恙过了三年吗？”

“还不是蓝染在维护你！”周彤没好气地说道。

“错了，其实真正的原因是……”说到这里，施雨忽然低下头，猛地把脸凑了过来，两人之间只相隔了很小的距离，甚至能感觉到对方的呼吸。然后，施雨在周彤的耳边小声说道，“这都是周家欠我的。”

这都是周家欠我的。

一直以来，施雨每一次对周家出手的时候，都会想起这句话。

三年前，施雨辞掉了工作，从外地回到了家乡，是为了照顾她重病的母亲。有一次，母亲病情加重，以为活不成的时候，对施雨讲出了一件往事，那是关于她父亲的事。从懂事起，施雨就从未见过自己的父亲，母亲只说父亲很早就去世了，却不说明去世的原因。久而久之，施雨也就淡忘了，父亲在她的心中，只是一个词罢了。

而这一次，母亲终于说起了她父亲的死因，也正是因为这样，触动了一段尘封多年的仇怨。

后来，母亲转危为安，也曾叮嘱过施雨，要她忘记那段不快乐的往事，因为母亲不想自己的女儿活在仇恨之中。但事实并不是施雨母亲想的那么简单。

那时候，施雨满心仇怨，却无处发泄。

也正是那时候，蓝染出现在她的世界里……

“你猜，当时我在火场外看见你爸爸时，第一句话说的是什么？”施雨近距离观察着周彤的脸，见她流露出惊恐的神情，心中很是满足，“我对你爸爸说，我是施安杰的女儿，我来复仇了……哈哈，你爸爸听到以后，整个人突然呆住了，他原本是气势汹汹地上来抓我这个纵火凶手，却被我一句话说得气势全无，你说这是不是做贼心虚？”

“你说谎，我爸爸光明正大！”

“光明正大？”施雨嘲笑道，“无知真是好啊，那我再说一件事给你听。你知道为什么你家里只有一个园丁，而没有管家吗？因为那个管家就是我爸爸！当年你爸爸在外省的大学任教，留下你爷爷独守着这间祖屋。当时你爷爷曾许诺，让我父亲照顾他的生老病死，等他百年之后，这间大宅就归我父亲继承。我爸爸当时并没有想过要你们家的大宅，因为他觉得照顾你爷爷是分内的事，但当时你爷爷一再要求，我爸爸只好答应——在我看来这本就是我爸爸应得的。

“但谁知道，一年多后你爸爸回来了，他一回家你爷爷就立刻推翻了当时的承诺。推翻就推翻吧，这房子本来就是你们周家的，我们并不稀罕，可是你爷爷害怕我爸爸谋夺这间大宅，竟然把他赶了出去！

“因为这件事，我爸爸受到了极大的打击，整日郁郁寡欢，最终一病不起，没几年就去世了。可怜他尽心竭力地打理周家，照顾你的爷爷，而得来的却是欺骗！”说着说着，施雨哽咽了起来，然后脸色一变道，“你们不是怀疑我爸要谋夺这间大宅吗？那我就做得彻底一点，干脆烧了这间大宅！”

“你错了，其实老爷补偿过你父亲的。”这时候，一个声音在房间里突兀地响起，周彤和施雨下意识扭头看去，见叶玉婷从门口位置走了进来，她先是给周彤一个安慰的眼神，然后不着痕迹地朝床这边靠近了几步。

“一个疯婆子而已。”施雨不屑地看了叶玉婷一眼，继续说道，“补偿？是那间下雨天就会漏水的破房子，还是连给我父亲吊命也不够的医药费？因为你们周家的欺骗，父亲病倒了，而家里就只有我母亲一个人支撑，这么多年来不知道受了多少苦，这些你们都知道吗？呵呵，你们当然不知道，对于一个欺骗者来说，怎么会去考虑受害者的感受呢。周彤，现在你应该明白，我恨你不只是因为李毅。”

“可是你却害了蓝染！”

“我……蓝染，不，我不想的……”提起蓝染，施雨的表情变得古怪起来，像在愧疚，但其中又有些挣扎。或许蓝染的事对她来说是个意外，所以当蓝染和她达成协议之后，便再也没有出手对付周家，直到周彤和李毅以情侣的方式出现……

就在施雨失神的那一瞬间，叶玉婷忽然冲到了床边，一把抓起周彤的胳膊猛地朝外面一拉：“彤彤快跑！”

而这时候，施雨终于回过了神，想要追周彤，却被叶玉婷拦腰抱住。此时的叶玉婷就像护犊的母豹子一般，那狰狞的模样，使得施雨没来由打了个寒战。叶玉婷咬着牙，恶狠狠地说道：“你把家里的男人都支了出去，却没想到还有我这个老太婆吧。”

原来，在此之前，施雨用不同的借口把李毅、蓝染和叶安都骗了出去，却唯独忽略了半疯的叶玉婷。

周彤被叶玉婷死命一拽，整个人在地上翻了两圈，被地板磕得好几处疼痛，但也正因为这疼痛，激起了体内的最后一丁点力气。她匍匐在地，拼命地爬出房间，而当她爬到楼梯那一瞬间，下意识地往卧室这边一看，却惊骇地发现，施雨抓起一根烛台，往上一扬……

“啊！”周彤被这场景吓得尖叫了起来，手上一空，整个人就从楼梯上滚了下去，一阵天旋地转之后，只觉得额头被硬物一磕，便昏了过去。

不知道过了多久，周彤悠悠醒来，只觉得脑袋有些恍惚，而浑身上下除了疼痛之外，再也使不出半点力气。这时候，一阵沉重的脚步声从楼上传来，她顺着声音朝楼梯上看去，整个人吓得呆住了。

她看见施雨正缓慢地从楼梯上走下来，一手拿着带血的烛台，另一手拽着叶玉婷的头发。叶玉婷似乎受伤不轻，又被施雨这么拖下楼梯，每一次磕到梯坎，就会发出一声微弱的呻吟。

周彤看得心都碎了，那每一次撞击，都像撞进了她的心里。虽说她对叶玉婷的感情并不深，但是在这关键的时候，挺身而出救自己的竟然是这个她不想承认的继母。周彤红着眼，声嘶力竭地朝施雨大叫道：“施雨，你没有母亲吗？为什么这样狠心对一个老人！如果你还有人性的话就放过她，什么事冲我来！”

“好，我答应你。”施雨淡淡一笑，手上一推一放之间，叶玉婷就从楼梯上滚落了下来。

在叶玉婷落地的时候，周彤的心中一痛，好像害怕有什么珍贵的东西失去那般，而当她看见叶玉婷还能动时，心里才好过了一些，心痛地询问道：“阿姨……妈，你怎么样了？”

这一声动情的“妈”，让叶玉婷原本黯淡的眼光忽然一亮，她挣扎着侧过身，面对周彤，好不容易挤出一个笑容安慰道：“彤彤，妈没事。我这把老骨头还经得起折腾。”说着，就要挣扎着爬起来，却使不上力，一下子又瘫倒在地上。

周彤连忙叫道：“妈，您别动。你受了伤，不能再动了。”说完，她又狠狠地瞪了施雨一眼。

施雨似乎没感受到她眼中的恨意，笑着拍掌道：“你们还真是患难见真情啊。”说完，她把叶玉婷拖到了一旁，这才回过身走到周彤的身边，用手抚着她的脸，然后在周彤的耳边说道：“想知道我为什么和你说

那么多吗？我是在等药力起效。我们之间的游戏，才刚刚开始……”

李毅心中有种不好的预感，他感觉到周彤会出事，所以一路疾奔着。早先一点的时候，他接到了施雨的电话，电话里施雨说她要走了，再也不会回来，希望最后见李毅一面。李毅本不想去见她，但还是不放心，一来施雨在电话里言辞恳切，似乎真的准备放弃一切离开，所以他不忍心拒绝；二来他想亲眼看看施雨是不是真的放弃了仇恨，如果是那样的话，是最完美的结果。

所以，李毅答应了施雨，等周彤睡着以后，悄悄出了门。可是到了两人约定的地方却不见施雨，等了一段时间之后，李毅的心中突然升起一丝不好的念头，连忙往回跑。而就在他快到周家时，看见蓝染在他的前面，看他那样子似乎也走得很急。

“蓝染，你这么晚出门干吗？”李毅问道。

蓝染回头，见来人是李毅，表情有些古怪，沉思了片刻之后，忽然说道：“糟了，我们被骗了！”

李毅听出了他话中的意思，心中的不妙感愈发强烈，但还是强作镇定道：“放心，家里还有叶安在，施雨一个女人不可能斗得过……”

就在这时，只听见一个气呼呼的声音从另一条小路上传来：“你别走那么急啊，家里不是还有李毅和蓝染吗？”等这话说完之后，从小路的阴影中走出两个人影，竟然是叶安和沈璐。

四人这么一碰面，互相都有些发懵，还是沈璐先开口问道：“你们这么晚在外面干吗？难道……也是施雨约你们出去的？”

李毅、蓝染二人互相看了一眼，都无奈地摇了摇头。叶安似乎明白了些什么，招呼二人道：“咱们边走边说。李毅，你那边是什么情况？”

李毅一边走一边说：“施雨说要离开，所以想见我最后一面。”

等李毅说完，蓝染叹了口气道：“她说她很累，不想再争了，所以想我去陪陪她。我真笨，明知道她是怎样的人，却还是这么轻易相信她！”

听了二人的描述，叶安摇头道："看来我们都被她骗了。她对沈璐说要去别的地方，然后威胁沈璐给她一大笔钱，这才肯把当年换药的证据交还出来。没想到施雨如此工于心计，算到沈璐会找我商量，然后一起去找她谈判……"

沈璐紧跟在三人的后面，不解地问："她把我们都支出去，又不现身，到底想怎样？"

"还能怎样？肯定是想谋害彤彤。我没想到她竟然会变成这样……快走，施雨现在肯定在周家！"李毅懊悔地说着，脚步又加快了许多。

待四人跑回周家大院时，沈璐已经累得受不了，扶着门框喘着粗气。叶安心痛地看了她一眼说："你先在这里休息一会儿，不管听到什么声音都别进来，明白吗？"

叶安的话里明显带有命令的意思，沈璐也知道施雨这次是来真的了，心中很是担忧："你自己小心点，我在这儿等你。李毅、蓝染你们俩多照顾一下叶安……"

被沈璐叫到的二人朝她点点头，然后转过身来一起朝周家大宅看去，见大门紧闭着，里面也相当平静，看样子似乎没有发生什么事，大家这才稍微松了口气。

李毅心中还是有些忐忑，他推开门先一步走了进去，大厅里一片漆黑，什么也看不见。而这时，站在他身后的叶安突然拉住了他，沉声道："这是什么味道？"

听他这么一说，李毅也抽了抽鼻子，一嗅之下脸色大变："是汽油味！"

与此同时，大厅里的灯亮了，三人只觉得眼前灯光一闪，晃得眼睛不舒服，下意识把手挡在眼前。然后，就听到一个女人的声音传进了耳朵："你们终于来了……那么，游戏正式开始！"

等李毅适应了屋里的灯光，这才朝声音的方向看去，只见大厅的地板上浇满了汽油。周彤闭着眼，瘫坐在正中的那张沙发上，一脸安详。而施雨靠在沙发的扶手边，用手梳理着周彤的头发，很是亲密的样子。

李毅的出现，惊醒了周彤，她睁开眼，脸上露出惊慌的表情，气息微弱地对李毅说："快走，快走。她已经疯了！"

李毅正要开口说话，却听到叶安大叫一声扑到了一边，扶起匍匐在地的叶玉婷，见她满脸都是鲜血，用手探了下她的鼻息，见还有呼吸，这才安心了少许，然后抬起头狠狠地瞪着施雨，声嘶力竭地吼道："臭婆娘，你把我姐怎么了！"

叶安的突然爆发，把大厅里的人都惊得一愣，和他认识这么久，每一次看他都是云淡风轻的样子，没想到当他真正生气的时候，竟然是这个模样。李毅对蓝染使了个眼色，要他先帮着叶安把叶玉婷带走，见蓝染点头答应之后，回头沉着脸对施雨说道："小雨，你到底想要怎样？"

"我想要怎样？"施雨轻笑了一声，用手拂着周彤的脸说，"我想玩个游戏。"

"现在不是玩游戏的时候。小雨，快放了彤彤，不要让我恨你！"李毅皱着眉头，咬牙切齿地说着。然后不着痕迹地朝前挪了几步，打算在施雨发狂前救出周彤。

可惜施雨发现了李毅的意图，她一手指着李毅，另外一手掏出打火机，"站住！你应该知道这里浇满了汽油。"

李毅连忙后退了两步，双眼牢牢地盯了施雨一阵。他心里已经对施雨完全失望了，却不敢刺激她，只好深吸了口气，和颜悦色地说："小雨，别玩了。乖，到毅哥哥这里来。"

"你还想像哄小孩子那样哄我吗？我不是你的妹妹，你也不是我的哥哥，我不愿意你只像妹妹那样对我，我只想……只想做你的爱人，你知道我有多爱你吗……"说到这里，施雨的情绪开始激动起来。

李毅害怕她激动之下会做出什么傻事，连忙摆手道："好，这个事先不提，你先把彤彤放了，我们慢慢谈。"

"慢慢谈？好，我就给你一个慢慢谈的机会，还记得我说的游戏吗？规则就是你来选，到底是爱她，还是爱我。”

“这还用选吗？”李毅嘴角一扬，带着一丝嘲讽。

施雨笑着摇摇头：“你会好好选的，因为这个游戏的奖励就是，你爱谁，谁就要死！”

“什么！”李毅一愣，他感觉施雨已经疯掉了，居然出这样奇怪的选择题，爱谁谁就要死，那不是明摆着要害死周彤吗？可惜规则是施雨制定的，主导权在她的手里，其他人无法改变。

一时间，李毅的脑中闪过无数个念头，周彤是绝对不能选的。那么如果选施雨的话……不行，不管她做了多少坏事，也是一条活生生的人命。既然我把她当做妹妹，我就应该教导她，让她迷途知返，而不是用一个谎言让她去死。

而且如果我撒谎选了她，说我爱她，周彤会怎么想？那么在救出了周彤的同时，也在无形中挑拨了两人的关系。

这该怎么选！

小雨啊小雨，你又给我出了道难题啊。

“呵呵，你是对自己没有信心吗？”这时候，一直沉默的周彤突然开了口。她知道李毅的性格，绝对不会为了救一个人而去害另外一个人，施雨给出的问题，根本就是一个陷阱，让李毅无法选择。为了李毅，周彤开口讽刺施雨，她不管自己身处险地，也确实不想让李毅在施雨的面前失了分寸。

虽然周彤现在很虚弱，连说话也要费好大力气，但她说出的每个字都像针一般刺进了施雨的心里，但表面上却还强装着镇定，出言辩驳道：“我是想知道，我们俩到底谁更爱李毅，我愿意为他而死，你敢吗？”

周彤轻轻一笑：“施雨，我现在更可怜你了，原来你连什么是爱都不知道。”

“你这话什么意思！”施雨脸色一沉。

“什么意思？枉你口口声声说爱李毅，可以为了他而死。但你现在却逼迫他，逼他做不愿意的选择。施雨，你真的了解他吗？你真的懂他吗？爱不是痴恋，也不是崇拜，而是互相了解，互相关怀，互相习惯。这些我有，但你没有……可怜的人，我可以明白地告诉你，其实你并不爱他，你爱的只是当年的那份感觉！”

第一次，周彤的话第一次触动了施雨的心。正如周彤说的那样，施雨每次想起李毅的时候，记得的仅仅是多年前的那些片段，而每当她想到这些，心中就会涌起一种甜蜜，但那种甜蜜似乎很近，又好像离她很远。很多时候，她总是在想，如果我和李毅在一起将会多么幸福，多么甜蜜。可是，当她每次想到这里，心中却生出一丝迷茫，到底怎样才算幸福，才算甜蜜？

或许是因为自己那份执著吧，童年时代对李毅的依恋，少女时代偶遇他的怦然心动，而自己真的了解他吗？如果了解的话，应该知道他爱的只有周彤，那么自己该何去何从；如果不了解，那还谈什么爱？

似乎事实真如周彤说的那样，自己爱的只是感觉，执著到底的也是那份感觉。

放手吗？

不，我不甘心……不甘心！

记忆可以创造，感情也可以培养，还有什么了解、关怀、习惯，凭什么你就可以拥有，难道我不可以拥有吗？你所向我炫耀的这些，原本就是属于我的！这些如果没有你，李毅就只属于我一个人。

对，没有周彤的话，李毅才真正属于我！

想到这里，施雨的眼中多出了一份杀意，但当她准备对周彤下毒手时，却发现周彤早已不在身边——原来是李毅趁她失神的时候，悄悄救走了周彤。

输了，又输了一次。

一种无力感在心中油然而生，看着两人拥抱在一起的恩爱模样，施雨的心都碎了。她无力地靠在墙上，嘴巴一张一合，也不知道到底在说什么。

这时候，周彤回头看了施雨一眼，诚恳地说道：“施雨，我们不要再斗下去好吗？上一辈的恩怨就让他们过去吧，我们曾经不是最好的姐妹吗？听我说，虽然李毅不属于你，但你还有蓝染。毕竟你们互相了解过，互相关怀过，互相依偎过……你可以不承认，那是因为你们的执著，但这些才是真正的爱啊！”

“蓝染……”施雨抬起头，看了周彤一眼，眼神中透着说不尽的欷歔，“周彤，你还好意思提蓝染？呵呵，你是在嘲笑我吗？嘲笑我这一生中最重要的两个男人都被你占有着，李毅爱你，愿意和你一生一世；蓝染也爱，愿意为你守护周家。你赢了，我承认。而现在，你完全占有了李毅，又想把蓝染当做负累一样扔给我，这是什么意思，怜悯？还是对乞丐的恩赐？

“也对，在你的眼里我本就是乞丐。你可以出生在这富丽堂皇的大宅里，而我……只能出生在连雨都遮不了的破屋。你赢了，真的。好好享受胜利的喜悦吧，不过，只有这一次了……”施雨惨笑着，她深深地看了李毅一眼，好像要把他记在骨子里，然后按下了打火机……

“不！”李毅和周彤同时大喊，两人匆忙对视了一眼做下决定，李毅先把无法动弹的周彤挪到院子里，然后回身冲向火场。可当他刚跑到大厅门口，却已经为时已晚，大火在汽油的助燃下，很快就肆虐了整个大厅。而施雨，在火场的深处狂笑着，像是只浴火的凤凰。

就在李毅进退两难的时候，一道黑影从他身边飞快掠过，然后留下一个淡淡的声音：“你照顾周彤，我去救她。”——这人竟是蓝染。

蓝染这句话好像是叮嘱，又像是托付。以后，周彤就交给你了。

李毅觉得心中一阵感动，刚想随蓝染冲进去时，只听见“嘭”的一声，那烧着的大门倒了下来，正好拦住了大厅的入口。李毅只觉得一股灼热的气息朝自己扑面而来，他下意识地后退几步，护在周彤的身边。

目击了整个过程的周彤，现在已经泣不成声了，李毅把她紧紧抱在怀里，待二人抬眼再看面前这座大宅时，整个房屋早已被火吞没了……

结尾

一年后。

“游客朋友们，请看这边。”导游小姐摇了摇手上的小旗，然后指着面前这幢两层高的西式小洋房说道，“这间宅子是这里唯一一座欧式风格的建筑，据说有一百年的历史，这里的原主人姓周，或许大家不会想到，其实这幢大宅在去年的时候曾经遭受过一次大火，里面所有的东西都被烧毁了，后来原主人按着以前的模样重新装饰，就连这里的每一件物品，它们都是按着原来的位置摆放的。不过，这幢大宅的主人已经不住这里了，所以此处成为了我们旅游区的一处特别景点。

“为什么要说到特别，是因为到了夜晚，只要月光从某个特别的角度照射到大宅的外墙上，它的墙面就会发出淡淡的紫光，相当漂亮。不过这还不是最美的时候，如果幸运的话，在日月交替的时候，当夕阳的最后一抹光照消失之前，那墙面会泛出像烟雾一样的紫光，这样的情况平日里很难遇到，据说看到这种紫光的人，会得到老主人的祝福。

“如果大家有兴趣的话，晚些我会带你们再来这里，亲眼看看这座神奇的大宅。哦，对了，这座大宅有个很浪漫的名字——紫宅。”

同一时间，在百里之外的一座星级宾馆，房间里周彤身着一袭纯白的婚纱，坐在窗台边，似乎在等待什么。

这时候，房间的大门开了，周彤心中一动，连忙朝门口的位置看去。从门外走进一个身穿黑色礼服的男人，这个角度的阳光有些刺眼，照在他的身上漾出一道金色的光晕，使得周彤看不清他的脸。

不过，还能有谁呢？想到今天便会成为他的妻子，周彤羞涩地低下了头。

男人缓步走到周彤的面前，拉起了她的手，周彤这才抬头，柔情蜜意地向他望去。然后，两个人都呆住了。

接下来，周彤顺手抄起旁边的一束鲜花朝那男人的脸上砸去，同时抓狂地骂道：“叶安，你怎么跑到我屋里了！”——那个男人，居然是叶安！

“别打别打，花打坏就没得拿了。我这就出去还不行吗……”叶安满脸郁闷，一边解释一边退出了房间。等他终于逃出来之后，发现隔壁那个房间里也走出一个和他相同打扮的男人，这人一边后退一边鞠躬，似乎在解释着什么，然后一束鲜花就直接砸到了他的脸上，这人正是李毅。

待李毅关上门之后，和叶安对视一眼，两人都苦笑着摇头，拍着对方的肩膀安慰。叶安理了理凌乱的头发，郁闷地说：“我早说了别办在一起，这下闹出麻烦了。”

李毅无所谓地笑道：“这不是热闹些嘛，双喜临门，也好叫叶阿姨高兴高兴。”

“你该改口叫我姐岳母了。”

“哈哈，过会儿就改口。咱们还是好好想想该怎么安慰里面的女人吧。”

叶安点头赞同，却突然感觉哪里不对，抬眼看了看房号，疑惑地说：“我记得是这个号码没错啊。”

“嗯，我也是这么想的。不可能我们俩都记错吧……”李毅说到这里，忽然恍然大悟，“嘿，一定是那群女人故意整我们的！”

“算了……知道她们故意的又怎样？”叶安无奈道。

“只能这样了。我们还是快些进去吧，别让女人久等。”李毅说完，两人互换了位置，待他开门的时候，忽然想到什么，转头对叶安说，

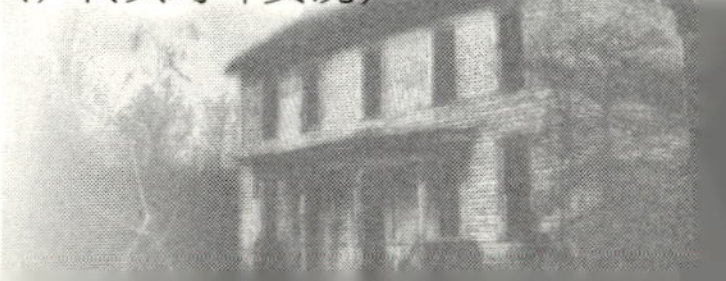

“叶安，我和你认识那么长时间了，从来没见过你笑，这都要结婚了，你不会也绷着那副扑克脸进行婚礼吧，难道……你天生就不会笑。”

“谁说的。”叶安朝李毅挤出一个笑容，后者翻了翻白眼：“你还是绷着脸吧……”说完，便窜进了房里，只留下一脸郁闷的叶安……

就在两对新人享受着幸福与甜蜜的时候，施雨正躺在病床上，双眼木然地看着窗外的蓝天，她的长发紧密地盖着左边的面颊，似乎想掩饰什么秘密。

这时候，房间里传来一阵脚步声，施雨转头朝那人看去，当她看清了那人的面容时，眼中闪过一丝莫名的情绪。

“你来做什么，是来看我的笑话吗？”施雨冷冷说道。

蓝染坐在床边，用手理了理覆盖在她左面颊上的发丝，施雨连忙扭头躲开，然后冷笑着说：“看到我这样子，你是不是很开心？呵呵，我们还真像啊，连伤都在同一个地方。”

“是啊，我们真的很像。”蓝染叹了口气，看着外面的蓝天，“你知道吗？他们今天举行婚礼。”

施雨自然知道蓝染口中的“他们”指的是谁，她转过头看了蓝染一眼，嘲讽道：“那你怎么不去喝一杯他们的喜酒？毕竟你是他们家的守护神啊。”

蓝染轻笑道：“如果换做是你，你会去吗？”

这一次，施雨没有说话，如果换做是自己的话，是绝对不会去的。

蓝染接着说：“况且……我还有更重要的事要做。”

“更重要的事，就是来这里奚落我吗？好吧，你成功了。”施雨的表情愤怒起来。

“不，不是这个。”蓝染摇了摇头，他牵起施雨的手，然后从怀里拿出一枚戒指，“为了让你忘掉仇恨，不再去伤害他们，所以我要看住你……一辈子。”当他说到最后三个字时，正好把戒指套在施雨的手指上。

其实，就在蓝染拿出戒指往施雨手上戴的时候，她本能地缩了一下，而下一秒却放弃了抵抗，当那枚残留着余温的戒指接触到手指时，施雨不由自主地流泪了。

这一次，却是感动的泪水。

一声庄严而厚重的钟声由远及近地传来，盘旋在这间小屋里。两个人默然对视之间，是温暖的阳光与庄严的钟响。

这声钟响似乎预示着——婚礼开始了……

爱不是痴恋，也不是崇拜，而是互相了解，互相关怀，互相习惯。当有一天，你习惯了某个人，习惯他的关怀，习惯了向他倾诉，习惯了他总是出现在你身边，纵使你百般抵赖，但答案只有一个，你已经爱上他了——这就是爱。

（全书完）